WITHDRAWN

СамаЯ
СЕРИЯ

Kasey Michaels

Maggie Without a Clue

Кейси Майклз

МЭГГИ
БЕЗ ЦАРЯ В ГОЛОВЕ

МОСКВА
2005

УДК 82(1-87)
ББК 84(7США)
М 14

Kasey Michaels

Maggie Without a Clue

Перевод с английского А. Килановой

Оформление художника М. Павина

Майклз К.

М 14 Мэгги без царя в голове: Роман / Пер. с англ.
А. Килановой. — М.: Изд-во Эксмо, 2005. —
416 с.

ISBN 5-699-09784-8

Мэгги Келли — автор исторических детективов. Она
умна, щедра, талантлива, очень закомплексована и рассеян-
на. Опасается людей и теряется перед их напором. Боится
своей деспотичной матери и непрерывно пытается бросить
курить. Она из тех, кто просыпается в два часа ночи и говорит
себе: «Так *вот* что надо было ответить, когда она пошутила
насчет моих бедер!»

Героя своих детективов она сделала идеальным.
Герой уверен в себе, проницателен, галантен, остроумен,
благороден и отчаянно храбр.

Все это было замечательно, пока он обитал на страницах ее книг, распутывая преступления и соблазняя прекрасных дам. Но жить с идеальным героем XIX века в
одной квартире на Манхэттене в 2004 году? Вместе с ним
искать преступников? Влюбиться в собственного литературного персонажа? Разумеется, в таких условиях жизнь
не может быть скучна.

УДК 82(1-87)
ББК 84(7США)

ISBN 5-699-09784-8

Стэну Горжеланы с благодарностью

Традиции всех мертвых по–
колений тяготеют, как кошмар,
над умами живых.

Карл Маркс

Не оглядывайтесь. За вами
может быть погоня.

Сэчел Пейдж*

Пролог

Я решил вести дневник. Мэгги говорит, многие писатели так делают. Сама она, правда, не видит смысла писать то, что не сможет продать. Я же, хоть и не писатель, думаю, что это не совсем пустая трата времени. Поэтому сижу тут и сочиняю первую запись.

Погода на Манхэттене по-прежнему теплая, сентябрь в самом разгаре. В парке восхитительно мало школьников. Мотороллер я прислонил к скамейке напротив. Видимо, надо описать пейзаж: Мэгги сказала, что люди в дневниках стремятся поэтически приукрасить действительность. Но это же просто парк. Деревья, цветочки, дорожки. Что еще про парк рассказать?

Кстати, меня зовут Стерлинг Болдер — на тот случай, если через сотни лет кто-то найдет дневник в недрах ледника и пожелает узнать, кто я такой. Несколько месяцев назад я жил на страницах детективных романов Мэгги вместе со своим лучшим другом Александром Блейком, виконтом Сен-Жюстом. Он распутывал преступления в книжках Мэгги, а я, как я однажды случайно подслушал, был его помощником-недотепой. Мда. Действие в книжках Мэгги происходит в Англии — в эпоху Регентства[*], если точнее. Но, по-моему, я это уже говорил.

Несколько лет Сен-Жюст был доволен жизнью в голове у Мэгги, пока не решил, что вполне способен выжить и на Манхэттене. Тогда мы... мы... ну, мы *выскочили* у Мэгги из головы прямиком в ее квартиру. Это было не так сложно (и не так больно), как может показаться. Серьезно. Оказалось, гораздо сложнее научиться застегивать «молнию».

Для посторонних Сен-Жюст — это Алекс Блейкли. Мэгги делает вид, что Алекс — ее дальний английский родственник, а я — его друг Стерлинг. Мол, она написала свой детективный сериал, использовав наши имена и физические... характеристики — думаю, она выражается именно так.

Жизнь на Манхэттене бьет ключом. Мы встретили множество новых людей. Полагаю, надо рассказать о них, чтобы каши в голове не было. Ну, поехали.

Мэгги — это Мэгги Келли, хотя исторические любовные романы она пишет под псевдонимом Алисия Тейт Эванс, а невероятно успешную серию детективов о Сен-Жюсте — под псевдонимом Клео Дули. Надеюсь, я вас не запутал.

---

[*]Регентство (1811—1820) — период правления принца Уэльского Георга, назначенного регентом в связи с психическим заболеванием короля Георга III. В 1820 году после смерти отца принц-регент был коронован под именем Георга IV.

Бернис Толанд-Джеймс — редактор Мэгги в издательстве «Книги Толанда» и ее лучшая подруга, хотя с Табитой Лейтон, литературным агентом, у Мэгги тоже прекрасные отношения.

После того как убили издателя Мэгги, мы познакомились с лейтенантом Стивом Венделлом. Любезный лейтенант живо интересуется Мэгги. Сен-Жюста это очень огорчает, хотя он делает вид, что все совсем не так. Впрочем, недавно эти два достойных джентльмена подружились — по-моему, к немалому ужасу Мэгги.

Есть еще, конечно, Змей, Киллер и Мари-Луиза, они все родственники, дети почти. Не какие-то там беспризорники, они — бессменные лидеры труппы «Уличных Ораторов и Артистов». Сен-Жюст пытается с их помощью подзаработать, не замарав рук торговыми делами или чем угодно, что хоть смутно отдает лавкой.

Нет, я к нему слишком суров. На самом-то деле Сен-Жюст просто замечательный. Временами немножко надменный и чванливый, это да, но все равно лучший. Если бы он еще не мнил себя состоятельным виконтом эпохи Регентства и при этом выдающимся детективом! Когда убили издателя Мэгги, Сен-Жюст моментально влез в это дело по самые уши. А всего пару недель назад он нарочно ввязался в весьма неприятную историю с хулиганскими выходками и убийством на конференции писателей, куда мы все поехали.

В общем, Сен-Жюст искал, чем бы набить кошелек, и нашел аккурат на той же конференции. Он принял участие в конкурсе на лучшее «Лицо с обложки» — правда, не выиграл, зато его приметил мистер Пьер и нанял вместе с Мари-Луизой рекламировать духи.

Мари-Луиза по-прежнему настоящий постреленок, но она явно работает над собой.

Так что Сен-Жюст просто изображает сам себя под прицелом фотокамер, и нам с ним теперь хватит денег, чтобы покинуть квартиру Мэгги и переселиться в апартаменты напротив. Обычно там живет миссис Голдблюм, но сейчас она гостит у сестры в Бока-Ратон. Мы хотим поставить у нее изумительный телевизионный механизм с большим экраном.

Я решил, что сам буду вести хозяйство. Сен-Жюст, может, и великий детектив, но он даже с электрическим консервным ножом не в состоянии справиться. Пусть он лучше делает то, что у него хорошо получается. А хорошо получается у него, дорогой дневник, быть Сен-Жюстом.

Вот вроде бы и все? Хотя нет, я забыл про Венеру Бут Симмонс. Страшная женщина. Раньше она была Верой Симмонс, одной из лучших подруг Мэгги. Но когда Вера попала в «Нью-Йорк Таймс» — уж не знаю, что это значит, — она тут же стала шарахаться от Мэгги, словно черт от ладана. Теперь Мэгги тоже попала в «Нью-Йорк Таймс», и мисс Симмонс никак не может простить ей этот успех, даже больший, чем у нее самой (по крайней мере, так считает

Сен-Жюст). Тем не менее совсем недавно Мэгги спасла мисс Симмонс от Ужасной Участи. Похоже, эта женщина снова пытается влезть в жизнь Мэгги.

Мэгги не слишком довольна таким поворотом дел. Сен-Жюст считает, что ее колючесть — это способ самозащиты. Я уже упомянул, что он в Мэгги души не чает? Но это только между нами — ему очень не нравится, когда об этом болтают.

Ну вот вроде бы и все. Никогда бы не подумал, что вести дневник так утомительно. По-моему, я марал бумагу несколько часов. Самое время прогуляться и купить фруктовый лед. Сегодня суббота, мне позволен синий. Сен-Жюст ограничивает меня двумя порциями синего фруктового льда в неделю. Его почему-то бесит, когда у меня губы и язык синие. Я же говорил, он немного зануда, хотя сердце у него доброе.

Знаете, я пришел к логическому заключению (не только Сен-Жюст умеет мыслить логически), что раз Мэгги придумала Сен-Жюста, значит, в нем есть ее черты, и наоборот. Они разные, но все-таки похожи. Иногда настолько похожи, что друг друга даже расстраивают.

Интересно, а ко мне это относится?

Я никого не забыл? Про доктора Боба я упоминал? Я пока не имел удовольствия с ним познакомиться, но знаю, что он первый советник и наперсник Мэгги, к вящему неудовольствию Сен-Жюста. Мэгги говорит, что он вправляет ей мозги, но, как я уже сказал, я с ним незнаком, и ничего больше рассказать не могу.

Родителям Мэгги я тоже еще не представлен, особенно ее матери. Две главные проблемы Мэгги, о которых она беседует с доктором Бобом, — это ее мать и Господин Никотин.

Да, еще есть Носокс! Как же я про него забыл? На самом деле его зовут Эргил Джексон, он работает привратником в нашем доме. Он также известен как Носокс, начинающий актер. И еще он мой друг.

Вот теперь точно все. Мы счастливы и довольны жизнью. Я купил несколько толстых книжек по фэн-шуй и собираюсь переставить мебель в квартире миссис Голдблюм в соответствии с природой и окружающей средой, дабы к нам пришло спокойствие, здоровье, богатство и всякое такое.

Осталось только, чтобы Мэгги прекратила натыкаться на убийства, и тогда все будет так, как я и надеялся, когда Сен-Жюст предложил мне перебраться сюда. Весьма Поучительное Приключение.

С уважением,
Стерлинг Болдер

P.S. Да, я не забыл про Генри? Кажется, я забыл про Генри. О чем я только думал? Генри — это мой мышонок. Мэгги подарила ему клетку. Он морщит носик и любит крутиться в колесе. Хорошо, когда есть о ком заботиться!

Глава 1

Мэгги сгорбилась за компьютером в гостиной, уставившись на экран. Она смотрела туда уже минут пять в надежде, что слова на нем изменятся и перестроятся в более приятном порядке, но это не помогало. Все слова стояли на своих местах и осуждали ее.

— «Амазон.ком»? *Опять?* Мэгги, дорогая, самобичевание тебе не идет, — произнес Сен-Жюст, наклонившись над ее плечом и прилепив листочек в угол монитора. — Вот. Ну как, помогает?

Мэгги сняла очки, бросила их на стол и сдернула листок. «Ремесло литературного, музыкального и театрального критика — самое презираемое из всех ремесел. Марк Твен».

— Тебе ведь нравится Марк Твен? — продолжал Сен-Жюст, когда Мэгги повернулась и уставилась на него. — Я и сам немного им увлекся. Какая жалость, что он творил уже после Регентства. Я бы с величайшим удовольствием цитировал его в наших книгах.

Мэгги скомкала листок и бросила в мусорную корзину.

— Во времена Марка Твена читатели не писали рецензий.

— Мэгги. Дорогая моя Мэгги. На наш последний опус здесь уже семьдесят три рецензии опубликовано. Блистательный обзор от «Паблишерс Уикли», довольно лестный от «Буклист» и, как обычно, завуалированная критика от «Кёркус». Плюс шестьдесят семь традиционно восторженных читательских отзывов.

— И три оценки «очень плохо», — добавила Мэгги, доставая никотиновый ингалятор. — Они меня задолбали. Я не могу им ответить, я вообще ничего не могу с ними сделать. Какого *черта* на сайте книжного магазина, где книжки должны продаваться, вывешивают отзывы, в которых люди пишут, что в жизни не читали подобной бредятины? — Мэгги опять повернулась к экрану. — А это? Ты это видел? Она же прямым текстом написала, кто убийца!

— Читательница из Айовы? Да нет, она не проболталась, лишь слегка намекнула. По-моему, она просто жалуется, что ты совершенно не разбираешься в том, что пишешь. Мол, иначе бы английский джентльмен эпохи Регентства в твоих книгах никогда не стал бы браниться или упоминать имя Господне всуе.

— Ну, конечно. Мы все это изобрели в последние лет пятьдесят. Я так и слышу, как Веллингтон произносит, — она изобразила британский акцент: — «Дороги-ие друзья, не бу-удете ли вы так любе-езны, если у вас хоро-ошее настроение и я не прерываю этим ваше чаепитие, немного развернуть вот эту ми-иленькую пу-ушечку вон в том направле-ении, потому что мне ка-ажется, что французы поднимаются по склону холма прямо к на-ам в несколько из-ли-ишне ре-езвой мане-ере».

— Кары господни, женщина, если ты хочешь, чтобы я и дальше ругался, вопреки надеждам нашей читательницы из Айовы, может, *хватит* меня мучить? А твой акцент просто ужасен.

Но Мэгги не слушала.

— А это? Парень пишет, что вычислил убийцу в середине книги. Это очень плохо, Алекс. Очень плохо.

Сен-Жюст придвинулся ближе.

— А он не пишет, часом, что для начала заглянул в конец книги?

— С чего ты взял, что он это сделал?

— А с чего ты взяла, что он этого не делал? Может, он просто еще один бездарный... как же нас просили их не называть? Ах да, еще один бездарный подражатель. Да, точно. Сам ничего не может, вот и пытается нам нагадить. Любой, у кого есть компьютер и модем — и некая корыстная цель, — может написать здесь отзыв. Ну что, ты уже закончила на сегодня с посыпанием головы пеплом?

— Нет, не закончила. Последнее — худшее из всех. Она пишет, что вы с Летицией мало были вместе. Ты понимаешь, что это значит, Алекс? Это значит, что, по ее мнению, в книге слишком мало *секса*. «Вместе» — это иносказание. Вроде «хорошо бы побольше чувств» и «маловато романтики». Есть дюжина способов на это намекнуть. Не хватает любовной интриги, не чувствуется связи между персонажами, и так далее, и тому подобное. Пустые слова. На самом деле они имеют в виду, что в книжке им не хватает горячего, жаркого, животного секса. Сказали бы прямо: «Эй, леди, пусть они бросятся в койку на третьей странице, да там и останутся. А лучше пускай займутся сексом публично. Верхом на лошади».

— Дорогая, а можно мне, как герою твоего монолога, вставить словечко? По-моему, это не самая плохая идея — если, конечно, исключить лошадь.

— Была бы неплохая, если бы я писала мягкое порно. Но я-то пишу детективы, черт бы их побрал! Я пишу о людях, а не о позах. Я придумываю образы, а не пятьдесят способов поиметь ближнего своего. Пускай подпишутся на «Плейгёрл» и перестанут притворяться, будто их интересует что-то, кроме дешевого возбуждения.

Мэгги откинулась на спинку стула, глубоко затянулась ингалятором и шумно выдохнула. Ее напускная храбрость сменилась обычной неуверенностью:

— Может, они и правы, Алекс. Может, в книгах должно быть больше секса.

— У меня есть право голоса? — спросил Алекс, выгнув бровь.

— Нет, нету. Да, возможно, ты больше не будешь восклицать «Христос распятый!».

— Не буду?

— Возможно. И «кары господни» тоже.

— Допустим, только допустим, что я попытаюсь соответствовать всем их пожеланиям. Кстати, это великое деяние кому-нибудь когда-нибудь удавалось?

— Только до победы на выборах. Ой, так тоже нельзя говорить. Демократы и республиканцы, эти твои тори и виги. Политики, в общем. Ты же видел письма, которые мне пишут? Некоторые просто спят и видят, как бы поставить меня к стенке да пустить пулю в лоб за государственную измену и ересь. Я всего лишь высказала свое скромное мнение насчет свободы слова на конференции ГиТЛЭР, но журналист вцепился в мои слова мертвой хваткой, и вот результат.

— А, — протянул Сен-Жюст, — «Гильдия творцов любовно-эротических романов». На редкость неудачное название.

— Ладно, ладно. Давай лучше поговорим обо мне. Это я тут страдаю, не забыл? — Мэгги кликнула мышью по кнопке «Выход». — Я идиотка, да? Берни считает, что я идиотка. Черт возьми, Берни сказала, если я еще хоть раз заговорю с журналистом, *она* меня пристрелит.

— Никогда не бойся высказывать свое мнение, Мэгги. Какая разница, кто что подумает? Пропускай это мимо ушей, вот и все. Не думай об этом.

Мэгги запустила пятерню в свои недавно подстриженные и мелированные волосы и встала.

— Да я об этом вовсе и не думаю. Ни капельки не переживаю. — Мэгги неэлегантно плюхнулась на диван, а Сен-Жюст грациозно присел напротив. — Ну ладно, ладно, не скалься. Да, я переживаю. Чуть-чуть. И зачем только я *читаю* эти отзывы?

— Я повторюсь, любовь моя: ты слишком неуверена в себе. Я в жизни не встречал такого закомплексованного человека, а ведь я всю жизнь провел подле Стерлинга. Хотя погоди, ты же знаешь. Ты же его и создала.

Мэгги посмотрела на свой никотиновый ингалятор, затем на пачку сигарет на кофейном столике. Интересно, продала бы она душу дьяволу за сигарету? Хорошо все-таки, что ее фантазии хватило только на Алекса со Стерлингом. Вызови она парня с рогами, копытами и хвостом, и ей пришлось бы по-настоящему туго.

— Бедный Стерлинг. Похоже, ему достались все мои слабости.

— Верно. А меня ты одарила всем, чем сама хочешь обладать. И обладала бы, если бы поверила, что чего-то стоишь. Кстати, о птичках: ты могла бы и заметить, что у меня в руке ключ.

В желудке у Мэгги что-то сжалось. Что это с ней? Похоже, сегодня будет особенный день. Готова ли она к нему?

— Ключ миссис Голдблюм?

— Раньше был ее. Но с утра он мой. Миссис Голдблюм вообще-то планировала уехать через пару недель. Но ее сестра упала, играя в шаффлборд, и сломала шейку бедра. Миссис Голдблюм моментально собралась и уехала ни свет ни заря, оставив квартиру в нашем полном распоряжении. Ужасно печальный повод, бедняжка. Мы перенесем остатки вещей, как только Носокс вернется. Что же ты будешь без нас делать, Мэгги?

Мэгги выпятила подбородок (лучше не смотреть на сигареты). Вот оно как. Миссис Голдблюм сдала (на словах, не подписав никаких бумаг) свою квартиру в аренду Алексу и Стерлингу, а сама укатила на неопределенное время к сестре в Бока-Ратон.

— Вы переезжаете в квартиру напротив. Думаю, я как-нибудь справлюсь.

Сен-Жюст скрестил длинные ноги. Воплощение утонченной элегантности, даже в современной одежде. Но для Мэгги он идеальный герой, когда одет в костюм эпохи Регентства.

Она создала его совершенством — по крайней мере, он был совершенством в ее глазах. Но, если честно, он был мечтой любой женщины. Статный, с чувственными губами Вэла Килмера*. Высокий, поджарый, мускулистый, как Клинт Иствуд в старых вестернах, что крутят по кабельному, — женщины рыдают над ними до сих пор. Голубые глаза, как у Пола Ньюмана в фильме «Хад»**. Загорелая кожа, морщинки у глаз, копна черных как смоль волос. Голос как у молодого Шона Коннери в роли Джеймса

---

*В э л К и л м е р (р. 1959) — голливудский киноактер («Двери», «Бэтмен навсегда», «Святой»).

** «Х а д» (1963) — драма Мартина Ритта о современном американском Западе. Пол Ньюман сыграл в нем главную роль Хада Бэннона, беспринципного, себялюбивого и распутного сына достойного отца.

Бонда — смесь шотландской хрипотцы с британским акцентом, от которой десятилетиями таяли девичьи сердца. Аристократический нос Питера О'Тула*. До боли желанным, вот каким был виконт Сен-Жюст.

Она придала ему уверенность в себе, которой ей самой не хватало. Остроумие, которым она обладала на бумаге, но на людях — крайне редко. Она была из тех, кто просыпается в два часа ночи и говорит себе: «Так *вот* что надо было ответить, когда она пошутила насчет моих бедер!»

Она сделала его смелым, чтобы скрыть свои страхи. Независимым от родителей — сама она до сих пор силилась порвать стальной канат пуповины, которая связывала ее с семьей. Она сделала его дерзким, остроумным, убийственно-саркастичным, очаровательно-утонченным.

В общем, идеальным героем — идеальным героем эпохи Регентства.

Потом она добавила ему пару-тройку недостатков. Абсолютно совершенный герой — всего лишь стереотип, пластмассовая фальшивка. Недостатков, которые сделали его реальнее, но не считались недостатками в Англии эпохи Регентства, где правили джентльмены, а леди только разливали чай. Она сделала его высокомерным. Немного эгоистичным. Чуть-чуть деспотичным.

Всезнайкой.

---

*Питер О'Тул (р. 1936) — англо-американский актер («Лоуренс Аравийский», «Как украсть миллион», «Последний император»).

Все это было просто замечательно, пока он обитал на страницах ее книг, распутывая преступления и соблазняя прекрасных дам. Но жить с идеальным героем в одной квартире? Да, это проблема.

Мэгги знала, что могла бы броситься к нему в объятия и воскликнуть: «Возьми меня, мой прекрасный герой, я твоя!», будь она легкомысленной пустышкой, дурочкой. Не беспокойся она, что однажды он может исчезнуть из ее жизни так же внезапно, как появился. Будь она охотницей на мужчин... но она не была.

Хотя сейчас, вот прямо сейчас, он так привлекателен...

— Мэгги? Мэгги, ты бы хоть притворилась, что слушаешь.

— Что? Ой, Алекс, прости. Что ты сказал?

— Я предложил тебе поужинать со мной и Стерлингом в честь нашего первого вечера в новом доме. Я уже взял на себя смелость заказать столик у Беллини на восемь вечера. Но ты, конечно, можешь просидеть здесь сутки напролет, читая дурацкие рецензии, если хочешь.

— Все, все, все, больше никаких рецензий я не читаю. Вообще никогда. Потому что ты прав. Толку от них никакого.

— Ну, если им не удалось убедить тебя добавить в мою жизнь немного романтики, то и впрямь никакого.

— Ладно, расслабься, намек понят. Мне сегодня еще надо успеть поработать. Сколько времени?

Сен-Жюст взглянул на маленькие часы на тумбочке около дивана.

— Одиннадцатый час. Стерлинг рано встал и отправился на прогулку в парк. Скоро должен вернуться с сияющими глазами и омерзительно синими губами. А что?

— Я хочу позвонить Берни. Или ты не собирался ее приглашать?

— Столик зарезервирован на четверых, можешь пригласить кого хочешь. Я тоже думал о Бернис.

— Десять утра, говоришь? Я ее разбужу, если позвоню сейчас. Сегодня же суббота.

— А вчера была пятница, и наша Бернис пила и буянила. И в остальные дни недели тоже. Наша милая Бернис достойна восхищения, но в последнее время у нее появилась весьма прискорбная привычка. Я имею в виду ее растущую страсть к виноградной лозе.

Мэгги перегнулась через подлокотник и ухватила телефонную трубку. Нажала кнопку быстрого вызова, затем единицу.

— Ей сейчас непросто, Алекс. Кёрк после себя оставил жуткий бардак, она до сих пор пытается с ним разобраться. Черт, автоответчик. Она его никогда не проверяет. Ладно, перезвоню позже. Помочь тебе перетащить вещи через холл?

Сен-Жюст недоуменно моргнул:

— Что, прости?

— Перетащить. Через холл. Твои вещи.

— Помочь мне? — Он в картинном испуге прижал руки к груди.

— Ой, ну прекрати. Конечно, тебе. А ты собирался грузчиков нанять, чтобы перенести несколько костюмов да пару коробок?

В дверь постучали, и Сен-Жюст пошел открывать.

— А, Змей, Киллер, заходите. Носокс, любезнейший, и ты здесь, отлично. Как раз вовремя. Коробки в спальне, налево по коридору. Да, именно там. Поаккуратнее с одеждой в шкафу, если нетрудно.

Мэгги наблюдала, как Змей (неудачное прозвище Вернона), Киллер (ему очень шла мрачная, байроническая гримаса) и Носокс проходят в квартиру.

— Ты их все-таки нанял, всех троих? Нет, не может быть. Они *добровольцы*, да?

— Именно. Вернон и Джордж больше не работают по субботам, они продвинулись по службе. Теперь они руководят нашим маленьким предприятием.

— Твои уличные ораторы. Поверить не могу, что это приносит какую-то выгоду.

— Совсем скромную, согласен. Но я дал им шанс и доволен, что нашел законный способ помочь Джорджу и Вернону набить карманы. Я думаю, ты должна мною гордиться. А теперь, если ты не против, я переберусь в свои новые апартаменты и прослежу за тем, как они расставят вещи.

— Да, да, конечно. — Мэгги отмахнулась, поскольку зазвонил телефон. — Алло?

— Мэгги? *Мэгги!*

— Берни? Я тебе звонила, чтобы...

— *Мэгги!* Господибожемой, Мэгги! Я спала! Телефон зазвонил! Я пошла пописать, и я — он мертв, Мэгги. Господи Иисусе, Бадди мертв!

Мэгги закрыла глаза, вцепившись в телефонную трубку. Ее подруга накануне изрядно набралась.

— Берни, успокойся. Конечно, Бадди мертв. Он уже давно мертв, золотко. Что ты делала ночью?

— Что? Он *мертв*, Мэгги! Это ужасно!

Мэгги поднялась с дивана и отправилась через холл за Сен-Жюстом.

— Берни, пожалуйста, успокойся. — Она глазами показала Сен-Жюсту на параллельный телефон.

— Разговаривай с ней, — приказал Сен-Жюст и взял трубку.

Мэгги старалась. Руки у нее тряслись. Это уж слишком даже для Берни.

— Хочешь поговорить о Бадди, Берни?

Может, Берни под кайфом? Но она обещала принимать кокаин только пару раз в год, из диетических соображений. Пьет, правда, как лошадь. А в последние недели — как целый слон. Жгучие слезы навернулись на глаза Мэгги. Почему она вовремя не помогла Берни бросить пить, не поддержала ее?

Сен-Жюст махнул ей рукой, мол, продолжай.

— Берни, солнышко, Бадди уплыл на лодке семь лет назад и не вернулся. Он мертв. Мы это знаем. И *ты* это знаешь. Еще пара недель, и это признают официально. Он мертв. Что случилось, детка? Тебе приснился кошмар? Берни? Хватит плакать, милая. Поговори со мной.

— Я... я не знаю. Я не знаю. Я не *помню*. Я — черт побери, Мэгги, он *мертв*! Я проснулась, а тут кровь. Все в *крови*. Кровь. И... и он. Боже, сколько крови! Я вся в крови! Помоги мне, Мэгги. Что мне делать?

— Бернис, — произнес Сен-Жюст, и Мэгги с надеждой посмотрела на него. Он был так спокоен. — Бернис, дорогая, это Алекс. Ты сейчас дома?

— Алекс, слава богу! Он в моей постели, Алекс! Мертвый Бадди в моей постели!

— Позвони 911, — предложила Мэгги. Сен-Жюст нахмурился. — Нет, это дурацкая идея. Не звони 911. Алекс?

— Бернис, — спокойно произнес Алекс, отключив трубку Мэгги, — мы с Мэгги будем у тебя через десять минут. Кстати, где точно ты сейчас находишься?

— В... в гостиной. Кровь, Алекс. Она... пожалуйста, приезжайте! Мэгги, мне нужна Мэгги!

— Мы уже едем. Присядь, пару раз глубоко вдохни и подожди нас. Ничего не делай. Ничего не трогай. Мы скоро приедем, ты пустишь нас в гостиную, и мы сами увидим всю эту кровь. Хорошо?

— Кровь? Что за кровь? Кто увидит кровь? — В гостиную вошел Носокс с половиной гардероба Сен-Жюста в руках.

— Не сейчас, Носокс, — отмахнулась Мэгги. Она схватила сумочку, проверила, на месте ли мобильник. Кинула туда же пачку сигарет. Сейчас не время для воздержания, она получит свою дозу никотина, несмотря на последствия. — Бросай это барахло и беги, поймай нам такси, хорошо?

— Маленькая поправочка: сначала положи мою одежду туда, где ты ее взял. Потом спустись по лестнице и поймай нам машину. Да, возьму-ка я вот эту синюю куртку, если не возражаешь. — Сен-Жюст пересек комнату и подобрал трость, в которой скрывалась шпага. (В книгах Мэгги все было так, как ей хотелось, а ей хотелось, чтобы ее герой ловко управлялся с оружием.)

— Алекс, у нас нет времени на...

— Мэгги, дорогая, всегда есть время правильно одеться. Если хочешь знать, это следует расценивать как вежливый намек. Спасибо, Носокс. — Он взял куртку. — Придержи для нас лифт, пожалуйста, мы сейчас подойдем. Мэгги? — Он протянул ей руку.

— Как ты думаешь, Алекс? Она пьяна? Или обдолбана? У нее был такой *испуганный* голос! А Бадди? Господи, она же его ненавидела. С чего бы ей снились сны про Бадди? Все, *пойдем*, хватит трепаться.

Сен-Жюст пропустил Мэгги вперед.

— Ты когда-нибудь слышала о ночных кошмарах? Боюсь, я прискорбно мало знаю о Бадди. Ты не восполнишь этот пробел в моих познаниях?

— Хорошо. — Лифт остановился, Носокс выскочил из него и бросился на улицу ловить такси. — Бадди — это Бадди Джеймс. Был. Второй муж Берни, после Кёрка. Бернис Толанд-Джеймс, помнишь? Я никогда с ним не встречалась.

— Интересно, — произнес Сен-Жюст и помахал рукой Стерлингу. Стерлинг ехал к ним на мотороллере. Губы Стерлинга показались бы болезненно синими любому, кто не имел представления о его кондитерских пристрастиях, подмышкой он держал большую книгу в красной обложке. — Поехали с нами, Стерлинг, — предложил Сен-Жюст. — Отдай мотороллер Носоксу и присоединяйся. Похоже, у Бернис случилась какая-то катастрофа.

Первым в такси забрался Стерлинг, затем Мэгги. Только сейчас она заметила, что на ней надеты шорты и пижамная куртка. Интересно, расчесала ли она волосы? Вроде бы нет. Зато почистила зубы после утреннего стакана апельсинового сока. Ну, хоть что-то.

Она посмотрела на Сен-Жюста, который спокойно указывал дорогу водителю. Аккуратно отглаженные широкие брюки, дорогая спортивная куртка и девственно белая рубашка.

— Еще немного, и я тебя возненавижу.

— Джентльмен всегда готов к любому повороту дел, — произнес он. — Так что там с Бадди?

— Понятия не имею, как его на самом деле зовут. После того как Кёрк десять или двенадцать раз изменил жене с женщинами помоло-

же, Берни спуталась с первым попавшимся
парнем, лишь бы поменьше на Кёрка походил.
Бадди Джеймс. Они поженились и купили дом
где-то в Коннектикуте. У воды. Он вроде бы ни-
где не служил. Продавал страховки.

— Обворожительный мужчина, я уверен.
Рассказывай дальше. Их брак был счастливым?

— Конечно, пока Берни не надоело мотаться
туда-сюда и быть домашней курицей. Берни ро-
ждена для небоскребов, привратников и лиму-
зинов. От хождения под парусом у нее волосы
дыбом вставали. И от дома на побережье в Коннектикуте тоже. Вскоре у нее волосы вставали
дыбом просто оттого, что она сидела и смотрела
на свой садик, на кухоньку, на облупленные
стены. Она хотела развестись с Бадди, но однажды он вышел на лодке в море. Налетел
шторм, и с тех пор никто приятеля больше не
видел. И лодку тоже. Нашли только обломки
крушения.

— Трагедия на водах. Понятно.
Мэгги кивнула, потом наклонилась и постучала в стекло:

— Эй, приятель, срежь дорогу через парк,
хорошо?

Стерлинг одновременно пытался застегнуть
ремень безопасности и уловить суть разговора.

— Что-то я не понял. Берни вышла замуж за
приятеля? За друга?

— Всему свое время, Стерлинг, всему свое
время. Мэгги, давно произошел этот несчаст-
ный случай?

— Семь лет назад. Да, уже семь лет. Бадди

оставил уйму долгов, но у Берни не было доказательств, что он умер. Она не могла даже получить деньги по его страховке. Точнее, по страховкам — у него их целая куча была, он же страховой агент. Она годами платила по его счетам. По-моему, она собиралась закатить вечеринку на следующей неделе. Его как раз должны были официально признать погибшим. Поминки по Бадди или что-то вроде того.

— Но, если верить Бернис, он сейчас лежит мертвый в ее квартире. В ее постели.

— Что? — Стерлинг перестал возиться с ремнем безопасности и покрепче за него ухватился.

— Вчера у Бернис явно был тяжелый вечер, — объяснил Сен-Жюст, поглаживая руку Мэгги.

— Не трогай меня за руки. — Мэгги отшатнулась. — Я вот-вот сорвусь. Никогда с ней такого не было. Думаешь, у нее галлюцинации? Боже, Алекс, что нам делать? Может, позвать доктора Боба?

— Для тебя? Ну нет. Для Бернис? Соблазнительная перспектива, пусть она его убьет и съест. Серьезно, Мэгги, мы сами справимся. Надеюсь. Ну, вот мы и приехали. По-моему, я не так хорошо собрался в дорогу, как мне сначала показалось. Мэгги, дорогая, ты не заплатишь джентльмену?

Мэгги уставилась на него, затем порылась в сумочке и нашла десятидолларовую купюру. Требовалось четыре доллара и восемьдесят пять центов. Понятно, что сдачи придется ждать до второго пришествия.

— Отлично, — произнес Сен-Жюст, выхватывая у нее банкноту. Такси съехало на обочину Парк-авеню.

— Да, да, я знаю. Последний любитель оставлять большие чаевые. Ты хоть квитанцию возьми.

— Ну конечно, раз ты такая скупердяйка. — Сен-Жюст помог ей выйти из такси. Сбитый с толку Стерлинг последовал за ними. Они назвали свои имена консьержу. Все они были в списке желанных гостей Берни. Консьерж надменно указал им на лифт, ведущий к пентхаусу.

Глава 2

— Погоди, — Мэгги остановилась перед лифтом и принялась копаться в сумочке в поисках мобильника.

Она выглядела измученной, но все равно невероятно красивой. Высокая, стройная женщина в мятых шортах и небесно-голубой пижамной куртке с вышитой на ней маленькой смеющейся овечкой. Женщина с нечесаными волосами и без макияжа. Женщина, которая выставила напоказ свою беззащитность, словно медаль за отвагу, женщина, которая пыталась доказать всему миру, что она чего-то стоит, хотя это и так не вызывало ни у кого сомнений.

Сердце Сен-Жюста сжалось, и он немедленно принял невозмутимый вид. Не только Мэгги приходилось скрывать свои слабые места.

— Моя дорогая, что опять не так? Ты внезапно вспомнила, что *овценосна*?

— Очень смешно. Скажи спасибо, что я хоть туфли надела. Может, нам не стоит туда идти? Может, мне позвать Стива? Я имею в виду, на тот случай, если это не галлюцинации.

Сен-Жюст не ответил, хоть сам тайком подумывал об этом. Бернис очень милая женщина, только чуточку... непредсказуемая.

— Мэгги, пошевели мозгами. Неважно, галлюцинирует ли Бернис оттого, что наглоталась какой-то дряни, или у нее в постели и впрямь лежит мертвый Бадди, а руки все в крови. В любом случае, на кой черт нам сейчас нью-йоркская полиция?

Она запустила пальцы в свою шевелюру.

— Я не знаю. Мне страшно. — Она дернула себя за волосы. — *Ненавижу*, когда мне страшно.

— Иди сюда. — Он притянул ее к себе, и четко, аккуратно нажал кончиком трости на кнопку вызова лифта. — Все в порядке, Мэгги. Все будет хорошо. Я здесь.

Мэгги обвила его руками, вцепилась в него. Лишь на секунду.

— Я тебе не верю, братец. Если у Берни случилась беда, какая разница, кто здесь.

— Я тоже здесь, Мэгги. — Стерлинг нежно похлопал ее по плечу.

Сен-Жюст вздрогнул. Стерлинг жалеет Мэгги? Алекс достал из кармана чистый носовой платок и протянул его Мэгги, которая продолжала тихонько подвывать.

— Никогда не жалей ее, Стерлинг. Это можно делать только мне, потому что в душе она знает: я предлагаю ей помощь только для того, чтобы она хорошенько разозлилась и не утонула в слезах.

— Я никогда не смогу вас понять, Сен-Жюст, — Стерлинг вошел в лифт, придерживая дверь перед Мэгги, которая утирала слезы. — Я никогда не пойму ни тебя, ни ее. Я вас очень люблю и все такое, но понять вас? Никогда.

Сен-Жюст бросил надменный взгляд на недоумевающего консьержа. Двери плавно закрылись, и они поехали вверх. Алекс принялся изучать лифт.

— Это единственный лифт? Другого пути наверх нет?

Мэгги высморкалась в платок и попыталась вернуть его владельцу.

— По-моему, единственный, — сказала она. — Но я всего пару раз была у Берни с тех пор, как она сюда переехала. Постой, еще должен быть служебный лифт. И лестница, на случай пожара. А что?

— Ничего. Просто думаю. Если Бернис притащила в пентхаус вчера ночью кавалера, кто-то должен был ее видеть. Например, тот недоверчивый джентльмен в фойе. И кавалер должен был расписаться в журнале, как это сделали мы, даже если он пришел с Бернис. Надо бы взглянуть на регистрационный журнал. Стерлинг, ты согласен со мной?

— Конечно, Сен-Жюст.

Мэгги потрясла пальцем перед его носом:

— _Если_ она пришла с Бадди. Вот что ты сказал. Но она не могла прийти с Бадди, потому что Бадди рыбы съели семь лет тому назад.

— Не говори так, Мэгги, пожалуйста. — Стерлинг вздрогнул. — Ты же знаешь, что я не умею плавать. И никогда не умел.

— Стерлинг, помолчи, пожалуйста. Да, Мэгги, все считают его мертвым. Это усложняет ситуацию, но для тренированного ума нет ничего невозможного, если приложить его надлежащим образом.

— Ну вот, опять он за свое. — Стерлинг взглянул на Мэгги. — Он ищет разгадку.

Сен-Жюст проигнорировал его слова и уставился на панель управления лифтом. Есть только кнопки первого и последнего этажа, промежуточных остановок нет.

— Неплохо Кёрк устроился, — обратился Сен-Жюст к Мэгги. Он знал, что пентхаус этот раньше принадлежал Кёрку Толанду, безвременно и весьма эффектно погибшему совсем недавно.

— Я знаю, — сказала Мэгги. — Берни пришлось отказаться почти от всего, но этот пентхаус она сохранила за собой. Кёрк за свою жизнь сделал только одно доброе дело: забыл изменить завещание после развода. Наверное, думал, что будет жить вечно.

Лифт остановился, двери прошелестели, открываясь, и Сен-Жюст увидел фойе из черного и белого мрамора, с потолками в двенадцать футов и толстыми беломраморными колоннами. На круглом столе возвышалась цветочная композиция. Совершенно очевидно, что Кёрк, полностью лишенный вкуса, нанял декоратора.

— Стерлинг, ты не мог бы побыть здесь с Мэгги?

— И не думай даже! Я иду с вами. Берни! Берни, это Мэгги! Где ты, милая?

Откликнулось только эхо под сводами фойе.

— Боже, она не отвечает. Не к добру это. — Мэгги попыталась вырваться из рук Стерлинга, но тот получил инструкции от самого Сен-Жюста и держал крепко.

Сен-Жюст медленно пошел вперед. В левой руке он держал шпагу-трость, правая рука свободна. Он сделал вид, будто его ничуть не впечатляет открывшаяся взору роскошь, мебель, достойная Букингемского дворца или даже Версаля. Но на самом деле он был поражен.

— Бернис? — тихо позвал он, пытаясь сориентироваться в сумраке — тяжелые драпировки закрывали высокие окна, не пропуская солнечный свет. — Бернис, дорогая, это Алекс.

И тут он увидел ее. Она скорчилась в углу, колени прижаты к груди, голова спрятана между коленей, роскошная грива блестящих длинных тициановских кудрей — точно воронье гнездо. Одета в лимонную атласную пижаму с необычным рисунком.

— Бернис?

Берни посмотрела на него, глаза ее расширились. Она глухо застонала.

— Бернис, дорогая. Мэгги тоже приехала. И Стерлинг. Ты же не хочешь, чтобы они увидели тебя такой?

Бернис Толанд-Джеймс была прекрасна. И старалась сохранить свою красоту с тех самых пор, как ей исполнилось сорок (по крайней мере, она говорила, что сорок). Пластическая хирургия, липосакция, инъекции ботокса, изнурительные диеты, шикарный гардероб, гениальный парикмахер.

Прекрасны были не только ее волосы, но и ее душа. Она была доброй, щедрой, забавной. Она была верным другом; верной подругой Мэгги, а также ее редактором. В настоящий момент она была единственным владельцем издательства «Книги Толанда».

В последние недели она изменилась. Она пила все больше, и ей это нравилось.

— Алекс?

Берни почти шептала.

— Да, Бернис. Конечно, Алекс. Позволь я помогу тебе добраться до стула. — Он протянул руку, и медленно, неохотно Бернис ее приняла. Когда она поднялась на ноги, стало понятно, что на пижаме не рисунок, а кровь. Много крови, влажной, липкой. Кровь на руках и лице. Даже на волосах.

— Алекс? Бадди…

— Да, дорогая, — ровно произнес он, мысленно желая, чтобы Мэгги оказалась за тридевять земель. Но так как она была здесь, он понимал, что должен позвать ее и попросить о помощи. — Вот так, хорошо. Просто посиди на этом миленьком диванчике, а я схожу за Мэгги. Договорились?

— Мэгги, — Берни с трудом сглотнула. — Да… да… Мэгги. Я позвонила Мэгги. Я помню.

Сен-Жюст посмотрел на свои руки. Правая ладонь в крови — он пожалел, что отдал свой носовой платок. Он засунул руку в карман, чтобы Мэгги не сразу заметила кровь, мысленно попрощался с любимой курткой и вернулся в фойе.

— С ней все в порядке? — Мэгги не двигалась, хотя Стерлинг ее уже не держал. — Я слышала, как вы разговаривали. Она все еще ловит глюки?

— К сожалению, нет. — Сен-Жюст посмотрел на Стерлинга. — Мэгги, мужайся. Похоже, у нас проблемы. Пижама Бернис вся в крови. Я только мельком взглянул, но уверен, что это *не* ее кровь. Иди к ней, только не спрашивай про кровь, просто посиди с ней. Можешь принести ей что-нибудь тонизирующее. Стерлинг, за мной. Ничего не трогай. Уверен, нам придется вызвать *лев*-тенанта Венделла.

Мэгги уже прошмыгнула мимо них. Войдя в гостиную, Алекс со Стерлингом увидели, что женщины уже сидят на роскошном диване, крепко обнявшись. Берни беззвучно рыдала.

— Там ступеньки, Стерлинг. — Сен-Жюст указал на лестничную площадку. — Вероятно, спальни наверху. Пойдем. И еще раз: ничего не трогай.

— Думаешь, там труп, Сен-Жюст?

— Не вижу смысла строить догадки, раз мы сейчас сами все увидим. Но — да, Стерлинг, боюсь, что мы найдем там труп.

Он поднялся по широкой спиральной лестнице к длинному коридору, куда вели несколько дверей. На восточном ковре кровь. На стене три кровавых отпечатка ладоней, словно Берни шла из спальни, периодически хватаясь за стены. Бедная испуганная женщина.

— Стерлинг, будь так любезен, — Сен-Жюст снял куртку и протянул ее другу. Возможно, ее еще удастся спасти. Потом он расстегнул и снял рубашку.

Он так любил эти моменты, эту ясность мышления во время расследования. Он был для этого рожден. Ну хорошо, как минимум *придуман*.

Он осторожно шагнул, стараясь не наступить в кровь, и, используя рукав рубашки вместо перчатки, пусть и неубедительной, распахнул слегка приоткрытую дверь — вторую слева.

— Боже милостивый, — произнес из-за его спины Стерлинг, когда они вошли в тускло освещенную спальню.

— Да уж. — Сен-Жюст поднес рубашку к лицу, пытаясь спастись от сладковатого запаха крови. — Я не знаю, кто это, Стерлинг, но данный джентльмен определенно решительно мертв.

— Так много крови, Сен-Жюст. На кровати, на потолке, на стенах. Везде. Совсем как в «Деле об убийстве содержанки». Только там речь шла о женщине, а это, конечно, мужчина. Он такой бледный, Сен-Жюст. Там, где не в крови, я имею в виду.

— Он обескровлен, Стерлинг. Он умер от потери крови. — Сен-Жюст придвинулся ближе, стараясь запомнить все, что видит. Он боялся, что его выгонят из комнаты, когда прибудет Венделл. Шея мужчины перерезана от уха до уха, обе сонные артерии вскрыты. — Хочешь осмотреть рану?

— Э... нет, спасибо. Я ведь уже сказал, что похожий случай был в «Содержанке». Я прекрасно помню, как Мэгги описала рану. — Стерлинг попятился из комнаты.

— Ну хорошо, спускайся к дамам. Чем меньше мы тут наследим, тем лучше. Мэгги звать не надо, она не была знакома с мистером Джеймсом. Нам остается только поверить Берни на слово. Если, конечно, она ничего не перепутала от страха. Как это ужасно, проснуться и обнаружить такое. Я же еще немного побуду здесь.

Слова Стерлинга не выходили у него из головы. Сцена и впрямь весьма напоминала «Содержанку», третий детектив Мэгги о Сен-Жюсте. Жертва была женщиной, конечно, и лишь первой из четырех, убитых подобным образом, пока он, Сен-Жюст, не раскрыл убийства и не арестовал могущественного и титулованного негодяя. «Содержанка» три месяца держалась в списке бестселлеров «Нью-Йорк Таймс».

Но это? Это уже не фантазии. Это жизнь.

А он, Сен-Жюст, снова при деле.

Он не мог подойти ближе, не наступив в кровь. Но он стоял достаточно близко, чтобы увидеть место, где спала Берни. Контуры ее тела были грубо очерчены брызгами крови. Достаточно близко, чтобы увидеть обнаженного мужчину с перерезанным горлом. Будь рука, державшая нож, чуть сильнее — и голова совсем отделилась бы от тела. Он стоял достаточно близко, чтобы увидеть огромный нож в складках простыней.

Ступая по своим же следам, Сен-Жюст закрыл за собой дверь и отправился по коридору в поисках ванной комнаты. Он вымыл руки, забрал куртку с лестничной стойки, где Стерлинг ее оставил, достал мобильник и наизусть набрал номер.

— Алекс?

Он быстро повернулся, загораживая от Мэгги кровавые пятна на обоях; накинул рубашку и принялся застегивать пуговицы.

— Да, там тело. Я звоню *лев*-тенанту Венделлу. Пожалуйста, вернись в гостиную к Стерлингу и Бернис.

— О боже! Стерлинг только кивнул, когда спустился по лестнице, и я подумала... Но я не хотела расспрашивать его при Бернис. Это Бадди?

— Я не знаю. Прошу тебя, Мэгги. Плохие новости со временем лучше не становятся. Пусть уж лучше Венделл сюда приедет, чем кто-нибудь другой. — Он отвернулся. — Да, Венделл, какое счастье, что ты все-таки снял трубку. Это Блейкли. Ты не мог бы подъехать на Парк-авеню? Точнее, в квартиру Бернис Толанд-Джеймс. Секундочку. Мэгги, напомни точный адрес. Угу, спасибо. — Он повторил адрес лейтенанту. — Да, действительно, рядом с музеем. Весьма фешенебельный район, ты в таких еще не бывал, так что рекомендую стряхнуть крошки от пончиков с рубашки, прежде чем присоединиться к нам. Что? Нет, нет. Никаких проблем. Всегда рад дать совет насчет одежды тем, кому это необходимо.

Сен-Жюст выключил мобильник.

— Почему ты ему не сказал?

— Не сказал, потому что не хотел, чтобы он примчался сюда во главе отряда своих коллег. Он считает, что я с придурью, как ты это называешь, и я не хочу его разочаровывать. Он коп, и друг он нам или нет, но думает он как коп.

— Хорошо, я поняла, хотя он наверняка разозлится.

— Мне чертовски полегчало от того, что ты тоже так считаешь. Только недовольного Венделла нам и не хватало для полного счастья. Кстати, ты в курсе, что теперь тоже вся в крови? Боюсь, по возвращении домой нам придется пристрелить твою овечку. Но хватит веселиться. Как там Бернис? И как ты?

— Берни пьет виски и оплакивает свою окровавленную пижаму. Я помню, что ты сказал «тонизирующего» и наверняка имел в виду что-то вроде «Эрл Грэй», но это же Берни. Да, и я вымыла ей руки. Я знаю, что не должна была этого делать, но они ее пугали. И лицо тоже вымыла. А я? Я... я в порядке.

— Правда?

— Нет, неправда. На самом деле, ничего подобного. А то я ответила бы тебе что-нибудь остроумное насчет моей пижамы. Это была моя *любимая* пижама, черт побери. Алекс, что происходит?

— В постели Бернис лежит мужчина, мертвее не бывает, повсюду его кровь. На кровати, что очень удобно, лежит нож. А Бернис, что еще удобнее, с ног до головы вымазана кровью. Уверен, что на ноже найдут отпечатки ее пальцев. Что еще происходит? Ну, я забыл сегодня утром позавтракать, потому что Стерлинг ужасно торопился в парк. Но, думаю, теперь я могу спокойно обойтись и без обеда.

— О боже. — Мэгги присела на верхнюю ступеньку. Точнее, рухнула. — Я спросила ее, что случилось прошлой ночью, а она сказала, что не помнит. Просто она проснулась, а рядом Бадди. Как ты и сказал, весь в крови и мертвый. Все решат, что это она его убила.

— Почти наверняка.

— Но она этого не делала! Ты же знаешь, что не делала. И я знаю. Берни и мухи не обидит.

— Напротив. Если бы мне пришлось ввязаться в бой, я был бы очень рад, если бы отважная Бернис прикрывала мне спину. У этой женщины потрясающая сила воли. Вспомни, она много раз говорила, что не моргнув глазом убьет любого, кто осмелится ей угрожать. Мне больно тебе об этом напоминать, но ведь она совсем недавно была первой подозреваемой в смерти Кёрка.

— Но мы же знаем, кто убил Кёрка, и Бернис тут ни при чем. А Бадди исчез семь лет назад. Знаешь, что? Наверняка это не Бадди. Берни ужасно нервничает, вот и думает, что это он.

Как-то раз я видела его фото. Можно я взгляну на тело?

— Нет, даже если встанешь на колени и будешь меня об этом умолять, — произнес Сен-Жюст, когда Мэгги поднялась на ноги. — Поскольку Венделл уже в пути, нам лучше ничего не трогать. Мы можем случайно уничтожить что-нибудь, свидетельствующее в пользу Берни.

— Очень много крови, да? — Мэгги сморщила нос. — Ты так сказал.

— К тому же покойник голый. Не стоит тебе смотреть на обнаженное мужское тело.

Мэгги, как он и предполагал, закатила глаза.

— Ну, укуси меня. По-твоему, я голого мужика никогда не видела?

— При мне — точно не видела. Иди вниз. Венделл говорил со мной из машины, так что где-то через полчаса он будет здесь. Зависит от ситуации на дорогах. Ты уже была на кухне?

Мэгги потерла лоб.

— Нет. Я сходила только в дамскую комнату за полотенцем и губкой для Берни. А что?

— Хотелось бы взглянуть на коллекцию кухонных ножей Бернис, если я правильно понимаю, что под этим подразумевают. — Он забрал свою спортивную куртку с перил. — Это такая деревянная штука, из которой торчат ножи, как у тебя на кухне?

Мэгги спустилась на первый этаж вслед за ним, затем остановилась и свернула направо, за лестницу, прошла через шикарную столовую и распахнула двери.

— Вот, — произнесла она, — кухня. Офигенно большая кухня. Но мне казалось, что ты собирался ничего не трогать? Да, и если я тебя еще не утомила расспросами — почему ты снял рубашку?

— Потому что не сообразил захватить с собой резиновые перчатки. — Он обошел вокруг колоды для разделки мяса. На колоде стояла деревянная подставка для дюжины ножей.

Ножей было одиннадцать.

— О, а вот и орудие преступления. Знакомые рукоятки. И ходить далеко не надо.

Мэгги оттолкнула его и взглянула на ножи:

— Я знаю, что ты терпеть не можешь, когда кто-то озвучивает очевидные вещи, но одного ножа не хватает. Ты думаешь, Бадди убили недостающим ножом? Это уже что-то, Алекс. Я имею в виду, что так оно похоже на случайное убийство. Как раз то, что могла бы сделать Берни, внезапно столкнувшись с Бадди. Она думала, что он умер. Надеялась, что он умер. Это уже убийство со смягчающими обстоятельствами. Или даже непредумышленное убийство. Мы сможем взять ее на поруки.

Сен-Жюст выгнул бровь:

— Ты уже вынесла ей обвинительный приговор? Своей лучшей подруге?

— Нет, конечно, нет. Но выглядит все это очень плохо. И если ее обвинят, я хочу, чтобы ее выпустили под залог. Я же говорила, она ничего не помнит. Она была пьяна. Черт, да она в последнее время несколько раз напивалась до полной отключки. Я упрашивала ее сходить к доктору Бобу. Уехать. Взять пример с Бетти Форд*. Сделать хоть что-нибудь. Но она все отказывалась, потому что в «Книгах Толанда» неурядицы.

— Мне это напоминает, как ты пообещала бросить курить, если успеешь сдать книгу в срок. Или когда похудеешь на пять фунтов? Или, может быть, когда мы со Стерлингом съедем и ты останешься одна в квартире? Я знаю тебя достаточно хорошо и уверен, что у тебя есть список отговорок, которыми ты время от времени пользуешься. Какая отговорка у тебя на этой неделе, Мэгги?

— Поди ты к черту.

— Вот теперь я узнаю свою Мэгги. Хватит уже думать о том, как Бернис уведут отсюда в кандалах. Сейчас не время и не место думать вслух, хоть ты это и любишь. Лучше вспомни, кто ее адвокат.

— Ее адвокат? Секундочку. — Мэгги глубоко вдохнула. — Прости, я от страха с трудом соображаю. Я никогда не находилась рядом с трупом, если, конечно, не считать поминок по дяде Джону. Но он был в костюме, и ребята из похоронного бюро изобразили улыбку на его лице, как будто он радовался, что умер. У меня

---

*Бетти Форд (р. 1918) — супруга экс-президента США Джеральда Форда. Публично признала зависимость от алкоголя и долго от нее лечилась. В 1982 году основала Центр реабилитации алкоголиков и наркоманов, названный в ее честь.

мысли путаются. Адвокат Берни, говоришь? Понятия не имею. В любом случае это юрисконсульт. А ей нужен специалист по уголовному праву. Но Стиву не понравится, если мы вызовем адвоката раньше, чем он успеет сам с ней поговорить.

— Мои соболезнования *лев*-тенанту, но Бернис ни с кем не будет говорить без адвоката. Ни с хорошим полицейским, ни с плохим. Ни звука.

— Опять насмотрелся «Закона и порядка»?* — Мэгги кивнула. — Хорошо, ты прав. Совершенно прав. Но так все подумают, что она виновата.

— Девочка моя, все и так уже подумают, что она виновата. Молчание вряд ли усугубит ситуацию. Ты не знаешь, где она хранит телефоны?

— Скорее всего, в палме. Пойти поискать?

Сен-Жюст кивнул, уже открывая ящики стола в поисках телефонного справочника Манхэттена. Он просто хотел чем-нибудь занять Мэгги. На самом деле имя юрисконсульта Берни его не интересовало. Ему нужен был адвокат-хищник, настоящая акула в море законов. Адвокат без личной жизни, трудоголик, работающий по выходным. Адвокат, который сможет посвятить всего себя Бернис Толанд-Джеймс. Если не удастся найти его сразу, то сгодится первый попавшийся адвокат, а свою акулу он найдет потом.

_____

* «Закон и порядок» (с 1990 г.) — популярный американский полицейский и судебный сериал, снятый режиссером Диком Вульфом для канала «Эн-би-си».

Он взял телефонную книгу, взвалил ее на конторку, пролистал и нашел списки адвокатов. Списки эти сами по себе составляли уже целую книгу в книге.

Он вел пальцем вниз по странице, бегло изучая персональные рекламные объявления, пока не наткнулся на: «Дж. П. Боксер, уголовное право». В углу объявления был помещен рисунок оскалившегося пса-боксера и номер телефона. Дж. П. Боксер обитал на Парк-авеню, более того — всего в трех кварталах отсюда. Похоже, его послало само провидение.

Сен-Жюст набрал номер. Трубку сняли после первого же гудка.

— Боксер у телефона. Поговорите со мной. Раз вы звоните в субботу, значит у вас тоже нелады с личной жизнью, вы крепко влипли, но я вам помогу, — произнес хриплый голос, вдобавок еще и изуродованный помехами на линии.

— Вы нужны мне прямо сейчас, — мягко произнес Сен-Жюст. Дж. П. Боксер начинал ему нравиться. Сен-Жюст продиктовал адрес, пообещав встретить законника в вестибюле. — Через десять минут, или я позвоню кому-нибудь еще. Да, меня зовут Блейкли. Алекс Блейкли.

— Умница. Кстати, я не берусь за дела, которые мне неинтересны.

— Хорошо. А я не нанимаю адвокатов, которые мне несимпатичны. Осталось девять минут, дружище. Полиция уже в пути.

— Вы их сначала вызвали? Я не работаю с идиотами. Что у вас стряслось? Ваша жена превысила свой счет у Тиффани и вы разбили ей голову ракеткой для сквоша?

— Восемь минут, — констатировал Сен-Жюст, бросил трубку и направился в гостиную, на ходу натягивая спортивную куртку. — Мэгги? Можешь больше не искать. Я спущусь вниз за нашим адвокатом. Будь так добра, позвони консьержу, скажи ему, что ты Бернис и что Дж. П. Боксер может подняться.

— Я сама ему скажу, — Берни, шатаясь, поднялась на ноги. Стерлинг подхватил ее. — Я смогу.

— Конечно, сможешь, — успокоила ее Мэгги. Сен-Жюст вызвал лифт, и инкрустированные золотом зеркальные двери распахнулись.

Он стоял в вестибюле и улыбался консьержу. Консьерж разговаривал с Бернис по телефону и заинтересованно посматривал на Алекса.

Через пять минут Венделла все еще не было. Привратник распахнул двери, и в фойе вошла настоящая амазонка.

Глаза Сен-Жюста лишь чуть-чуть расширились, когда Дж. П. Боксер раскатистым баритоном представилась консьержу.

Женщина была одета в ярко-зеленый тренировочный костюм с синими лампасами. Рост — шесть футов два дюйма, не меньше. Волосы, точнее, то, что от них осталось, ровным слоем в полдюйма толщиной покрывали ее правильный, но весьма большой череп. Ярко-оранжевые ботинки доходили до лодыжек, шнурки не завязаны. Она переливалась всеми цветами, как радуга, и явно этим гордилась.

— Блейкли? Англичанин, как я и думала, — рявкнула женщина и сняла зеркальные солнечные очки.

— Боксер? — отозвался Сен-Жюст, все еще в некотором замешательстве.

— Да, это я. — Она схватила ручку со стойки и расписалась в регистрационном журнале. — Здоровенная черная уродина. Мне пятьдесят шесть лет, у меня климакс, и я — твой лучший друг или твой ночной кошмар. Зависит от того, зря или нет я сюда приперлась, не доев свой луковый рогалик. Давай приступим к делу.

— Конечно, пожалуйста. — Сен-Жюст провел ее к лифту. — Ваш клиент...

— Не сейчас, красавчик. Подожди, пока двери закроются.

— Конечно, — Сен-Жюст продолжал улыбаться, хотя в душе уже сомневался в правильности своего выбора. — Ну, вот мы и наедине. Итак, как я уже сказал, ваш клиент — Бернис Толанд-Джеймс.

— Знаю, знаю, это хорошо, — кивнула Дж. П. — Классная рыжуля. Не смотри на меня так, англичанин. Мы с ней вращаемся в одних кругах, хоть по виду и не скажешь. Я с ней встречалась. Кого пришили-то?

— Простите, что?

— Пришили, прирезали, прикончили. Это ведь убийство, да? По субботам звонят только из-за убийств. Так кого убили-то?

— Мы не уверены, — начал Сен-Жюст. Боксер треснула по кнопке «стоп».

— Вы не уверены. А в чем ты уверен, трепло? Труп-то там есть? Ты не забыл про мой рогалик?

Сен-Жюст понял, что пора перехватить инициативу. Но как? Он был запуган и подавлен. Женщиной! Как это унизительно.

Он попытался ввести ее в курс дела, включая тот факт, что Венделл вот-вот приедет.

— Венделл. Знаю такого. Парень упрямый, но славный. Паршиво одевается, любит играть в хорошего полицейского. Кто там еще есть? Похоже, ты любишь зрителей. А я не люблю сюрпризов.

— Серьезно? Я думаю, они вам понравятся. А не понравятся, так выгоните их вон.

— Забавный парниша, — она уставилась на него. — Терпеть не могу весельчаков. Так кто там есть?

Сен-Жюст рассказал.

— Не знаю таких. Писательница, ха. Ненавижу писателей, особенно детективщиков. Вечно они все переврут. Так вы — друзья моей клиентки? Много она вам рассказала? Вас вызовут в суд, ясно?

— Бернис почти ничего не рассказала. Она утверждает, что ничего не помнит, кроме того, что проснулась утром и нашла в своей постели усопшего. Она считает, что это тело ее мужа, Бадди Джеймса. Все думали, что он утонул в море семь лет назад. Труп там и вправду есть.

— Экий вздор! — Боксер ухмыльнулась. Очень нехорошо ухмыльнулась. Затем отпустила кнопку «Стоп», и лифт поехал вверх. — Ах, Блейкли, Блейкли, сладенький мой красавчик, у нас намечается *презабавнейшее* дельце.

— Весьма поучительно. — Сен-Жюст почувствовал наконец некую солидарность с Мэгги. Та всегда боялась больших, шумных и крайне самоуверенных людей. Женщина? Кары господни!

Глава 3

Мэгги услышала шелест дверей лифта, поднесла Берни очередной стакан виски и вышла в фойе.

— Алекс? — Она посмотрела на Дж. П. Боксер.

— Это твоя писательница детективов? — спросила Дж. П., тыча в Мэгги пальцем. — Держись от меня подальше, конфетка.

— Прошу прощения? — Мэгги попятилась. — Я — лучшая подруга Берни.

— Рада за тебя. А я — ее адвокат. Ну-ка, угадай, кто ей сейчас нужнее? Впрочем, я и так знаю. *Я*. Где она?

— Она... там, внутри, — Мэгги еще немного отступила, чтобы гигантская женщина в оранжевых ботинках не смела ее со своего пути. — Алекс?

— Все в порядке, Мэгги. Мисс Боксер...

— Миссис Боксер, англичанин, — обернулась Дж. П. — А лучше — *адвокат* Боксер. Моя мать полы драила, чтобы я смогла себя так называть. Можете начать выписывать мне чек на аванс. С вас двадцать пять штук.

— Кто... *кто* эта женщина? — спросила Мэгги у Алекса. — Она *ужасна*.

— Весьма и, не сомневаюсь, намеренно, — согласился Сен-Жюст и взял Мэгги под руку. — Так или иначе, она уже здесь, а Венделл вот-вот приедет. Нам придется смириться. Чековая книжка у тебя с собой, дорогая?

— Я же вышла из дома с тобой. Как я могла не взять чековую книжку? — огрызнулась Мэгги. — Пойдем, а то мы оставили Берни одну с этой женщиной.

— Она не одна, с ней Стерлинг. Ладно, я понял.

Мэгги до сих пор трясло, как внутри, так и снаружи. Она бы хотела быть сильнее, ради Берни. Она еле сдерживалась, чтобы не закричать или не зарыдать. Мэгги вернулась в гостиную и направилась к стулу.

— Не садись!

— Что, простите?

— Я сказала, не садись, — скомандовала Дж. П. — Не садись, ничего не трогай и вообще не дыши. Весь этот пентхаус — одна большая улика. Так что иди и встань у камина рядом со своим толстомордым дружком. Будете как два стойких оловянных солдатика.

— Мэгги? — Берни протянула руку. — Не уходи, ты нужна мне.

Дж. П. выхватила из рук у Берни бокал с виски:

— Попрощайся с «Джонни Уокером», миссис Толанд-Джеймс. С этого момента ты официально в завязке.

— Но... но... — Берни явно до смерти перепугалась.

— К черту это! — Гнев Мэгги пересилил ее робость. Она подскочила к Берни и уселась рядом с ней. — Все хорошо, милая. Все хорошо.

— Я сказала...

— До свидания, адвокат Боксер. — Сен-Жюст подошел к ней со спины. — Простите за беспокойство, но ваши услуги нам не понадобятся.

Дж. П. повернулась к нему и оглядела с ног до головы. Медленно.

— Я не нравлюсь тебе, англичанин? Вот и прекрасно. Я над этим специально работаю. Но знаешь что еще? Я очень хороший адвокат. Я превосходный адвокат. Я даже вижу, что моя клиентка вся заляпана кровью — вот насколько я хороша. Ты меня нанял, но с этого момента здесь командую я. Если ты не можешь этого пережить, если хочешь, чтобы тут кто-нибудь сюсюкал, жеманился и держал ее за руку, держал их обеих за руки и торговался с копами, чтобы скостить ей срок на пару десятков лет, тогда нет проблем. Но если нет — тогда я тут Большая Мама, даже если это значит, что мне придется немножко нагрубить твоей хорошенькой маленькой подружке-писательнице. Ну так как? Мне уйти или остаться?

Мэгги прикусила губу и посмотрела на Сен-Жюста. Его голубые глаза были непроницаемы, но на левой щеке, как раз под глазом, билась жилка. Никто не смел приказывать виконту Сен-Жюсту.

— Вы остаетесь, — произнес Сен-Жюст, и Мэгги услышала, как Стерлинг с облегчением вздохнул. — Вы остаетесь, но Мэгги оказывает Бернис моральную поддержку, а Бернис получает обратно свою выпивку. В остальном можете нами распоряжаться. Как видите, я способен идти на компромисс.

Дж. П. протянула руку:

— Я тоже. Но перед судом мы отправим ее в клинику для алкоголиков. Я же говорю, я с ней уже встречалась.

— Суд? — Берни глухо застонала и сжала руку Мэгги. — Меня будут судить?

— Возможно. — Дж. П. переключилась на Берни. — Поживем — увидим. А теперь расскажи мне все, что знаешь.

Берни еще сильнее сжала руку Мэгги.

— Я *ничего* не знаю. Вчера я ушла из дома. То есть в пятницу, так? — спросила она у Мэгги. Мэгги кивнула, стараясь не заплакать. — Утром я проснулась, и Бадди был... Бадди был...

Дж. П. достала из кармана куртки блокнот и ручку:

— Рассказывай. Когда ушла? Куда?

— Мм... на вечеринку. Да, на вечеринку. У Бинки Холстед. Ты же знаешь Бинки, Мэгги? Она замужем за Уолтером Йегером, финансистом. Он сейчас... сидит за незаконные операции с ценными бумагами. О боже, мы ведь над этим *смеялись*, а теперь я...

— Очаровательные у тебя друзья. — Дж. П. что-то нацарапала в блокноте. — Потом сообщишь мне ее телефон и адрес. Куда-нибудь еще ходила?

Свободной рукой Мэгги погладила Берни по спине.

— Вспомни, Берни, дорогая. Куда-нибудь еще?

— Я... я вернулась сюда. Да, я вернулась сюда. В лимузине. Но мне не хотелось спать. Я прогулялась немного, и... по-моему, я отправилась к «Бренде». Знаете? Два квартала вниз по улице и еще три после поворота.

Дж. П. это записала.

— «У Бренды». Знаю это место. Пивная не без претензий. Они должны тебя вспомнить. Еще куда-нибудь?

Берни пожала плечами.

— Я не знаю. Возможно. Я не уверена. У Бинки подавали текилу.

— Ах, Берни, надо было тебе пойти ко мне, — упрекнула ее Мэгги, — если тебе было грустно и одиноко.

— Было тебе одиноко, Берни? — Дж. П. отбросила условности. — Ты была одна?

Берни бросила взгляд в сторону спальни.

— Наверное, нет. В смысле, я не помню. Господи, Мэгги, *я не помню!*

Двери лифта отворились, и Мэгги застыла: приехал Стив Венделл.

— Берни, пойдем. Стив уже здесь.

— Я с ним разберусь, — пообещала Дж. П.

— Нет, не сейчас, — мягко произнес Сен-Жюст. — Мэгги, сходи за нашим добрым *лев*-тенантом, пока он не потерялся, и поменьше болтай языком, пожалуйста.

— Спасибо, Алекс. — Мэгги поспешила в фойе. Стив, как обычно, был одет в мятый камуфляж, вязаную сорочку и куртку из другого комплекта. Песочные волосы растрепались на ветру. Стив сообщил, что рад видеть Мэгги, тепло улыбнулся, но улыбка моментально исчезла.

— Мэгги? Это кровь? — Он уставился на ее пижаму. — С тобой все в порядке? Ты не ранена?

— Ох, Стив, я так тебе рада. Она этого не делала. Я знаю, что она этого не делала.

Он взял ее за руку и прикоснулся губами к щеке. Милый добрый Стив. Такой надежный, такой бесхитростный. Совсем не похож на Алекса, который сводит ее с ума, интригует, *достает*. Со Стивом так уютно и безопасно... если не вспоминать о его рискованной работе... и побороть влечение к придуманному герою, который может исчезнуть из ее жизни как раз в тот момент, когда она признается ему в любви.

— Кто? Ты о Берни? Чего она не делала?

— Не убивала Бадди, — объяснила Мэгги, — своего мужа. Он умер, если это, конечно, он. Там, наверху, кто-то умер. Она позвонила нам и сказала. Но она этого не делала. Ты же знаешь Берни. Ты знаешь, что она этого не делала.

Стив поднял руку:

— Ты пытаешься сообщить мне, что здесь труп? Господи, Мэгги, почему Блейкли не...

— Он подумал... я подумала... мы подумали, что лучше сначала приедешь ты и осмотришься. Раз ты первым оказался на месте, дело поручат тебе, верно?

— Формально да. Но, может быть, и нет. Я же знаком с Берни. Меня могут отстранить. Где Блейкли? И где труп, что куда важнее? Где Берни?

— Мы все там. — Мэгги указала на гостиную. — Кроме трупа. Он наверху, в постели у Берни.

— В ее постели? Я бы подумал, что у него инфаркт приключился во время секса, но на тебе кровь, Мэгги. Почему у тебя одежда в крови?

— Я обнимала Берни. Она вся в крови. Алекс ходил наверх, проверял, есть ли там труп, и говорит, что спальня тоже вся в крови...

— Он ходил наверх? Затоптал все следы преступления? Черт бы его побрал, Мэгги. Теперь он начнет нести всякий бред насчет предполагаемого убийцы.

— Ну, он действительно об этом немного поразмыслил, — тихо произнесла Мэгги.

— Пусть он держится от меня подальше. Что до Берни, то, если она и впрямь этого не делала, я ее лучший друг.

— Ошибаешься, Венделл, не ты, а я. — Дж. П. вышла в фойе. — Если вы двое закончили, может, ты позвонишь кому надо, чтоб увезли жмурика из дома моей клиентки? А то он скоро завоняет.

— Дж. П. — Глаза у Стива полезли на лоб. — Да-а, неплохо денек начался. По-прежнему гоняешься за «скорыми» себе на ужин?

— Только если ты в них едешь, сладенький мой, — подмигнула Дж. П. — Как насчет подняться наверх и осмотреть спальню, прежде чем позовешь коллег?

Стив засмеялся, хотя ему явно было невесело:

— Конечно, дорогая, давай поднимемся в спальню. Эй, кто-нибудь, закажите пиццу, и мы устроим вечеринку.

— Шут гороховый, — проронил Сен-Жюст, уже направляясь к лестнице. — Впрочем, Венделл, будет благоразумно — надеюсь, тебе известно значение слова «благоразумно», — если ты сперва убедишься в наличии трупа наверху, прежде чем вызывать пополнение.

— Терпеть не могу, когда он дело говорит, — пожаловался Стив. — Мэгги, ты остаешься здесь. Стерлинг и Берни, вы тоже.

— Ты что, рехнулся? — Берни основательно отхлебнула из стакана. — Я наверх и не собиралась. Мне он и живой-то не особо нравился.

— Прекрасно, просто прекрасно. Кого-нибудь интересует мое мнение по поводу линии защиты, которую избрала Рыжая? Похоже, никого. Веди нас, Венделл, — произнесла Дж. П. — У тебя запасные перчатки есть?

— Гигантских не держим, — отрезал Венделл. Мэгги прикусила губу. Она подождала, пока все уйдут, затем последовала за ними и встала у дверей так, чтобы слышать разговоры. В конце концов, если Алексу можно здесь находиться, то и ей тоже.

— Оп-па, а труп тут и вправду есть, — констатировал Стив. — Блейкли, держись от него подальше.

— В этих ботинках я к нему и сам особо не рвусь. Нож видите? Весьма удобно, не правда ли?

— Она, наверное, напилась.

— Не делай скоропалительных выводов, Венделл, — произнесла Дж. П. — Вы только гляньте на его член, парни. Такой маленький и скукоженный!

За этой сентенцией последовала тишина, и Мэгги прикрыла рот ладошкой, чтобы не засмеяться в голос. Она представила себе, как Стив заливается краской, а Алекс — хотя бог его знает, что делает Алекс. Может, развлекает себя тем, что прилаживает монокль к глазу.

— Да, разобраться с телесными выделениями будет непросто.

— Со спермой, Венделл. Ты вполне можешь произнести это слово при мне. Сперма. Много маленьких головастиков. Очень маленьких головастиков. Похоже, правду про вас говорят, белые парни. Хочешь проверить, не изнасилование ли тут было? А что я за это получу?

— Хватит торговаться, Дж. П. У нас тут вообще-то убийство.

— А миссис Толанд-Джеймс — моя клиентка. Так что ты об этом думаешь? Лично я хочу, чтобы ты вызвал сюда медэкспертизу. Никаких больниц. Пусть возьмут у нее анализы и заберут одежду, но сама она останется здесь. И пускай приедут прямо сейчас, чтобы она смогла принять душ. Она же вся в крови, ради всего святого.

— Я поговорю с ней?

— Ой, англичанин, ты слышал? Размечтался, Венделл. Она не будет говорить с тобой, пока я ей не разрешу. Видишь ли, комиссар полиции ко мне неровно дышит. Это значит, что твоя задница — в моих руках. Фигурально выражаясь.

— Копом ты мне больше нравилась, Дж. П.

— Давайте все-таки поищем зацепки, а переход на личности и сентиментальные воспоминания о прошлом оставим на другой раз.

— Господи, Блейкли, ты говоришь «зацепки»? Забудь. Это называется «улики». *Улики.* У нас есть тело, у нас есть рана, у нас есть нож. У нас этажом ниже есть подозреваемая. Я думаю, для начала этого достаточно. Чего еще тебе надо?

— Я хочу, *лев*-тенант, узнать, каким образом этот джентльмен умудрился помереть в постели у Бернис. Хочу узнать, как он здесь оказался, с кем сюда пришел и когда. Хочу узнать, была ли это самооборона. Хочу понять, почему на дальней стороне матраса — отпечаток тела Берни, очерченный кровью.

— Она его прирезала, а потом потеряла сознание, пока он тут кровью фонтанировал, — предположил Стив.

— Не знаю, Венделл, — произнесла Дж. П. — Этот чертов разрез — я бы так смогла, я девушка сильная, но эта кисельная барышня там, внизу — вряд ли. Особенно в пьяном виде.

— С чего ты взяла, что она была пьяна?

— Ты вроде говорил, что Венделл с ней знаком? — Дж. П. обернулась к Алексу.

— Хорошо, хорошо. Я понял. Но этого парня сюда явно пригласили. Следов борьбы нет.

— Точно, Венделл, нет, — подтвердил Сен-Жюст, — а знаешь, чего еще нет? Мужской одежды. Как ты думаешь, почему?

— Она где-то в другом месте. — Мэгги еле расслышала слова Стива, поскольку он отошел от двери. — Я вижу три двери. Туалет, ванная и что-то еще.

— Сауна, — вырвалось у Мэгги. Она в испуге прикрыла рот ладошкой, ее глаза расширились. — Ой.

— Маргарет, — Сен-Жюст произнес ее имя нарочито ровно, — и тебе не стыдно?

Мэгги вошла в комнату и попыталась украдкой бросить взгляд на кровать, но перед кроватью маячила широкая спина Дж. П.

— Я тоже ее друг. И вообще, кто по-твоему раскрыл все эти убийства? Ты? То есть... а, ладно, неважно.

Черт, она чуть не проговорилась, что Алекс Блейкли — на самом деле Александр Блейк, виконт Сен-Жюст, прекрасный герой ее грез, переселившийся из ее фантазий на Манхэттен. Да уж, это признание имело бы успех.

— Не обращайте внимания на эту маленькую истерику, — произнес Сен-Жюст. — Моя американская кузина пишет книжки, знаете ли. Но недавно мы с ней наткнулись на парочку трупов, я вмешался и раскрыл оба дела. Впрочем, она мне немного помогла, великодушно признаю.

— Думаешь, мне не все равно? Я в восхищении? Не жди от меня похвал, красавчик, — парировала Дж. П. — Венделл? Мне нужен полный отчет, сразу, как только ты сам его получишь. Волосы, волокна, отпечатки пальцев, группа крови, выделения. Следы изнасилования. В общем, полный набор. Я же знаю, что ты любишь делиться. Мы здесь закончили?

Стив достал телефон-раскладушку.

— Да, закончили. Идите все вниз и ничего не трогайте. Я скоро спущусь.

— Можно подумать, я сейчас рвану на кухню бутерброды жрать. За мной, англичанин. Дай мальчику спокойно позвонить его маленьким дружкам. Мы достаточно увидели.

Мэгги наконец удалось разглядеть кровать, и увиденного ей вполне хватило. Она обогнала Алекса и Дж. П. и быстро сбежала по лестнице в гостиную.

Берни выглядела намного лучше, хотя по-прежнему была одета в окровавленную пижаму. Ей помогла выпивка, помогло присутствие друзей, но больше всего ей помогла она сама. Берни была сильной женщиной — только такие и могут выжить и победить в жестоком мире акул издательского бизнеса.

— Мэгги? Это Бадди? Я уверена, что это Бадди.

— Ты разговариваешь со мной, Берни, а не с этим Солнышком Мэри*. Ты уверена, что там твой мертвый муж?

Берни посмотрела на Мэгги. Мэгги посмотрела на Алекса. Тот сказал:

— Примерно шести футов ростом, тело крепкое, но уже подернуто жирком. Редкие светлые волосы, глаза карие, на зубах — коронки, по крайней мере на передних. Большое коричневатое родимое пятно в трех дюймах под левой лопаткой. Шрам на левом колене. Плоскостопие.

— Ты все это разглядел? — удивилась Мэгги. — Несмотря на то, что он был весь в крови?

— Для тренированного глаза это несложно, моя дорогая. Кстати, а давай твой следующий труп будет лежать с широко открытыми глазами и отвисшей челюстью? Выглядит очень драматично.

— Умер довольно давно, глаза уже остекленели и подернулись пленкой, — добавила Дж. П. — Ты меня впечатлил, англичанин.

— Алекс. Пожалуйста, зовите меня Алексом. Само собой. Производить впечатление — мое призвание.

— Хорошо, Алекс. Ну и странный же ты тип. Почти как я. Но ты упустил кое-что очень важное.

_____

* «Солнышко Мэри» — героиня бродвейского мюзикла Рика Бесояна «Маленькая Солнышко Мэри» (1959), хозяйка постоялого двора: у нее добрый нрав и она старается всем угодить.

— Правда? Полагаю, вы имеете в виду кровоподтеки на запястьях и лодыжках, а также, возможно, слабый отпечаток чего-то вроде липкой ленты на его правой щеке.

— Черт возьми. Хорошо, Алекс, странный ты или нет, но ты принят в команду. Остальные пошли все вон.

— Мне нужна Мэгги, — Берни схватила Мэгги за руку и бесцеремонно усадила на диван. — Я еле держусь. Мэгги, не оставляй меня.

— Не оставлю, — пообещала Мэгги, с вызовом посмотрев на Дж. П. Боксер. Затем она перевела взгляд на Алекса, который был явно доволен собой, бездельник.

— Пойду-ка я, пожалуй, — произнес Стерлинг, не дожидаясь, пока его выставят. — Спущусь, суну консьержу пару двадцаток, пусть разрешит взглянуть на регистрационный журнал. Верно, Сен-Жюст?

— Они телевизора насмотрелись, Дж. П., — слабым голосом пояснила Мэгги. — Вот, возьми мой бумажник, Стерлинг.

— Итак, одного спровадили, — подвела черту Дж. П., когда Стерлинг вошел в лифт. — Так кто тут у нас Сен-Жюст?

— Это я. Мэгги одолжила наши имена для своих героев, а меня наградила титулом виконта Сен-Жюста. Стерлингу нравится называть меня Сен-Жюстом. Он парень простой. Хороший парень.

— По-моему, вы все чокнутые. Берни, вернемся к нашему жмурику. Что-нибудь из описания похоже на Бадди?

Берни яростно закивала:

— Ему оперировали колено за полгода до того, как он исчез. Заставил меня денно и нощно себе прислуживать, гнида.

— Опять двадцать пять. Хочешь совет, детка? О покойниках плохо не говорят, особенно о тех, которых нашли в твоей постели. Не стоит называть «гнидами» тех, в чьем убийстве тебя подозревают. Утоп, да? Знаешь, Берни, парень наверху неплохо выглядит для утопленника семилетней давности. Расскажи мне о несчастном случае с лодкой.

— Чего тут рассказывать? — пожала плечами Берни. — Он вышел на лодке в море. Мы жили в Коннектикуте, у воды. Бадди вечно возился с этой проклятой лодкой. Налетел шторм, и больше я Бадди не видела. Береговая охрана нашла какие-то ошметки. Парочку спасжилетов, еще какой-то хлам. Через два месяца, шесть дней и два часа как раз семь лет стукнет. Мэгги? Ты не помнишь, на какой день я зарезервировала «Радужные покои»?

Мэгги слабо улыбнулась:

— Берни собиралась отметить официальное признание Бадди мертвым в «Радужных покоях» отеля «Уолдорф». Если газеты об этом прознают, у нас будут проблемы.

— Да уж, я не в восторге, — Дж. П. закатила глаза. — Берни, ты унаследовала кучу денег, когда прикончили твоего первого мужа, верно? «Книги Толанда». Газеты много об этом писали, особенно когда тебя подозревали. Очень, очень много.

— И кучу долгов в придачу. Но об этом газеты даже не упомянули. Постойте, я, кажется, поняла, к чему вы клоните, — догадалась Мэгги. — Вы думаете, что Бадди инсценировал смерть, а сейчас, прознав, что Кёрк умер и оставил Берни все свои денежки, пришел за своей долей? Потому что семь лет еще не прошло и они до сих пор официально женаты?

— А Берни не захотела делиться. Да, это вариант, если, конечно, труп — и вправду Джеймс, — раздался голос Стива из коридора. — Берни? У Бадди тогда, семь лет назад, были проблемы с деньгами?

Берни фыркнула:

— Он...

— Берни, заткнись. Венделл, я тебя предупреждала. Она не будет с тобой разговаривать. Ты подслушал частную беседу адвоката с клиентом. Я оторву тебе яйца, выкрашу их бронзовой краской и приколю к мантии, если попробуешь пустить это в ход.

Сен-Жюст, который стоял позади дивана, слегка наклонился и прошептал Мэгги:

— Я начинаю ценить эту несносную женщину все больше с каждым ее вздохом. Она груба, но чертовски эффективна.

Неожиданно двери лифта отворились, и гостиную заполонили парни в полицейской форме и лаборанты в синих комбинезонах. Стив указал им на лестницу, и они потащили наверх здоровенные металлические чемоданы и фотокамеры. В комнату вошел также мужчина средних лет с медицинским саквояжем в сопровождении женщин-полицейских.

Стив нацепил полицейский значок и теперь выглядел как стопроцентный коп.

— Спальня и все прилегающие комнаты. Эта комната, лифт, кухня. Коридор и лестница. Все входы и выходы. Все, о чем я забыл. Вообще все. Тело не трогайте. Паталогоанатом будет здесь через пару минут. Он первым осмотрит тело. Надо действовать по уставу, парни.

— Клевая квартирка. — Один техник восхищенно огляделся и последовал за остальными.

— У тебя есть еще одна спальня, Берни? — спросила Дж. П., когда Стив вышел вслед за техниками. — Тебя должны осмотреть.

Мэгги показалось, что ее запястье вот-вот сломается, так яростно Берни в него вцепилась.

— Все в порядке, Берни. Они... они просто хотят тебя посмотреть, убедиться, что все в порядке. Потому что ты ничего не помнишь. Я буду с тобой, обещаю.

— Минутку, Берни. — Стив вернулся в гостиную и перелистнул страницу в блокноте. — Ты утверждаешь, что покойного зовут Бадди. Бадди Джеймс? Бадди — это имя, а не фамилия?

— На этот вопрос ты можешь ответить, — разрешила Дж. П.

— Уиллард. Уиллард Джеймс. Но ему нравилось имя Бадди.

— На вкус и цвет, как говорится, — промурлыкал Сен-Жюст и взял трость. — Я вам больше не нужен?

— Еще как нужен, Блейкли. Ты же тут везде отметился. Мне нужны твои отпечатки, чтобы их исключить. А Стерлинг где?

— Стив, прости, он уже ушел. Но он ничего не трогал, Алекс ему запретил. Он тихо стоял у камина, и руки держал в карманах. Он — ну, он очень послушный. Клянусь, что он держал руки в карманах, когда поднимался наверх. Правда, Алекс?

— Он поднимался наверх? Хоть кто-нибудь из вас *не* поднимался наверх?

Сен-Жюст посмотрел на Мэгги.

— Боюсь, мы все полюбопытствовали, что там да как, Венделл. Мне очень жаль.

— Ну да, конечно. Ладно. Через пару часов я к вам заеду и возьму отпечатки у Стерлинга. Мэгги, прости, но пообедать вместе не удастся. У меня здесь полно работы.

— Я понимаю. Пообещай, что будешь непредвзятым, Стив. Мы же знаем, что Берни не виновата, пусть даже все свидетельствует против нее.

— Мэгги?

Мэгги поспешила вслед за Берни — ту уводили женщины в полицейской форме.

— Я с тобой, Берни.

Они прошли через столовую в еще один коридор. Одна из дверей вела в рабочий кабинет. Это Мэгги запомнила по предыдущему визиту в пентхаус. Оливковые стены, белые лепные украшения и мили книжных шкафов. Диваны обтянуты темно-красной кожей, камин выложен кирпичом, в углу все еще стоит коробка Кёрка для сигар. Берни любила время от времени выкурить сигару, особенно когда была в боевом настроении.

Берни взглянула на диваны. Мэгги обернулась на голоса — в комнату вкатили носилки.

— Это... это для меня?

— Обслужим по высшему разряду, детка, — саркастически улыбнулась женщина-полицейский. — Нам нужны волокна, волосы, кровь, соскобы из-под ногтей, мазок со слизистой рта — в общем, любые следы. Ваша пижама. И тест на сексуальное насилие. Лейтенант Венделл сказал, что ваша подруга может остаться. Больно не будет.

Глаза Берни широко раскрылись, ее затрясло.

— Мэгги, это происходит не со мной, не со мной, Мэгги! О господи, это происходит *со мной*.

Глава 4

Носокс поспешил открыть дверцу такси и помочь Мэгги выбраться на тротуар.

— У нас проблемы, Алекс, Мэгги. Вам лучше подняться в квартиру.

Сен-Жюст протянул Мэгги квитанцию за проезд и посмотрел на Носокса. Неужели этот парень способен побледнеть? Похоже, да. Белые губы, глаза расширились от страха. Именно таким Сен-Жюст представлял героя Носокса на пробах в новый фильм Мела Гибсона на следующей неделе. Фильм собирались снимать в ноябре в Куинзе.

Но у Сен-Жюста не было времени заниматься актерской карьерой Носокса. Сейчас самое главное — решить проблемы Берни, а у него и без них хватало дел. Помогать Носоксу (кстати, именно Носокс выиграл тот конкурс на «Лицо с обложки», что проводился на конференции ГиТЛЭР), управлять труппой «Уличных Ораторов и Артистов», подписать на следующей неделе контракт с «Парфюмерией Пьера» за себя и за Мари-Луизу. А теперь еще и Бернис.

Для дворянина Сен-Жюст был необыкновенно деятелен. Настоящее свинство со стороны Стерлинга — во что-то вляпаться именно сейчас.

— Что случилось, Носокс? — спросил Сен-Жюст, поскольку Мэгги была поглощена своим никотиновым ингалятором. Алекс решил надеяться на лучшее — на то, что дело не в Стерлинге. — У тебя проблемы и ты хочешь обсудить их со мной наверху?

— Не у меня, — Носокс прижал руки к груди. — Я ничего не видел, потому что моя смена закончилась и я перетаскивал остатки ваших вещей, я один, потому что Киллер и Змей ушли. — Он моргнул. — Кстати, я никогда не видел вас в той желтой рубашке, ну, той, помните, от Диора, с клиньями по бокам. Она бы офигенно смотрелась с моими...

— Считай, что она твоя. Так чего ты не видел? Только не говори мне, что Стерлинг решил разобрать телевизионный механизм, чтобы понять, как он работает.

— Нет, нет, телевизор он не трогал, с телевизором все хорошо, он крепко прикручен к стене, я проследил за его установкой, пока вас не было. Но Стерлинг... К Стерлингу кое-кто приходил.

Мэгги старательно пыталась засунуть новый никотиновый картридж в мундштук ингалятора и вполголоса отчаянно ругалась. Мол, сосать ингалятор и воображать, будто это настоящая сигарета, — все равно что стоять возле булочной и надеяться, что запах выпечки тебя накормит.

— К Стерлингу кое-кто приходил? — переспросила Мэгги. — И кто же?

Носокс взглянул на обочину, где как раз притормозило очередное такси.

— Прошу прощения, но долг зовет. Спросите у него сами. Он вам все расскажет.

— Мэгги? — Сен-Жюст предложил ей руку. — Может, сядем в освободившееся такси и поедем в аэропорт? Я еще ни разу не летал на самолете. Купим билеты куда-нибудь далеко-далеко... по-моему, неплохо придумано, верно?

Мэгги открыла дверь магнитной картой-ключом.

— Не паясничай. Я не могу оставить Берни. И ты не можешь. Ты же хочешь раскрыть преступление. Признайся.

— Верно. Хотя я без малейших сожалений покинул бы Дж. П. Боксер, но мы не можем бросить Бернис. И Стерлинга тоже, во что бы он там ни вляпался за то краткое время, пока нас не было. А ты еще спрашиваешь, почему я беспокоюсь, когда он один уезжает в парк на своем мотороллере.

Но Мэгги его не слушала:

— Дж. П. молодец, что не отдала Берни Стиву для дачи показаний. Как по-твоему, надолго она убережет ее от каталажки?

— От чего, прости?

— От каталажки. Я это в одном фильме услышала. От кутузки. От полицейского участка. Дошло? Так как долго Дж. П. сможет спасать Берни от копов?

— Это зависит от улик, я полагаю. И от того, сумеет ли Дж. П. Боксер воспользоваться правом Берни не свидетельствовать против себя самой. — Он вошел в лифт. — Полагаю, нам стоит порадоваться нашей маленькой победе — тому, что Берни не отволокли в каталажку в браслетах.

— В браслетах? И кто из нас смотрит слишком много полицейских сериалов? Ты не против, если Дж. П. привезет Берни сюда? Ну, не оставаться же ей... на месте преступления. И она не в том состоянии, чтобы поселиться в отеле в гордом одиночестве. Носокс сказал, что уже освободил гостевую комнату. Должно сработать.

— Смотря по обстоятельствам. Не знаешь кого-нибудь, кто доставляет выпивку на дом? Желательно канистрами.

Двери лифта открылись как раз в тот момент, когда Мэгги возмущенно уставилась на Алекса.

— Берни всегда выпивала на вечеринках, но я прекрасно вижу, во что это вылилось в последнее время. Я помогу ей завязать.

— И это говорит особа, которая лихорадочно роется в сумочке в поисках зажигалки, — произнес Сен-Жюст. Во рту у Мэгги уже была сигарета. Он достал зажигалку. — Позволь мне. Ну что, пойдем, осмотрим мое новое жилище? Ему явно не судьба стать территорией, свободной от курения.

Мэгги глубоко затянулась сигаретой, закрыла глаза и выпустила сизую струйку дыма.

— Настоящая. Боже, как хорошо. Всего лишь вторая сегодня. Или третья?

— Снимаю перед тобой шляпу, фигурально выражаясь, моя дорогая, — Сен-Жюст вставил ключ в замок. Он сполна насладился бы вновь обретенным ощущением независимости, если бы не беспокоился о Бернис. Но он беспокоился — и отметить переезд, как они со Стерлингом собирались, им уже не удастся.

— Стерлинг? Где ты прячешься? — Сен-Жюст пропустил Мэгги вперед.

— Ух ты, я тут никогда раньше не была. Ты только посмотри на весь этот антиквариат, — нахмурилась Мэгги. — У нее отдельная столовая? Черт. Сколько же тут комнат?

— Шесть, — сообщил Сен-Жюст. — Эта комната, вышеупомянутая отдельная столовая, кухня, две спальни и маленькая укромная комнатка за кухней, я решил устроить там свой личный кабинет. Кстати, у нас имеется чудесный вид из окна.

— У меня тоже имеется, — проворчала Мэгги. — На кирпичную стену и чьи-то окна. Знаешь, Алекс, иногда я тебя просто ненавижу. Тебе неприлично везет, ты это знаешь?

— Что тут сказать? Ты сама меня таким сделала, — улыбнулся Сен-Жюст, глядя на плазменный телевизор, висящий на почетном месте над камином. При миссис Голдблюм там был скучнейший масляный пейзаж, отныне сосланный в чулан. — Хотя я предпочитаю думать, что ловлю удачу за хвост, а не просто принимаю подарки судьбы. Стерлинг? Покажись!

Мэгги направилась к буфету в стиле рококо, по пути коснувшись сияющей черной крышки кабинетного рояля.

— Привет, Генри, отличный у тебя латук. — Она присела на корточки перед клеткой, чтобы поздороваться с белым мышонком Стерлинга. Розовый носик Генри постоянно дергался, а линия талии заботами Стерлинга неуклонно расплывалась. — Ну-ка, где твой хозяин?

— Нет, нет, Мэгги, я ему не *хозяин*. Мы друзья. — Стерлинг вошел в гостиную.

— Стерлинг, что это на тебе надето? — удивился Сен-Жюст.

Стерлинг поправил очки и застенчиво улыбнулся. На нем был светло-голубой фартук с ярко-розовой вышивкой «Поцелуй повара».

— Тебе нравится? Это подарок на новоселье от Носокса. В придачу к кулинарной книге. Английской кулинарной книге. У меня там пудинг готовится, я пойду на кухню, прослежу. А тебе он принес коробку очень тонких сигар. Она там, на кофейном столике. Как Берни?

— Потихоньку приходит в себя, — Сен-Жюст кинул взгляд на коробку сигар на столе. — Носокс сказал, что у тебя какие-то сложности.

— У меня? Да вроде нет. Я немножко беспокоился, если честно, но сейчас уже все в порядке. Это была ошибка.

— Чья ошибка?

— Джентльменов, которые пришли сюда, конечно. И, возможно, миссис Голдблюм, если это не слишком грубо звучит. Я тут ни при чем.

— Дай я. — Мэгги подошла к Стерлингу. — Начни с головы, а не с хвоста, Стерлинг, золотко.

— С головы чего? — растерялся Стерлинг. — С голов двух джентльменов? Ну, если тебе действительно интересно, то на них были надеты шляпы. Черные шляпы. Но я не понимаю...

— Он не понимает твоего юмора, дорогая, — заметил Сен-Жюст. Мэгги упала в кресло, схватила хрустальную конфетницу и выгребла оттуда леденцы столетней давности, чтобы использовать ее вместо пепельницы. — Ты думала, что это смешно?

— Я много чего думала. В частности, что ты — идеальный герой. Ладно, признаю, я была не права.

— Я могу вернуться к своему пудингу? По-моему, настал критический момент.

— Не сейчас, Стерлинг. Ты сказал, что к тебе кто-то приходил. Можешь начать с того момента, как ты открыл дверь двум мужчинам в шляпах.

— Хорошо. Так бы сразу и сказали.

Сен-Жюст проигнорировал фырканье Мэгги.

— Спасибо, Стерлинг. Весьма тебе благодарен.

— Я услышал стук в дверь...

— Подожди, Стерлинг. Ты услышал стук в дверь? Никто снизу не звонил, чтобы ты их впустил?

Стерлинг нахмурился.

— Ээ-э... нет, Мэгги, никто не звонил. Они, наверное, как-то проскочили внутрь, когда кто-нибудь открыл дверь. Так можно делать? Я иногда так делаю, когда дверь уже открыта. Особенно когда у меня мотороллер с собой.

Сен-Жюст больше не веселился.

— Продолжай, Стерлинг.

— Как я уже сказал, в дверь постучали. Я открыл и увидел в коридоре двух джентльменов. Очень высокие джентльмены, даже без шляп, хотя шляп они не сняли, когда зашли.

— Ты пригласил к нам в дом двух здоровенных странных типов?

— Ну, вообще-то, нет, Сен-Жюст, и нечего так на меня смотреть. Я их не приглашал, они сами вошли и спросили старую леди. Тот, который побольше, спросил. Старую леди. Я предположил, что он миссис Голдблюм имеет в виду, и он сказал «да». А я им сказал, что ее здесь нет, что она уехала, и надолго. По-моему, этот ответ их не особо удовлетворил. Они очень огорчились.

Мэгги прикурила еще одну сигарету.

— И как они выразили свое огорчение, Стерлинг?

— Они... мм... один из них меня схватил. — Стерлинг прикоснулся ладонью к горлу: — Вот так. И спросил, где это. Когда я ему сказал, что понятия не имею, какое *это*, второй джентльмен явно расстроился и взорвался. Я надеюсь, эта ваза была не очень дорогая или памятная миссис Голдблюм.

Сен-Жюст окинул взглядом комнату, обратив внимание на письменный стол в стиле шератон. Он вспомнил, что там стояла дрянная белая с синим ваза, которую он уже совсем было собрался снести в чулан, к пейзажу. Но теперь она исчезла.

— А что случилось с вазой, Стерлинг? — мягко спросил он.

— Боюсь, ее уже не починить. Я же сказал, что он расстроился. Вот, собственно, и все, они ушли, и беспокоиться не о чем.

— Мне нужен аспирин. Таблеток шесть. — Мэгги направилась в свою квартиру. — Расскажешь мне, в чем тут дело, когда я вернусь?

Сен-Жюст проводил ее взглядом и последовал за Стерлингом в кухню.

— Что-то взорвалось? — поинтересовался он, разглядывая жуткий бардак.

— О чем ты? Об этом? Просто я готовил. Ты знаешь, оказывается, блендер надо выключать, прежде чем добавлять ингредиенты. А еще, наверное, надо вынимать затычку и лить через отверстие, а не снимать всю крышку. Да, Сен-Жюст, век живи — век учись. А потолок я потом вытру.

Сен-Жюст посмотрел наверх и тут же об этом пожалел.

— Делай что хочешь, но сначала расскажи мне все про своих гостей.

— Гостей миссис Голдблюм, — поправил Стерлинг, относя миски в раковину. — Ну, я же уже сказал. Они почему-то думали, что у них сегодня днем назначена встреча с миссис Голдблюм. Чтобы забрать *это*. Уж не знаю, что *это* такое, но они ушли, когда уверились, что миссис Голдблюм нет.

— Понятно, — сказал Сен-Жюст, хотя ему ничего не было понятно. — Так они не вернутся?

— Да им вроде как незачем. Миссис Голдблюм здесь нет. Только мы. Серьезно, Сен-Жюст, чего тут непонятного? Обычно ты лихо соображаешь.

— Спасибо на добром слове. Ладно, Стерлинг, продолжай свою готовку. — И Сен-Жюст с удовольствием ретировался из кухни.

Мэгги уже сидела в гостиной. Она выглядела усталой, измученной, практически истощенной.

— Ну что?

— Я не знаю, — честно признался Сен-Жюст. — У миссис Голдблюм была назначена встреча с двумя джентльменами, которые напугали Стерлинга и разбили вазу. Впрочем, она собиралась в дикой спешке. Может, она просто забыла про встречу?

— А может, и нет? Так ведь? Уж больно вид у тебя скептический.

— Это так заметно? Возможно, я слишком мнителен, а на самом деле все имеет вполне разумное объяснение. Тем не менее вопрос стоит ребром: кто были эти люди, и почему, если вдуматься, она так поспешно собралась и уехала — чтобы от них сбежать?

Мэгги пожала плечами:

— Позвони ей да спроси. Наверняка она уже доехала — сейчас четыре часа.

— Я попросил ее на всякий случай оставить

номер телефона. — Сен-Жюст подошел к столу и взял листок бумаги с каракулями миссис Голдблюм.

Он вспомнил, как встретился вчера с миссис Голдблюм в коридоре. Она сообщила, что уезжает утром и практически насильно всучила ему ключ от квартиры. Номер телефона, по которому ее можно застать, она написала только после того, как Сен-Жюст дважды ей об этом напомнил. Ее нервозность легко списать на обычную тревогу старой женщины о прихворнувшей сестре. Сейчас, однако, ему казалось, что это больше походило на паническое бегство.

— Алекс? Что ты стоишь и пялишься в пустоту? Может, мне ей позвонить? Поговорим как женщина с женщиной, понимаешь? Ты же не хочешь напугать старушку?

— Как скажешь. — Сен-Жюст протянул Мэгги клочок бумаги с номером телефона и свой мобильник. — Хотел бы я знать, что это были за парни. Может быть, ростовщики?

— Ты имеешь в виду, кредиторы? Никто больше не называет их ростовщиками. Вполне вероятно. Возможно, они вернутся в понедельник и опишут имущество. Нет, это на тебя не похоже. Вот со мной все было бы именно так. И к тому же посмотри вокруг. Вот уж не догадывалась, что миссис Голдблюм тут как сыр в масле катается. А теперь помолчи, в номере очень много цифр.

Сен-Жюст присел в кресло напротив.

— Да, алло? Повторите, пожалуйста? — Мэгги взглянула на Сен-Жюста. — Прошу прощения, а ваш номер... — Она нахмурилась. — Да, да, наверное, у меня неправильно записано. Спасибо.

Она бросила трубку обратно Сен-Жюсту. Он положил телефон в карман.

— Ты набрала правильно?

— Разумеется, — Мэгги достала сигарету, потом убрала ее обратно в пачку. — Правильный номер «Аптеки Хартмана» в Бока. — Она скомкала листок. — Она оставила тебе фальшивый номер, Алекс. Не нравится мне это. Совсем не нравится. А как ты будешь платить ей за аренду? Она же не дала тебе адрес, только номер телефона.

— Ну... если честно, я заплатил за полгода вперед. Только не заводись, дорогая. Я на следующей неделе подпишу контракт с мистером Пьером и верну все долги.

— Плевать я на это хотела, — отмахнулась от него Мэгги. — Ну, то есть не совсем, но сейчас у нас полно дел поважнее. У нас могут быть неприятности, Алекс.

— Пытаешься состряпать из этого сюжет для нового романа? — Алекс скептически покачал головой. — Ничего не получится. Мы же о миссис Голдблюм говорим. Об этой милой старой деве.

— Про эту милую старую деву судачили, что она была замужем за адвокатом мафии. Я разве не говорила?

— Мафия. — Сен-Жюст задумался. — А что такое *мафия*?

Мэгги всплеснула руками:

— Мафия. Это мафия. Это... ну, это итальянцы, которые занимаются разными противозаконными вещами. Сейчас, правда, много разных мафий, и не все итальянские. То есть не сицилийские. Разные. В общем, всякие противозаконные вещи. Ростовщичество, рэкет, проституция, отмывание денег, наркотики — в наши дни многие из них торгуют наркотиками. А еще они друг друга ненавидят. Иногда между ними происходят столкновения, они залегают на матрасах, а потом выскакивают и поливают друг друга из автоматов.

— Уверен, что ты находишь это объяснение исчерпывающим. — Сен-Жюст достал монокль на черном шнурке и уподобил его маятнику.

— Да я и сама в этом не особо разбираюсь. Просто смотрела «Семью Сопрано» и тот старый фильм, «Неприкасаемые»*. Чем они на самом деле занимаются, я не знаю. Мафия — это просто мафия. Организованная преступность.

— Звучит чертовски организованно. Вот только ничего не понятно. Эти парни хотя бы прибегают к насилию?

----

* «Семья Сопрано» (1999) — американский детективный сериал о нелегких буднях Тони Сопрано, главаря мафиозной семьи в Нью-Джерси. «Неприкасаемые» (1987) — классический гангстерский фильм американского режиссера Брайана де Пальмы, история крушения империи Аль Капоне.

— О да. Замуровывают твои ноги в цемент, топят, пускают тебе пулю в лоб, пока ты сидишь над тарелкой пасты — все, что пожелаешь. Плохие парни. Не из тех, кто говорит: «Ах, простите, если ее здесь нет, то мы, пожалуй, пойдем, извините за беспокойство».

— И ты думаешь, что те два визитера связаны с мафией?

— Не знаю. — Мэгги запустила пальцы в волосы. — Я только *краем уха* слышала, что покойный муж миссис Голдблюм защищал интересы мафии в суде. Точно я ничего не знаю. Но вспомни, как она не хотела подписывать с вами договор аренды. Как она сказала, что ее муж — как же его звали-то? Ах, да, Гарри — как он велел ей никогда ничего не подписывать? Адвокаты уничтожают леса каждый божий день — они тонны бумаги изводят. Так что за адвокат был Гарри?

— Поразительная работа мысли, — Сен-Жюст сцепил пальцы под подбородком, — продолжай, прошу тебя.

— Хорошо. Давай на минутку предположим, что Гарри Голдблюм был адвокатом мафии. Как он умер? Когда он умер? И не осталось ли среди его бумаг чего-то, что упрячет какого-нибудь мафиози за решетку лет этак на семьдесят, если органы наложат на это что-то лапу?

— Органы? Боюсь, что скоро нам понадобятся услуги переводчика.

— Федеральные агенты, ФБР. Писатели всегда называют их «органами». По-моему, именно они охотятся на мафиози. Есть еще Налоговое управление США — сборщики налогов. Они арестовали Аль Капоне за уклонение от налогов. За убийства и прочие преступления его арестовать не смогли, только за это. Но счетами занимаются бухгалтеры, а не адвокаты.

— А ты уверена, что покойный мистер Голдблюм был адвокатом?

Мэгги нахмурилась:

— Да. Нет. — Она вздохнула. — Если честно, я не особо обращаю внимание на соседей.

— Тоже мне открытие. Ты не обращаешь внимания ни на что, кроме своей работы, поэтому и не можешь ничего толком объяснить про гангстеров.

— Вообще-то я пишу исторические романы. Спроси меня о констеблях с Боу-стрит — и я назову тебе главу и номер абзаца. Кстати, «гангстеры» и «мафиози» — это разные вещи.

— Ладно, я ошибся. Смиренно прошу не просвещать меня больше. Да если бы не мы со Стерлингом, ты бы давно превратилась в отшельницу, бродила бы целыми днями в одной пижаме и разговаривала с кошками.

— Ха-ха. Я кручусь как белка в колесе.

— Генри тоже. Твое счастье, что я недавно решил войти в твою жизнь и несколько ее *оживить*, если можно так выразиться. Так как нам разузнать побольше о нашем мистере Голдблюме? И о миссис Айрин Голдблюм тоже, если уж на то пошло.

— Давай спросим у Носокса. Когда я переехала сюда два года назад, он здесь уже работал.

Сен-Жюст решил, что это замечательная, а также единственная их идея. Он позвонил по интеркому и пригласил Носокса в квартиру.

Через две минуты Носокс стоял на пороге и нервно озирался:

— Они вернулись?

— Нет, мы одни. — Сен-Жюст указал привратнику на стул. — Нам нужна кое-какая информация о миссис Голдблюм. Что ты можешь нам рассказать?

— О миссис Голдблюм? — Носокс взглянул на Мэгги. — Да ничего. Очень милая старая леди. На Рождество щедрая. Но вы, наверное, о чем-то другом хотите узнать? Ладно. Я не знаю, когда она сюда переехала, но прежде на табличке ее почтового ящика было написано не только ее имя, но и имя ее мужа — правда, перечеркнутое. Я так думаю, они оба тут жили, пока он не умер.

— Интересно. — Сен-Жюст убрал монокль в карман. — Продолжай.

— Ага, конечно. Верите ли, она говорит, что платит за эту квартиру арендную плату. Да только в этом доме все квартиры уже выкуплены. Что-то я ей не верю. Мне кажется, она врет насчет арендной платы и на самом деле выкупила свою квартиру, как и Мэгги. Интересно, откуда у нее столько денег? И почему она врет? Вы об этом спрашивали? А то я больше ничего не знаю.

— Знаешь, Носокс, знаешь. Вот скажи, к

примеру, часто ли у миссис Голдблюм бывали гости?

— Гости?

— Носокс, пожалуйста, слушай внимательно, что я тебе говорю. Не надо повторять мои слова, просто отвечай на вопросы. Да, гости.

— Да нет, не думаю. Она частенько уезжала, иногда на несколько месяцев. К сестре в Бока-Ратон, наверное, ну, к той, у которой она сейчас. Я забирал для нее почту. Ей очень много писем приходило.

— Это уже интересно. Носокс, припомни-ка, что за письма приходили миссис Голдблюм?

Носокс пожал плечами:

— Что за... ой, простите, случайно вырвалось. Да счета в основном. От врачей, целая куча. Она мне пятьдесят баксов давала раз в два месяца за то, что я забирал для нее почту, даже когда никуда не уезжала. Так это все счета были и еще чек от социального обеспечения раз в месяц. Открытки иногда приходили. Ну, знаете, красивые виды с подписями вроде «Как жаль, что ты этого не видишь».

Мэгги внезапно оживилась:

— Это здорово, Носокс. Ты ведь читал эти открытки? Их всегда читают.

— Я не... ох, ну ладно, Мэгги, да, читал. Но во всех было написано одно: «Как жаль, что ты этого не видишь». Одну я запомнил. С таким большим каменным замком, понимаете? На одно окно показывала стрелочка и было написано: «Моя комната». Ерунда, конечно, это же все на фабрике напечатали. Просто шутка.

— Что-нибудь еще? — спросил Сен-Жюст. — Еще какие-нибудь миленькие картинки?

— Да я особо не вглядывался. Не положено, сами понимаете. Ну, может, случайно что-то видел, пока в лифте ехал... Париж. Да, точно, одна была из Парижа. А еще из Греции. Какой-то из тамошних островов. Они все были откуда-то оттуда, как я теперь припоминаю. Европа, вот как. Ладно, мне надо работать.

— Хорошо, Носокс, спасибо, ты нам очень помог. Если вспомнишь еще что-нибудь, скажи мне или Мэгги.

Едва за Носоксом закрылась дверь, как Мэгги в возбуждении вскочила:

— Он не умер, он скрывается, а она приезжает к нему, когда может, как будто в отпуск. Но мафия узнает об этом, стучится в ее дверь и требует секретные досье или записи. Она сует тебе ключи и уезжает, подставив под удар вас со Стерлингом. Вы ничего не можете поделать. Ничего. У вас нет договора, нет бумаг, нет чеков, нет доказательств. Вы просто сквоттеры. Через какое-то время она позвонит, выяснит, чист ли горизонт, и вернется. Да, все сходится.

Сен-Жюст мягко зааплодировал:

— Великий ум в действии. Я восхищен.

— Заткнись, а? Что я опять не так сказала?

— То, что ты автоматически перенесла ситуацию с воскресшим из мертвых Бадди Джеймсом на мистера Голдблюма, я, так и быть, тебе прощаю. В конце концов, такой вывод логически следует из сегодняшних событий. Но вот чего ты действительно не учла, так это того, что миссис Голдблюм до сих пор живет в своей квартире. Почему бы ей просто не уехать за границу и не путешествовать вместе с мужем, скрываясь от этой твоей мафии?

— Это не *моя* мафия. Понятия не имею. Может, Стив что-нибудь знает о Гарри Голдблюме?

— По-твоему, у нашего доброго *лев*-тенанта мало хлопот с Бернис? Он не станет сейчас разбираться с очередным твоим полетом фантазии.

— Тебе что, все равно? Эти парни грохнули вазу, Алекс. Один из них схватил Стерлинга за *горло*.

Конечно, Сен-Жюст прекрасно это сознавал. Как и то, что в глубине его души нарастает гнев, и в гневе этом он будет Поистине Страшен. Особенно учитывая, что ему — пока — не на ком выместить этот гнев. Поэтому ему пришлось временно подавить злость и постараться успокоить Мэгги.

— Но ведь они ушли. Стерлинг весьма убедительно объяснил им, что миссис Голдблюм здесь больше не живет. Чего бы они ни хотели, эти мафиози, кредиторы, да кто бы они ни были, теперь они знают, что этого здесь нет. Ее здесь нет. Что до Стерлинга, то он прекрасно выглядит. Жаль, что нельзя сказать то же самое о нашей кухне.

Глава 5

Мэгги закрыла за собой дверь и оглядела гостиную. Свою пустую гостиную.

Ну, не совсем пустую. В комнате находились Наполеон и Веллингтон. Веллингтон драл заднюю стенку дивана, оставляя повсюду клочья черной шерсти, а Наппи удовлетворенно улегся в рабочем кресле, предварительно напечатав на экране миллион строк вроде «яяяяя яяяшшвщщщщщуyааааыыыыгггг22222лее34-вчтллллллррр». Это был один из способов увеличить объем ее книги.

Несуразно большой и довольно уродливый букет цветов, который Вера прислала два дня назад, все еще стоял на кофейном столике. Лепестки лилий уже осыпались. Еще пара дней — и все это придется убирать.

Вера устраивала Мэгги исключительно как бывшая подруга. Мэгги не нравилось, что Вера пытается снова набиться к ней в друзья.

Вера Симмонс, ныне известная как Венера Бут Симмонс, когда-то была подругой Мэгги. Но потом к Вере пришел успех, и она забыла о Мэгги — до тех пор, пока успех не пришел и к Мэгги тоже. Тогда Вера просто возненавидела Мэгги. Сен-Жюст предупреждал, что Вера никогда не простит Мэгги успеха. Но Мэгги считала Веру просто дурочкой с силиконовыми сиськами.

Пару недель назад на конференции ГиТЛЭР Мэгги сдуру спасла Веру от неприятностей — возможно, даже спасла ей жизнь, — и с тех пор Вера постоянно названивала ей, заходила на огонек, посылала подарки.

Вроде этих страхолюдных цветочков.

Мэгги сгребла вазу и отнесла ее в комнату для гостей. Может, Берни они больше понравятся. Она падка на экзотику. Мэгги же больше по душе маргаритки, простые цветы. Кстати, Вера прекрасно это знает.

— И я знаю, что она это знает. — Мэгги напоследок еще раз неодобрительно посмотрела на стрелицию королевскую, венчающую все сооружение.

Затем она застелила двуспальную кровать чистым бельем, проверила, пусто ли в ящиках комода и туалете и опустила шторы: вряд ли Берни сейчас обрадует солнечный свет.

— Самое время пообедать. — Мэгги направилась в кухню. Она вспомнила, что сегодняшний ужин у Беллини придется отменить, и грустно попрощалась с восхитительным цыпленком, приправленным чесноком, розмарином и шалфеем, и с замороженным лимонным соком на десерт.

Она открыла холодильник и мрачно изучила его содержимое. Штук шесть яиц. Початая упаковка бекона. Апельсиновый сок — десять литров, продавался со скидкой. По крайней мере, будет чем позавтракать в воскресенье.

— Суп. — Она закрыла холодильник, открыла шкафчик и встала на цыпочки. — Куриная лапша, куриный суп с рисом, куриный суп с макаронными звездочками, куриный суп с овощами, куриный бульон. На кой черт я ем столько куриного супа?

— И кроме того, слишком много разговариваешь сама с собой. Без меня тебе не справиться.

— Алекс! — Мэгги обернулась, чуть не упав. — Никогда больше так не делай. Хватит вмешиваться в мою жизнь, как будто ты — этот долбаный Космо Крамер, а я — Джерри Сайнфилд[*]. Ты не забыл, что больше здесь не живешь? Я снова живу одна. Од-на. Понятно тебе?

— Вернуть тебе ключ от квартиры?

— Нет, не надо, — раздражительно отрезала она, залезла в холодильник и вытащила бутылку питьевой воды. — Прости, Алекс. Просто я... просто я на взводе. Сначала Берни, потом Стерлинг. Пожалей меня хоть немного, а?

Ее глаза широко раскрылись, когда Сен-Жюст шагнул вперед, обнял ее и прижал к своей широкой груди. Он не обнимал ее, то есть не обнимал *по-настоящему*, с той самой ночи на конференции ГиТЛЭР. Она пыталась забыть о своей слабости... и неважно, что она в мозгу прокручивала тот момент по пять раз на дню.

---

[*] «Сайнфилд» (1989—1998) — популярный американский комический сериал Энди Экермана, «шоу ни о чем». Космо Крамер — эксцентричный прожектер, сосед Джерри Сайнфилда, комика. У Космо есть ключи от квартиры Джерри, и он часто заходит к нему без спроса.

— Это... это не совсем то, что я имела в виду, — невнятно пробормотала она ему в рубашку.

— Отпустить?

— Заткнись. — Мэгги обвила его руками за талию. — Заткнись и не отпускай меня.

— С удовольствием, — Сен-Жюст начал поглаживать ее по спине. — Все переменится к лучшему само собой, когда придет время, я обещаю, Мэгги. Бернис освободят, настоящего преступника схватят, а Стерлинг будет в полной безопасности у себя на кухне. Если, конечно, не станет больше надевать этот жуткий фартук, а то я за себя не ручаюсь.

Мэгги засмеялась, затем подняла голову и заглянула ему в лицо:

— А по-моему, забавно. Милый маленький мишка.

— Таким ты его создала, и спасибо тебе за это. Кстати, тебе не кажется, что пора принять душ и избавиться от этого кошмарного создания?

— На ней не так уж и много крови. Как думаешь, может, ее еще удастся спасти? Мне очень нравится эта пижама. — Она закрыла глаза. — Нет, молчи. Я никогда не смогу надеть ее снова. Я сразу вспомню об этом кошмаре, о Берни. Алекс, ты бы видел ее лицо, когда они объясняли, что такое тест на сексуальное насилие и что они собираются с нею делать. Она попыталась пошутить на эту тему... совершенно по-дурацки, но я держала ее за руку и чувствовала, как дрожит ее рука. Как она *вся* дрожит. Я просто...

Его рот накрыл ее губы, не давая произнести больше ни слова, хотя слова у нее все равно уже кончились, и ее захлестнули эмоции.

Он поцеловал ее раз, другой, потом провел дорожку поцелуев по щеке к волосам.

— Ты была такой смелой сегодня, Мэгги, — прошептал он ей на ухо, — я так тобой гордился. Я всегда тобой горжусь.

Мэгги почти повисла на его руках, по-прежнему обнимая его за талию.

— Мне было так страшно.

— Ты отлично держалась, настоящий кремень. Оставайся такой же — ради Берни. А теперь, — он чуть-чуть отстранил ее, — сходи в душ и переоденься, пока Бернис и миссис Боксер не приехали. Я позвоню Беллини и попрошу дополнительное место для нашей амазонки. Столик заказан на восемь.

— Ты... ты правда думаешь, что Берни захочет с нами ужинать?

— Я не знаю, чего захочет Берни. Но она будет делать вид, что ничего не произошло. В конце концов, она невиновна и должна вести себя как ни в чем не бывало.

— С адвокатом на буксире? — Мэгги усиленно размышляла, как бы ей выторговать еще один поцелуй... но вовремя вспомнила: она ведь каждый день убеждает себя, что надо держаться подальше от этого парня, созданного ее воображением... хотя, надо признать, грудные мышцы у него более чем материальны.

— Миссис Боксер придаст нашему вечеру особый колорит, моя дорогая. Мне надо сделать пару телефонных звонков, а тебе — отправиться в ванную. — Он прижал ее к себе и еще раз поцеловал, настойчиво, взасос, а затем резко отпустил. — Да, кстати, я одолжу у тебя пару полотенец? А то мы забыли их купить, а полотенца миссис Голдблюм — ну, это полотенца миссис Голдблюм. Ты же не будешь возражать? — И он направился к двери.

— Кхгм. Да, конечно. Все, что захочешь. — Она помахала ему вслед. — Ему стоит только пальчиком меня поманить, и он, черт возьми, прекрасно это понимает, — сказала она сама себе и отправилась принимать долгий холодный душ.

Вернувшись в гостиную, она бросила пару кубиков льда в стакан и проверила уровень виски в уже початой бутылке. Она как раз откупоривала новую, найденную под столиком для напитков, когда приехали Берни и Дж. П.

— Венделл просил кое-что тебе передать. — Дж. П. пинком закрыла за собой дверь, поскольку руки ее были заняты багажом. — Сегодня вечером у него дела — ему надо утопить мою клиентку. Но завтра он приедет взять отпечатки пальцев у Стерлинга.

— Да, да, конечно, спасибо. Берни, как ты себя чувствуешь? — Мэгги обняла подругу. Берни плюхнулась на диван.

— Как я себя чувствую? После того как меня расковыряли, проткнули, сняли с меня отпечатки пальцев, практически изнасиловали? Да, и не забудь, что Бадди истек на меня кровью. Не знаю. А как я должна себя чувствовать?

Мэгги чуть не произнесла «опустошенной», но вовремя прикусила язык:

— Наверное, хочешь чего-нибудь покрепче?

— Точно-точно, — подмигнула Берни, — хочу напиться на радостях.

— Это, Берни, — Дж. П. умостила свое огромное тело на диване напротив, — как раз то, чего тебе не стоит говорить отныне и впредь. Мне казалось, что мы договорились.

Берни встряхнула гривой рыжих кудрей:

— Но это же не кто-нибудь, а Мэгги.

— Ее могут вызвать в суд. — Дж. П. сложила руки под своей большой грудью. Да что там большой — просто гигантской.

— Я ничего такого повторять не собираюсь. — Мэгги протянула Берни стакан, на одну треть заполненный виски со льдом.

— Хорошая девочка. Преданная. Я люблю тебя, Мэг.

— Ничего, что я встреваю? Вы двое чего добиваетесь, чтобы вас в соседние камеры посадили, что ли?

Мэгги подняла два здоровенных чемодана и отнесла их в комнату для гостей. Там она остановилась, трижды глубоко вздохнула и вернулась в гостиную.

— Я думала, вы попытаетесь отмазать Берни от суда.

— Ох ты, оптимистка какая. Наша маленькая Солнышко Мэри — оптимистка. Отмазать от суда? Я бы с удовольствием, да не так уж это просто. Венделл ее хочет, очень хочет.

— Стив меня хочет. — Берни подняла пустой стакан. — Как тебе это нравится, Мэгги? Твой парень за мной гоняется.

— Вообще-то, — произнесла Дж. П., — он гоняется не за тобой, а за истиной. Он хороший парень, как и положено копу. Надеюсь, он сможет найти убийцу.

Мэгги села рядом с Берни.

— Мы не будем ему помогать?

— Нет, крошка Мэри, не будем. Мы будем помогать нашей драгоценной пьянчужке. И начнем с того, что отнимем у нее бормотуху. Все, Берни, больше ни капли.

— О господи, — Берни тяжело осела на диванных подушках, когда Мэгги забрала у нее стакан.

— Мм... Дж. П.? Может, перенесем это на завтра? Алекс сегодня пригласил нас всех на ужин к Беллини.

— Англичанин? Он что, выжил из... а впрочем, хорошая мысль. — Дж. П. встала и принялась расхаживать по комнате. При этом она чуть не наступила на Веллингтона, который поспешно спрятался под столом. — Вывести ее в свет, показать людям. Да, показывать людям. Она же невиновна, так? А невиновным прятаться незачем. Да, мне нравится эта идея.

Мэгги на секунду задумалась:

— И вы хотите, чтобы она завязала?

— Я умираю, погибаю, — завывала Берни, лежа на боку и прижимая руки к груди.

Дж. П. посмотрела на свою клиентку:

— Она что, совсем не просыхает?

— Я... на самом деле, я не знаю, — честно призналась Мэгги. — Мне кажется, у нее... слабость к алкоголю.

— Да она просто пьяница. Богатая. Поэтому не пьяница, а несчастная страдающая женщина с проблемами. Только сути дела это не меняет — она пьяница, и притом запойная.

— Ну, она не всегда была такой. — Мэгги вздрогнула.

— В смысле?

— Я гибну, гибну...

— Тихо, Берни, все в порядке, — Мэгги погладила подругу по боку. — Раньше... раньше она столько не пила. По-моему, это началось после смерти Кёрка. Он оставил ей все — компанию, пентхаус, все свои игрушки. Но все не так радужно, как кажется. У него была куча долгов. А потом «Книги Толанда» потеряли деньги из-за...

— Да, я помню. Короче, у нее были проблемы.

Мэгги кивнула:

— Она реорганизовала компанию, продала все игрушки Кёрка. Особняк в Хэмптонс, личный самолет и прочее барахло. Но когда ей выплатят деньги по страховке Бадди... о господи.

— Помираю...

— Привет, я что-то пропустил? Кружок кройки и шитья собрался без меня?

— Алекс! — Мэгги встала с дивана и закрыла за ним дверь. — Я только что поняла...

— Погибаю...

— Она что-то поняла и собирается поделиться с нами своим открытием. — Дж. П. уселась в рабочее кресло Мэгги (смертный грех, но Мэгги было не до того).

— Страховка Бадди, Алекс, Дж. П. — Мэгги запустила пальцы в волосы. — Я уже говорила, что он продавал страховки. Поэтому он застраховал сам себя, и не раз, со скидкой. По-моему, он миллиона на три застрахован был. Берни? На три миллиона?

— Помираю...

— Да замолчи ты! — Мэгги посмотрела на Дж. П., которой новости пришлись явно не по нраву. — Когда Бадди исчез, сыщики от страховых компаний несколько месяцев следили за Берни. Они были уверены, что Бадди сговорился с женой и разыграл мнимую гибель. Или даже что Берни сама провертела дырку в его лодке. Так ведь, Берни?

— *Ммммм...* — Берни закончила причитать и нечленораздельно замычала.

— Продешевила я с гонораром. — Дж. П. крутанулась на компьютерном кресле, затем уперлась ногами в пол и уставилась на Мэгги. — Давай-ка разберемся. Семь лет назад — ну, почти семь лет назад, не будем забывать о грядущей вечеринке под девизом «Гип-гип-ура, Бадди помер», — страховые компании сочли, что Берни вполне могла убить своего второго мужа. Совсем недавно убили ее *первого* мужа, и она снова под подозрением. Теперь ее второй муж мертв. Совершенно точно мертв, в честь чего наша девочка надеется содрать со страховых компаний три миллиона. Может, это мне выпить чего-нибудь покрепче?

— Все плохо, да? — спросила Мэгги у Сен-Жюста.

— Могут быть проблемы. Если наследство поможет ей развязаться с долгами, если Уиллард и впрямь хотел всплыть на поверхность в такой неподходящий момент... Некоторые могут подумать, что Берни это было бы несколько... неудобно. Что она не захотела делиться.

В комнате повисла тишина. Ее прервал Стерлинг, который оживленно ворвался в комнату. Похоже, он один не понимал всей серьезности стоящей перед ними проблемы:

— Включите телевизор, скорее, после рекламы расскажут о Бернис.

Мэгги схватила пульт.

— По какому каналу, Стерлинг?

— Я не уверен. Такая пронырливая девица ведет, на фокстерьера похожа.

— Мисс Холли Спивак, Мэгги, из «Фокс Ньюс».

— Ага, поняла. — Мэгги включила звук. Все, даже Берни, уставились на экран, где танцевала со шваброй какая-то придурочная особа.

Затем на экране появилось улыбающееся лицо диктора, который передал слово Холли Спивак, дотошной и въедливой репортерше. Как ни странно, Алекс был с ней знаком.

— Спасибо, Джим. Как видите, я стою на Парк-авеню. В этом доме находится пентхаус покойного Кёрка Толанда, светского льва и бизнесмена, убитого всего два месяца назад, а также его бывшей жены, Бернис Толанд-Джеймс.

— Можно подумать, что Берни жила с Кёрком, — возмутилась Мэгги, но все зашикали. — Она нарочно передергивает.

— Специально для «Фокс Ньюс» наш репортер выяснил, что сегодня утром в пентхаус Толанд-Джеймс была вызвана полиция, которая обнаружила труп некоего Уилларда Джеймса, известного также как Бадди Джеймс, второго мужа миссис Толанд-Джеймс. И знаешь, что самое интересное, Джим? Считалось, что Джеймс утонул в море семь лет назад.

Спивак кивнула, явно подавая кому-то сигнал, и неожиданно пошла видеозапись.

— Позади меня вы видите носилки с Уиллардом Бадди Джеймсом. По сведениям из достоверных источников, его обнаженное и изуродованное тело было найдено сегодня утром в постели Бернис Толанд-Джеймс, его жены, точнее, его вдовы. Семь лет Джеймс считался погибшим. Он вышел в море в шторм и не вернулся. Все считали его мертвым до сего дня, когда его совершенно точно опознали по фотографиям, найденным в резиденции Толанд-Джеймс.

— Ты хранила его фотографии? — поинтересовалась Дж. П.

— Свадебные. — Берни прижала диванную подушку к груди. — У меня было чудесное платье от Веры Ванг*.

Видеооператор проследил путь от первого этажа здания до пятьдесят четвертого, где находился пентхаус, затем таким же манером спустился и сфокусировался на большом черном мешке, который загружали во внедорожник коронера.

— Миссис Толанд-Джеймс, — забубнила Холли Спивак, когда на экране Берни и Дж. П. вышли из здания, — отказывается комментировать происходящее. Полиция ведет расследование.

— И хороша же, чертовка. Я даже не заметила камеру, — оценила Дж. П. — И ботинки в кадр попали. Классно смотрятся. Эту запись покажут в суде. Надеть, что ли, их в суд, может, удастся слупить что-нибудь с производителя за рекламу.

Мэгги неприязненно покосилась на нее.

Видеозапись закончилась, вновь появилась улыбчивая Холли Спивак:

— И вот еще что, Джим. Я нашла это в архивах «Фокс Ньюс». Заявление, сделанное миссис Толанд-Джеймс во время следствия по делу об убийстве ее первого мужа.

Снова запись — крупный план Берни, кото-

---

*Вера Ванг (р. 1949) — нью-йоркский модельер, специализируется на создании шикарных свадебных платьев для звезд.

рая что-то говорит в нацеленные на нее микрофоны и диктофоны.

Она прекрасно выглядела. Сияющая улыбка, великолепные волосы рассыпались по плечам, один локон упал на лоб. Идиотская чернобелая полосатая роба. Берни надела ее в шутку, пояснив, что хочет настроиться на нужный лад. Да уж. Полосочки от тюремного дизайнера.

Это проняло даже Стерлинга:

— Господи помилуй, Бернис!

— Нет, я его не убивала. Хотя могла. Его, да и моего второго мужа тоже. Мне ужасно везет на неудачников.

— Экспромт? Забавная шутка? Или предвестник сегодняшнего убийства? Разумеется, мы будем внимательно следить за развитием событий, Джим. — Холли Спивак откровенно ухмыльнулась на прощание, и камера вернулась в студию. Мэгги выключила телевизор.

— Мой длинный язык... — Берни снова рухнула набок и накрыла голову подушкой.

Дж. П. встала и принялась ходить по комнате. Точно тигр мечется по клетке в поисках выхода и, скорее всего, вот-вот его найдет.

— Детка, ты получишь свою выпивку. — Она ткнула пальцем в Берни. — И я тоже. Двойную.

— Сейчас все сделаю. — Стерлинг, как всегда услужливый, направился к бару.

Мэгги дрожащими руками зажгла сигарету.

Сен-Жюст достал монокль и принялся раскачивать его на шнурке.

Все были заняты тем, чтобы хоть чем-то себя занять.

— По крайней мере, они не знают, где она, — наконец нарушил молчание Сен-Жюст. — Если только?..

— Я не заметила хвоста. — Дж. П. взяла у Стерлинга стакан.

— Оператора мисс Спивак вы тоже не заметили, — произнес Сен-Жюст и подошел к окну. — Внизу никого нет. Пока, во всяком случае. Нам повезло.

— Это ненадолго, — разочаровала его Дж. П., а Берни застонала из-под подушки.

— Чего не избежать, тем следует воспользоваться, — Сен-Жюст посмотрел на Мэгги. — Не так ли, моя дорогая?

Мэгги на секунду задумалась:

— А, «Дело о похищенном жемчуге».

— Точно.

— Думаешь, получится?

— Возможно. Я даже могу попросить мисс Спивак о помощи, если мы предоставим ей — как это называется? Ах да — *эксклюзивное* интервью.

— Эй вы, двое, погодите. — Дж. П. встряла между ними, требуя внимания. — Я что-то пропустила? При чем тут жемчуг?

— Нет-нет, не просто жемчуг, миссис Боксер, — Стерлинг широко улыбнулся Сен-Жюсту, — а похищенный жемчуг. Это одна из книг Мэгги о Сен-Жюсте. «Дело о похищенном жемчуге». Очень хорошая книга. Блестящее детективное расследование Сен-Жюста. Только я все равно не понимаю, о чем это они толкуют, — стушевался он.

— Все очень просто, Дж. П., — начал Сен-Жюст. — В моем... в книге Мэгги похититель драгоценностей, он же убийца, затаился где-то в Лондоне, а Сен-Жюст должен его найти.

— А поскольку он всегда был неравнодушен к лучшим образцам ювелирного искусства, я заставила Сен-Жюста устроить бал для куртизанок...

— Для сливок полусвета, для жриц продажной любви, — дополнил Сен-Жюст.

— Короче говоря, проституток, — отрезала Дж. П. — Что дальше?

Продолжила Мэгги:

— Я заставила Сен-Жюста устроить этот бал. Ну, вы знаете, наверное, что так было принято в эпоху Регентства. Джентльмены устраивали скандальные балы для своих друзей и их любовниц. Как бы то ни было, все дамы надели драгоценности из знаменитой коллекции Сен-Жюста. Убийца не устоял и проглотил наживку вместе с крючком. — Она повернулась к Сен-Жюсту: — Ты это имел в виду?

— Да, примерно. Если мы будем постоянно выходить в свет, репортеры не откроют охоту на Берни. То, что доступно, всегда менее соблазнительно, чем то, что скрыто.

— Ты когда-нибудь сталкивался с журналистами, которые по-настоящему жаждут твоей крови, англичанин?

— Имел удовольствие. — Сен-Жюст подмигнул Мэгги, и та вспомнила, как они впервые встретили Холли Спивак. — Но все равно настаиваю, что прятать Берни в квартире у Мэгги — только подбивать репортеров на нелепые поступки. Они уже выдали в эфир несколько неудачное заявление Берни.

— О да. Она может заявить что-нибудь еще *неудачнее*. Нет уж. Она остается здесь, под замком. Никакой прессы, никаких эксклюзивных интервью. Дурацкая идея. И книжка ваша дурацкая.

— Да ну? Она была второй в списке бестселлеров «Нью-Йорк Таймс» и продержалась там очень долго. А в мягкой обложке...

— Мэгги, милая, успокойся. — Сен-Жюст похлопал ее по руке. — Думай, с кем говоришь. Не забывай про «Амазон.ком». Ты знаешь себе цену и больше не обращаешь внимания на критику.

— Спасибо тебе, доктор Боб. — Мэгги достала сигарету. — Давай, убеди меня в этом.

— Вы закончили?

— Простите нас, Дж. П., — Сен-Жюст слегка поклонился. — Служители муз так ранимы. Так на чем мы остановились?

— На том, что я запретила вам торжественно водить Берни по улицам на потеху публике. Один раз, сегодня вечером, еще ничего. Но не стоит превращать это в привычку. Однако идея дать эксклюзивное интервью мисс Спивак мне уже нравится. Копы озвереют, когда Берни расскажет все ей, а не им — помните дело Джонбенет Рэмси?* Ее родители разговаривали с кем угодно, только не с копами. Общественное мнение будет на нашей стороне. — Она посмотрела на Берни, которую почти не было видно из-под двух больших диванных подушек. — Как по-вашему, ей лучше с выпивкой или без?

Мэгги взглянула на Сен-Жюста:

— Не запастись ли мне виски?

— Отличная идея, — Сен-Жюст покачал моноклем. — Я позвоню мисс Спивак и организую встречу прямо здесь, у Мэгги. В понедельник утром не слишком рано?

— Сойдет, — вздохнула Дж. П.

— Прошу прощения, но сейчас, когда все устаканилось, — вмешался Стерлинг, — боюсь, у меня плохие новости. Пудинг, он... он не совсем удался. Мне так жаль. Может, мне сгонять вниз к Марио за мясом и салатами?

— Не надо, Стерлинг. Вечером мы все ужинаем у Беллини. Не так ли, Дж. П.?

— Хорошо. Я, наверное, рехнулась, но так тому и быть. Мысли о том, насколько все плохо, приводят меня в отчаяние. Как там было? «Чего не избежать, тем следует воспользоваться»? Кусок дерьма. Работать надо, работать.

— Я подарю вам эту книгу, Дж. П. С автографом, разумеется, — пообещал Сен-Жюст, и Мэгги захотелось его обнять.

---

*Джонбенет Рэмси — шестилетняя королева красоты, чья гибель в 1996 году взбудоражила всю Америку. Главными подозреваемыми были родители девочки. Убийство до сих пор не раскрыто.

Глава 6

Сен-Жюст проснулся рано утром. Какое счастье спать в отдельной комнате и не делить постель с храпящим Стерлингом! Он быстро принял душ в отдельной ванной, где еще витал слабый душок сирени, любимых духов миссис Голдблюм.

Он надел черные слаксы и мягкий вязаный черный пуловер. Натянул любимые ботфорты, которые не забыл захватить с собой из Лондона. Расчесал черные как смоль волосы щеткой с серебряной ручкой.

Сен-Жюст нацарапал записку и прикрепил ее к любимому устройству Стерлинга — печке-гриль, взял шпагу-трость, прикрыл поразительно синие глаза темными очками от «Рэйбан» и покинул квартиру.

По воскресеньям Марио открывался рано утром и подавал кофе, рогалики и кучу воскресных газет. Холли Спивак уже сидела за одним из малюсеньких столиков, которые жена Марио закупила в надежде привлечь посетителей.

Марио улыбнулся Сен-Жюсту и протянул ему чашечку черного кофе. Алекс взял ее и направился к столикам.

У Холли Спивак были светлые волосы. Губы она красила ярко-алой помадой. То ли она ничего не ела, то ли не слезала с тренажеров, но при росте в пять футов она весила никак не больше сорока килограммов.

— Мисс Спивак, как я рад снова видеть вас!

— Холли, Алекс, ты забыл? Для тебя я просто Холли. Я тоже очень рада тебя видеть. Боже, в этих очках ты настоящий красавчик. — Она протянула ему руку для поцелуя. Во времена Алекса это было просто знаком внимания, но теперь женские сердца от подобного жеста моментально таяли. Алекс уже успел это понять и, как обычно, использовать к своей выгоде.

— Холли, ты, как всегда, восхитительна и чересчур ко мне добра. — Он занял место напротив, прислонив трость к стене. — С твоей стороны было очень мило согласиться на встречу.

— А с твоей стороны было очень вредно делать мне намеки. Я же всю ночь не спала, гадала, что ты мне предложишь в обмен на это. — Она наклонилась и достала папку из портфеля крокодиловой кожи.

Сен-Жюст уставился на папку:

— Я уже могу радоваться, Холли?

— Понятия не имею, что ты можешь делать, потому что ты ничего не увидишь, пока не расскажешь мне, что предлагаешь взамен. Ты обещал что-то очень важное.

Дж. П. Боксер возненавидела бы его за это. Мэгги была драматичнее и, слава богу, практичнее: она бы попросту вырвала у него селезенку за то, что не посвятил ее в свои планы.

Но он был Сен-Жюстом, и он сделал то, что сделал.

— У меня есть Бернис Толанд-Джеймс, моя дорогая. Как тебе такая приманка на крючке? Хочешь ее получить? Эксклюзивно?

Холли, грубо говоря, от возбуждения немедленно пустила слюну:

— У тебя есть Толанд-Джеймс? Что, правда? Алекс, не дразни меня, это нехорошо.

— Боюсь, я не всегда хорошо себя веду. Но я обычно не лгу, Холли. Мена за мену. Я получаю папку, а ты получаешь Бернис. В укромном месте. Она поговорит с тобой, только с тобой. Перед камерой. Если будешь хорошей девочкой.

— О, я буду *очень* хорошей девочкой, ты получишь свою подшивку протухших новостей и все, что захочешь, сверх того, — заверила его Холли, опершись локтями на папку. — Пойдем ко мне?

Сен-Жюст поцеловал ее пальцы:

— Ты искушаешь меня, дорогая.

— Это значит «нет»? — Холли отдернула руку.

— Боюсь, что так.

Она хлопнула себя по лбу:

— Ты голубой, да? Я же говорила. В смысле, я так и думала. Все хорошие парни — голубые.

Сен-Жюст уже привык к тому, что его изысканные манеры, вежливая речь и тщательность в одежде, вполне обычные для джентльмена эпохи Регентства, вызывают подобную неадекватную реакцию.

— Думай как хочешь, моя дорогая, если тебе это нравится, я не унижусь протестом. Но мне очень нужна эта папка.

Холли моментально перешла в атаку:

— А зачем? Я же сказала, это всего лишь старые новости. Тебе что-то известно?

— Журналист всегда остается журналистом, — улыбнулся Сен-Жюст. — Как бы я хотел упасть к твоим ногам и все тебе рассказать! Но это чужая тайна. Обещаю, если что-нибудь получится, ты будешь первой, кто обо всем узнает.

— Это в твоих интересах. — Холли выудила из портфеля блокнот. — Ну-с, вернемся к нашей Веселой Вдове.

— Что, прости?

— Ты не видел утренних газет? Они прозвали ее Веселой Вдовой. По-моему, довольно глупо, но завтра они назовут ее как-нибудь по-другому. Так всегда бывает. И это «что-то другое» будет *моей* фишкой. Например, «Дважды умерший». Тебе нравится?

— Определенно нет, — возмутился Сен-Жюст, — не надо балагана.

Она откинулась на спинку стула:

— Нет так нет, прошу прощения, мистер Совершенство. Чего ты хочешь?

— Немного тактичности для начала, это будет весьма освежающе. Человек умер. Испуганная и совершенно невиновная женщина стала жертвой журналистов, которых интересуют тиражи и рейтинги. Как не стыдно спекулировать на трагедии!

— Да, ты прав. Подожди меня здесь, я только сбегаю на работу, облачусь во власяницу и посыплю голову пеплом, чтобы покаяться за всех журналистов вместе взятых. Мы *всего лишь выполняем свою работу*, Алекс. Люди имеют право узнать правду.

— По-моему, я уже слышал это смехотворное объяснение. Скажи мне, а если бы люди хотели узнать все о *твоей* личной жизни, у них было бы на это право?

— Если бы я убила своего мужа — да.

— В этом-то и есть камень преткновения, а также дыра в твоей логике, если мне позволено это сказать. *Убила ли* Бернис мужа? Ты этого не знаешь, но все же под этим предлогом эксплуатируешь бедную Бернис. Я имею в виду не лично тебя, милая, но всю вашу журналистскую братию.

— Мертвец лежал в ее постели. Считать ее главной подозреваемой — не такая уж натяжка. А *ты* что думаешь?

— Это несущественно. Но я искренне надеюсь, что ваши американские законы, ваша замечательная Конституция, как бы их ни критиковали, останутся тверды по части презумпции невиновности. Как по-твоему, почему журналисты обычно рыщут в поисках доказательств вины, а не наоборот?

— Ты не понимаешь законов рынка, Алекс, не говоря уже о первой поправке. Как ты думаешь, долго мы протянем, замалчивая это дело, если все остальные станции города жаждут ее крови? Если мы запретим говорящим головам разбирать Толанд-Джеймс по косточкам каждый вечер, а в воскресенье — дважды? Сейчас и во время суда? Если мы скажем: черт, да она же невиновна, пока не доказано обратное, никаких подвижек в расследовании нет и в ближайшее время не предвидится, а пока пусть лучше Джерри расскажет вам прогноз погоды на солнечные выходные? Хватит, Алекс. Толанд-Джеймс — это подарок судьбы. *Подарок.*

— Я понимаю. — Сен-Жюст взял трость. — Боюсь, нам больше не о чем говорить. Прости, что зря заставил тебя подняться в такую рань.

— Нет! Алекс, подожди. Сядь, пожалуйста. Все можно изменить.

— В том числе и вашу Конституцию, по крайней мере, после одиннадцатого сентября. Берни имеет право на неприкосновенность личной жизни. Ты никогда не задумывалась, что *ты* можешь потерять, отказывая другим в их правах и свободах? Хорошего вам дня, мисс Спивак.

— Холли. Зови меня Холли. Не поучай меня. Не я же принимаю законы. Да, я журналистка, но я не контролирую СМИ. С Толанд-Джеймс случится то, что должно случиться, от меня ничего не зависит. Так что не строй из себя борца за гражданские свободы только потому, что я выполняю свою работу. Ты хочешь, чтобы журналисты вели себя как ученики воскресной школы? Сядь, Алекс, пожалуйста. Я знаю, мы можем договориться. Объясни мне, чего ты хочешь.

Сен-Жюст поставил трость на место. Все идет отлично. Приманка проглочена вместе с крючком, пора выдвигать требования.

— Я всю ночь рылся в сети в поисках громких убийств и блестящих, но часто предвзятых репортажей. И сформулировал несколько условий.

— То есть правил?

— Можно сказать и так. Во-первых, на интервью приходишь только ты и оператор.

— Согласна.

— Во-вторых, ты не обрываешь Бернис на полуслове. Не редактируешь ее слова, чтобы... никак не могу запомнить все эти новые выражения... *тенденциозно* их представить.

— А сейчас ты скажешь, чтобы я показала тебе пленку перед эфиром. Так ведь? Нет уж, Алекс. Я — репортер. Я новости делаю, а не передачи для малышей.

— Вовсе нет, моя дорогая, — улыбнулся Сен-Жюст. — Я не собираюсь проверять твою работу. Я верю, что ты сдержишь все те обещания, которые дашь мне сейчас, и не покажешь Бернис в невыгодном свете. Я верю, что твой репортаж будет максимально объективным и беспристрастным, вопросы — интеллигентными, а время для ответов — вполне достаточным.

— А что, если я спрошу, убила ли она своего мужа?

— Очень надеюсь, что спросишь.

Холли пожала плечами:

— Хорошо. А как насчет ее адвоката? Она будет присутствовать?

— В комнате? Думаю, да. В кадре? Определенно, нет. Да, чуть не забыл одну маленькую деталь.

— Ну, начинается, — Холли захлопнула блокнот. — Что у тебя еще? Знаешь ведь, что я со всем соглашусь.

— Заранее спасибо. Ты не будешь рекламировать интервью каждые пять минут, демонстрируя подборку кошмарных кадров и сообщая зрителям *нервным*, как сказала бы Мэгги, тоном, что Бернис не признаётся в убийстве мужа.

— Черт, ты что, мысли мои читаешь? Ладно, а что мне говорить?

— Я же не репортер, Холли. Но раз ты любезно спросила меня об этом... Может, просто скажешь зрителям, что скоро они увидят обширное эксклюзивное интервью с Бернис Толанд-Джеймс. А потом назовешь время эфира.

— Какая скукотища, — произнесла Холли. Сен-Жюст опять потянулся за тростью, но Холли ухватила его за плечо. — Хорошо, хорошо, так и сделаю. Но, по-моему, она его все-таки убила.

Сен-Жюст глубоко вздохнул:

— Холли, милая моя, ты репортер, а у репортера не должно быть своего мнения.

— Алекс, ты ужасен. Так тебе нужна эта папка или нет?

— Нужна, конечно. Ты можешь что-нибудь дополнить на словах?

— Ничего, кроме того, что обвинение так никому и не предъявили, больше ничего. Обычное дело. Может, объяснишь, зачем это тебе?

— Как я уже сказал, всему свое время, Холли. Итак, до встречи завтра утром. Давай в девять, потому что Берни надо успеть в «Книги Толанда».

— Она пойдет на работу?

— Она невиновна, милая моя Холли. А невиновные люди не меняют своих привычек, ибо жернова правосудия мелют медленно, но верно. Убийца будет найден.

— С твоей помощью, да? Помню историю с лошадью. И дело с конференцией ГиТЛЭР тоже. Это было красиво. Что ты на сей раз задумал, герой?

— Я просто собираюсь вести себя героически, разумеется. — Сен-Жюст встал из-за стола, отсалютовал Холли тростью и удалился, по пути прихватив с собой по экземпляру всех воскресных газет. Марио запишет их на счет Мэгги, как обычно.

— Доброе утро, Носокс, — Сен-Жюст вошел в дом. — С каких это пор ты работаешь по выходным? Я думал, ты готовишься к кинопробам.

— Я подменяю Пола, у него зуб разболелся. Вижу, вы уже прочитали газеты. Дело дрянь, верно?

— Это типично для вашей таблоидной культуры. — Сен-Жюст покрепче ухватил толстую пачку газет подмышкой. Маневр удался, но папка при этом упала, раскрылась, и легкий утренний ветерок принялся играть ее содержимым.

— Я соберу, Алекс. — Носокс наклонился. Его взгляд задержался на одной из фотографий. — О боже. Вы только посмотрите. Меня вот-вот стошнит.

Сен-Жюст взял листок. Фотокопия с фотографии. На ней было изображено тело, лежащее в загаженном переулке. Тело без головы и без рук. Присмотревшись внимательнее, он обнаружил штамп, который удостоверял, что это официальная полицейская съемка.

— Хм-м, похоже, у мисс Спивак очень хорошие источники. Носокс, ты этого не видел.

— Конечно, не видел. Хотя так и стоит перед глазами. Чье это тело?

— Оно принадлежит, или, скорее, принадлежало, некоему мистеру Гарри Голдблюму, по крайней мере, я так думаю. — Сен-Жюст положил фотокопию обратно в папку.

— Муж миссис Голдблюм? Вот теперь меня точно стошнит. — Носокс вытер руки об штаны. — И я это трогал!

Сен-Жюст просмотрел стопку листов.

— Тут есть еще, Носокс. Хочешь вместе поглядим?

— Нет, нет, большое спасибо. — Носокс попятился.

— Отлично. Я знаю, кого это заинтересует больше.

Он поднялся на лифте, пытаясь не уронить газеты и трость и одновременно просмотреть содержимое папки. Он был так занят, что ему даже не пришлось притворяться удивленным, когда двери лифта отворились и он увидел Мэгги. Ее руки были скрещены на груди, нога постукивала по полу.

На Мэгги были надеты синие вязаные шорты, ярко-зеленый пуловер с надписью «В твоих снах» и пара ярко-розовых пушистых тапочек. Ее волосы торчали в разные стороны. В общем, выглядела она весьма угрожающе.

Да, это была его Мэгги. Ранняя пташка.

— Мои комплименты твоему наряду, Мэгги, дорогая. Бодра и свежа, как обычно.

— Заткнись, Алекс. Да, я рано встала. Рано встала, потому что не могла заснуть — беспокоилась о Берни. Которая, кстати, храпит. Причем *громко*. Сегодня закрою обе двери в спальне. И знаешь, что я сделала? А? Я тебе скажу, что я сделала. Я встала и пошла в гостиную. И выглянула в окно. Не знаю, почему, но мне захотелось посмотреть в окно. И знаешь, что я там увидела? А? Я тебе скажу, что...

— Мэгги, милая, не кричи так, ты можешь что-нибудь себе повредить. Я знаю, что ты увидела. Ты увидела припаркованный на обочине белый автомобиль с надписью «Фокс Ньюс». А еще ты увидела меня. Ты сложила два и два, и у тебя получилось...

— Получилась Холли Спивак. Как ты мог, Алекс? Я хотела сама с ней поговорить. Она бы поняла, что не может прийти сюда и...

— Хорошо, хорошо, милая, — Алекс указал тростью на двери своей квартиры, — пойдем ко мне, я тебе кое-что покажу.

— Что, правда? А может, мне неинтересно смотреть на это кое-что. Может, мне интереснее было бы посмотреть на кофе и пакет с рогаликами, но ничего похожего у тебя в руках нет.

— Мы начинаем упрямиться? Кокетство тебе не к лицу, моя дорогая.

— Мне все равно. — Она открыла незапертую дверь, потом повернулась и посмотрела на него. — Нет, не все равно. Что там у тебя? Я вижу газеты, а еще?

— Газеты мы оставим напоследок. Думаю, ничего хорошего в них нет. — Сен-Жюст закрыл дверь и положил газеты на стол. — У меня есть кое-что поинтереснее. Вся информация, которую Холли Спивак смогла найти по Гарри Голдблюму.

— У тебя... эта папка... о боже, Алекс, какая низость. Ты продал Берни в обмен на Гарри? Как это жестоко, — она сгребла папку, — но какая *блестящая* идея!

— Это был экспромт. Кстати, интервью назначено на завтра, на девять утра, если ты забыла спросить. В твоей квартире. Поэтому ее неплохо бы слегка прибрать и пропылесосить, особенно возле твоего рабочего стола. — Мэгги села на диван, Сен-Жюст устроился рядом. — Может, вместе посмотрим? Некоторые фотографии слишком... неприятные.

— В каком смысле? — спросила Мэгги, листая пачку бумаг в полдюйма толщиной. — Ой, бррр-р-р, вроде этой, что ли?

— Именно. Возможно, будет лучше, если я просмотрю все бумаги и спрячу все неприятные фотографии?

— Вообще-то я имею право видеть все то же, что и ты, но, думаю, сейчас можно сделать исключение. У него не было головы, да?

— И рук тоже.

— Я это как-то упустила. — Мэгги достала никотиновый ингалятор из кармана штанишек. — Ну и слава богу, что упустила.

Уже через полчаса разрозненные кусочки сложились вместе. Во-первых, потому, что оба умели работать с фактами, искать и анализировать информацию, а во-вторых, потому, что этих самых кусочков было довольно мало.

Гарольд Голдблюм был процветающим адвокатом с обширной практикой среди воров, убийц и прочих асоциальных элементов. К его услугам прибегали также и некоторые высокопоставленные члены одного из местных мафиозных кланов.

Девять лет назад Гарольд пропал, но его жена не заявила об этом в полицию. Она отрицала его отсутствие, даже когда полиция пришла к ней домой и поинтересовалась, не является ли ее мужем безголовый и безрукий труп, найденный на пустыре в Адской Кухне*.

_____

* Адская Кухня — трущобный район Манхэттена.

Она молчала, пока не получила посылку, в которой лежали голова и руки Гарольда. После этого она попросила вернуть ей тело мужа, чтобы похоронить все вместе.

Было много шумихи в прессе, полиция отработала несколько версий, но так никого и не арестовала. Айрин стерла имя мужа с почтового ящика. Жизнь продолжалась — для всех, кроме Гарри.

— Так почему теперь? — спросила Мэгги, когда Сен-Жюст закрыл папку. — Девять лет прошло, Алекс. Мафия давно могла бы разобраться с Айрин.

— Верно, — подтвердил он. — Возможно, что-то случилось и привлекло их внимание к этой женщине.

— Например?

— Я не знаю, милая, — Сен-Жюст запихнул папку подальше под диван, чтобы Стерлинг не нашел ее и не расстроился при виде фотографий. — Но совершенно ясно: что-то изменилось.

— *Это.* — Мэгги затянулась ингалятором. — Стерлинг сказал, что они требовали от него *это.* — Она приподнялась и внимательно оглядела гостиную, словно охотничья собака, почуявшая дичь. — Боже, Алекс, оно должно быть где-то в этой квартире, так ведь?

— Сомневаюсь. — Сен-Жюст уже успел обдумать и отбросить эту возможность как маловероятную.

— По-твоему, это плохая идея? Какая я дурочка. *Фу*.

Сен-Жюст похлопал ее по руке:

— Не спеши огорчаться, моя дорогая. Как ты думаешь, если *это* и вправду существует, если Айрин Голдблюм была в курсе, что плохие парни узнали, что *это* существует, если они позвонили ей и назначили встречу, чтобы забрать *это*, находится *это* до сих пор здесь или нет?

Мэгги скорчила рожу:

— Ладно. Так она забрала это с собой?

— Думаю, да.

— Итак, это существует. Может быть, это дневник? Гарри описал в нем свою работу на мафию. А может, какие-то улики?

— Гости Стерлинга сказали «это», думаю, речь идет о какой-то одной вещи.

— А может, это папка. В одной папке может быть очень много разных *этих*.

— Мэгги, мне представляется, что мы ходим по кругу, не говоря о том, что совершенно запутались в *этих*. Абсолютно ясно, что мы понятия не имеем, за чем приходили эти люди.

— Да. Но они вернутся, можешь быть уверен. Вам двоим надо убираться отсюда.

— Да нет, не думаю, — Сен-Жюст достал монокль и потер — то ли на счастье, то ли чтобы успокоиться.

— Ну конечно, Сен-Жюст не дезертирует с поля боя, Сен-Жюст — настоящий герой. А вот как насчет Стерлинга?

— Думаю, надо рассказать ему все, что мы знаем, и пусть он решит сам.

— Я тебя ненавижу. Ты прекрасно знаешь, что Стерлинг последует за тобой всюду, хоть прямо к черту в пасть.

Несколько долгих секунд Сен-Жюст сидел молча, задумавшись не о себе, что оказалось вновь для него. В книгах все намного проще. Там он знал, что, в конце концов, это сериал, и неважно, насколько плохи их со Стерлингом дела, все равно победа останется за ними, ведь впереди — новые приключения... и новые книги.

Стерлинг первым обнаружил, что с тех пор, как они переехали в Нью-Йорк, он не теряет в весе, сколько бы ни изнурял себя упражнениями. И не прибавляет, сколько бы ни ел. На плече у Сен-Жюста был шрам от пули, но он появился, лишь когда Мэгги описала его в одной из книг. Они оба — ее создания, они никогда не постареют, не заболеют и не умрут — если, конечно, она об этом не напишет.

Потому-то Мэгги иногда и шутила, что опишет бородавку у него на носу.

Так что он в безопасности. Или переход из воображаемого мира в мир реальный изменил что-то — что-то важное? Например, сделал их смертными? Мог ли он так рисковать? Собой — несомненно, в конце концов, он герой, и никем иным быть не может. Неважно, что в мелочах его взгляды *развивались* под влиянием нового окружения.

Но Стерлингом рисковать нельзя.

— Скажи уже что-нибудь.

Сен-Жюст заставил себя вернуться к разговору:

— Я не могу и не собираюсь с чистой совестью уехать отсюда, дезертировать, оставить вас, женщин, одних. Я не трус, и ты не заставишь меня им стать. И Стерлинга тоже. Он куда сильнее характером, чем тебе кажется.

— Ты просто...

Он поднял руку, прервав ее на полуслове:

— Хорошо, мы переедем обратно к тебе завтра или когда Бернис разрешат вернуться к себе домой.

— Все это тебя задело, верно? Не думай, что я не заметила, как ты скривился, когда признал мою правоту. Но это тебе же на пользу, Алекс. Ты принял правильное решение. А сейчас — можно мне обыскать эту квартиру? Побалуй меня. Я всегда любила искать сокровища.

— Конечно, если хочешь. Уверен, Стерлинг с радостью тебе поможет. Как по-твоему, Бернис уже проснулась? Мне надо подготовить ее к интервью.

— Дж. П. придет в одиннадцать и займется этим сама. Но, спорим, до нее еще не дошло, что ты и впрямь назначишь интервью на завтра? Да, я тебе говорила, что ты был просто великолепен вчера у Беллини? Как ты думаешь, Дж. П. была под мухой, когда разрешила тебе заняться отношениями Бернис с прессой?

— По-твоему, я не умею убеждать?

— Ни секунды так не думала. Сумел же ты убедить мир, что на самом деле существуешь. Но вчера была халява. Никто ничего не знал, потому за Берни и не охотились. Сегодня — совсем другое дело. Пираньи рыщут поблизости.

— Тук-тук. Есть кто-нибудь дома? Это я!

— О черт. — Мэгги рухнула на диван, — вспомнишь пираний...

Сен-Жюст поднялся на ноги и улыбнулся Венере Бут Симмонс:

— Доброе утро, мисс Симмонс. Я не заметил, что оставил дверь открытой. Какая неосторожность с моей стороны.

— Берни сказала, что вы, наверное, здесь. Я знаю, что еще очень рано, но я примчалась на помощь, как только прочла утренние газеты. — Венера прошла в комнату, распространяя вокруг сильнейший цветочный аромат. — О, да тут очень мило. Мэгги, тебе стоит поучиться у Алекса искусству оформления интерьеров.

— Черт, — тихо выругалась Мэгги так, что услышал только Сен-Жюст, затем добавила: — Откуда ты узнала, что Берни здесь?

— Ты что, газет не читала? Там есть вчерашние фотографии, на которых ты, Алекс, выходишь из дома Берни. Написано, что ты — *неизвестный мужчина*. Ты, Мэгги, тоже есть в газетах. Слава богу, в кадр попали только твои ноги. По крайней мере, эти тощие лодыжки очень похожи на твои.

— Алекс, держи меня, а то я сейчас ее убью.

— Тсс-с-с, — успокоил ее Алекс, снова присев рядом.

— Так или иначе, — Венера скрестила длинные ноги, порылась в сумке в поисках бумажного носового платка, нашла и вытерла им уголки рта, — я пораскинула мозгами и решила, что раз Берни не арестовали, значит, ей надо было куда-то податься с места преступления. То есть она тут, у вас. Это что, «Стейнвэй»? — Она ткнула пальцем в сторону рояля. — Я немного играю, знаете ли.

— Рад за тебя, — поспешно произнес Сен-Жюст, заглушая тихое ворчание Мэгги. — Так ты только что приехала? И много на улице журналистов?

— Только два или три, — нахмурилась Венера, но тут же повеселела: — Зато я им рассказала. Я им все рассказала.

Мэгги попыталась вскочить, но Сен-Жюст крепко держал ее за руку.

— Что ты им рассказала, Вера? Ты что, не можешь хоть раз спокойно пройти мимо камер и микрофонов? Не потрясти силиконовыми сиськами и не распустить длинный язык?

Венера мягко, сочувственно улыбнулась — мол, ах ты, бедненькая, плоскогрудая девочка:

— Мэгги. Мэгги, Мэгги, Мэгги. Я знаю, как ты стесняешься публики из-за того, что сразу начинаешь мямлить или глотать слова. Но нельзя же недооценивать всю важность саморекламы.

— Ты занималась саморекламой? — спросил у Венеры Сен-Жюст, прикидывая, не придется ли в скором времени Мэгги удерживать *его*.

— Нет, — Венера в негодовании замахала наманикюренными ручками, — конечно же, нет! Я это так, из общих соображений сказала. Разве я могу использовать трагедию бедняжки

Берни в целях саморекламы? Моего дорогого редактора? Моей очень хорошей *подруги*? Как вы могли так обо мне подумать?

— Легко. Мы с тобой вообще-то знакомы. — Мэгги затянулась никотиновым ингалятором.

(Сен-Жюст подумал о том, насколько все-таки Венера и Мэгги разные. Мэгги незамедлительно бросилась на помощь Берни, даже не успев снять пижаму со злосчастной овцой. Венера же явно провела добрый час за своим туалетом, чтобы в полной боевой готовности предстать перед камерами.)

— Ах, Мэгги, ты такая шутница! Но я-то знаю, что ты — верная подруга. Верная подруга Берни и, конечно, моя подруга, раз ты спасла мне жизнь. Я никогда этого не забуду, Мэгги. Никогда, правда-правда.

— Может, все-таки попытаешься? — с надеждой спросила Мэгги, а Сен-Жюст сделал вид, что очень занят своим моноклем, сохраняя невозмутимое выражение лица.

— Не глупи. Ой, чуть не забыла. Я же тебе кое-что принесла. Нашла прелестную безделушку на днях у Тиффани.

— Вера, перестань. Правда. Хватит подарков.

— Они давят на нее, поймите, мисс Симмонс. Подарки и другие проявления доброты или восхищения. Ей куда комфортнее, когда ее игнорируют, — объяснил Сен-Жюст.

Венера достала из необъятного баула голубую коробочку от Тиффани и кинула ее Мэгги, но Мэгги не поймала, потому что уставилась на Сен-Жюста.

Сен-Жюст поднял коробочку и протянул ее Мэгги.

Мэгги развязала тесемку, открыла коробочку и вынула ее содержимое. Из мягкой голубой ткани выскользнула маленькая серебряная ручка от Тиффани.

— Какая прелесть.

— Скажи «спасибо», — подсказал Сен-Жюст.

— Спасибо, Вера.

— Я знала, что тебе понравится, — произнесла Венера в нос. — На ГиТЛЭРе я заметила, что ты пишешь ручкой «Бик». Это же мовитон! Ты сейчас в моде, твои книги — в списке бестселлеров. Смотри, я сделала на ней гравировку!

Сен-Жюст взял ручку и прищурился, чтобы рассмотреть крошечные буквы:

— «Мэгги Келли, героиня». Весьма содержательно.

— Я знаю. Сначала я хотела написать: «экстраадинарная героиня», но это слишком длинно. К тому же я не уверена, что знаю, как пишется «экстраадинарная». — Сен-Жюста передернуло от ее произношения. — Ну как, Мэгги, тебе нравится? Тебе действительно нравится? Ты с нею можешь раздавать автографы. Хотя постой, ты же их не раздаешь.

— Вообще-то раздаю. Иногда. — Мэгги посмотрела на Алекса в надежде, что он спасет «экстраординарную героиню».

— Ну, хватит об этом. Объясни, что конкретно ты сказала репортерам, — переменил тему Сен-Жюст.

Венера явно гордилась собой:

— О, я была потрясающа. Я им сказала: «Никто из друзей, настоящих друзей Берни, в жизни не поверит, что она могла кого-то убить. Даже если он это заслужил. Я совершенно уверена, что манхэттенский суд — самый справедливый суд на просторах нашей великой Америки».

Мэгги уронила голову на руки:

— О господи, она ее уже арестовала и собирается судить.

— Мэгги права, мисс Симмонс, вы же знаете, что Берни еще не арестована.

— О, ну это вопрос времени. Но я уверена, что это была самозащита.

— Вон. — Мэгги вскочила, прежде чем Сен-Жюст смог ее удержать. — Пошла *вон*, Вера. Поняла? Не звони и не пытайся увидеть Берни. И моли бога, чтобы никогда больше с ней не встречаться после того, как *она* узнает, что ты тут наговорила.

— Я... я не понимаю, — проблеяла Венера, вставая с кресла. Она сгребла сумку и загородилась ею от Мэгги. — Я что-то не то сказала? Я действительно сказала что-то не то? — Венера отступала к двери.

— Ты выбрала несколько... неудачные слова, — Сен-Жюст проводил Венеру до двери.

— Я ничего плохого не имела в виду. Мне казалось, что это вполне хорошие слова.

— О своих дурацких книжонках ты тоже так думаешь, — мстительно ответила Мэгги. Сен-Жюст быстро вытолкал Венеру и закрыл за ней дверь, как раз вовремя — с той стороны в дверь вонзилась шариковая ручка. — Черт, Алекс, с такими друзьями, как Вера, Берни никаких врагов не надо.

— Это уж точно. Но если мы правы и Берни невиновна, значит, как минимум один враг у нее есть.

Глава 7

Мэгги разрывалась на части. Одна ее половина хотела заняться раскопками в квартире миссис Голдблюм в поисках дневников, приклеенных к нижним сторонам ящиков комода или спрятанных за картинами. Другая половина понимала, что в данный момент ее главная задача — помочь Берни в час ее испытаний, как сказал бы Сен-Жюст.

Так что Мэгги всего лишь заглянула за одну очень подозрительную картину, на которой, по всей видимости, была изображена черная кошка в черной комнате, в надежде найти там сейф. Увы, сейфа за картиной не оказалось, и Мэгги мужественно вернулась в собственную квартиру... где и обнаружила Берни, которая сидела на диване, облаченная в бирюзовую шелковую блузку и широкие черные брюки. Берни была в полной боевой раскраске. Одну ногу Берни положила на кофейный столик.

Нога эта была босой, а между пальцев торчали косметические тампоны. В комнате воняло лаком для ногтей.

— Что ты делаешь? — Мэгги задумалась: чем она больше расстроена — тем, что Берни не скорчилась на диване, охваченная ужасом, или же неприятным запахом лака. А еще говорят, что у курильщиков плохое обоняние.

Берни окунула кисточку в пузырек с огненно-красным лаком и сосредоточилась на ногте большого пальца.

— Понимаешь, Мэгги, тут одно из двух: или я умру от ужаса, или буду сражаться. Ты что, еще не поняла, что меня подставили?

— Ну, вообще-то мы с Алексом пришли к такому же выводу. Но ты же говорила, что ничего не помнишь?

— Не помнила. И не помню. Но твердо знаю, что не убивала Бадди. Я бы лучше заложила его копам за то, что разыграл свою смерть. Или сдала бы негодяйскую сволочь налоговой полиции за уклонение от налогов — последние лет пять до того шторма он не заполнял налоговых деклараций. Я, кстати, настояла на том, чтобы заполнять их по отдельности, как и на том, чтобы заключить брачный контракт. Зачем мне его убивать? Я бы лучше навещала его в тюряге раз в месяц, приносила бы ему чернослив в кулечке. Он терпеть не мог чернослив.

— Ну да. — Мэгги присела на диван напротив. — Это в твоем духе. Помучить его как следует.

— Да, точно. К тому же я бы не стала убивать его у себя дома. Это же не имеет смысла.

— Имеет — если хочешь потом апеллировать в суде к тому, что это не имеет смысла. — Мэгги разглядывала Берни, которая недрогнувшей рукой покрывала лаком очередной ноготь. — Но ты права. Ты бы не стала... Погоди, ты заставила Бадди подписать брачный контракт?

Берни свободной рукой откинула со лба спутанные локоны.

— Ну да. Их тогда все подписывали. Выйти замуж без контракта было бы моветоном.

— «Мовитоном», как сказала бы одна особа. — Мэгги достала никотиновый ингалятор и глубоко затянулась очередной порцией бесполезных химикалий. — Так Бадди ничего бы не получил в случае развода? Или в случае твоей смерти?

— Точно. Он был страховым агентом, и не слишком успешным. Ему даже пришлось устроиться на вторую работу, когда любовный угар прошел и я перестала его содержать. Кёрк хоть и был земляным червяком, но при разводе поступил со мной по справедливости. Я смогла купить этот дом в Коннектикуте. Он записан на мое имя.

— До сих пор?

— Черт! Мэгги, дай мне срочно салфетку. Я лак смазала.

Мэгги схватила со стола упаковку салфеток и протянула ее Берни.

— Я в шоке. Я-то думала, что все о тебе знаю. А у тебя, оказывается, есть дом в Коннектикуте. Почему ты его не продала?

Берни дернулась и смазала лак еще на одном ногте:

— Наверное, потому, что все в городке думали, будто я убила Бадди и похоронила его на заднем дворе. Вот я и сохранила этот задний двор за собой... просто чтобы их позлить. — Она посмотрела на Мэгги. — Ты же меня знаешь. Я плохая девочка, правда?

— За это я тебя и люблю. Дом сдается внаем?

Берни критически оглядела правую ступню, вздохнула и полезла за бутылочкой жидкости для снятия лака.

— Давай сменим тему? У меня получалось намного лучше, пока мы не заговорили об этой ерунде.

— Погоди минуточку. Дом сдается внаем, Берни?

Берни откинулась на спинку дивана и вздохнула.

— Да, сдается, — она закатила глаза, — думаю, что сдается. Летом, с понедельной оплатой. Я не знаю. Как-то не до него было. Я поручила это своему агенту.

— Позвони ему. — Мэгги протянула Берни радиотелефон. — Позвони прямо сейчас.

— Зачем?

— Не знаю. Но если Бадди воскрес из мертвых, то мог поехать в Коннектикут, в надежде, что ты там еще живешь. Риелтор может спросить у людей, которые снимают дом, не ходил ли кто вокруг, не искал ли тебя. Если, конечно, дом и вправду сдается. Просто позвони.

— Но к чему...

— Представь, что Бадди где-то прячется. Он узнаёт, что Кёрк умер и ты унаследовала все его состояние. К этому моменту Бадди уже подустал от Мексики, Бразилии или где он там окопался. Он чует запах денег и решает вернуться, чтобы найти тебя. Я бы на его месте начала именно с твоего дома в Коннектикуте.

Берни закончила стирать лак с ногтей.

— Ну что, Мэгги, ты довольна? Теперь мне придется показаться на люди без педикюра. А босоножки от Феррагамо* без педикюра надевать не положено. Это святотатство.

— Берни, золотко, сосредоточься. Если Бадди видели в Коннектикуте, это доказывает, что он за тобой охотился, а не наоборот.

— Никто и не говорил, что Бернис охотилась за Бадди, — произнес Сен-Жюст от дверей. — Только то, что они определенно нашли друг друга.

— Пора бы мне уже научиться запирать эту дверь. — Мэгги приложилась к ингалятору. — Или попросту выкупить оставшиеся две квартиры на этаже.

— Неплохая идея. Вот только четыре кухни — это уже перебор. Даже двух слишком много, разве что в тебе неожиданно проснется талант кулинара, моя дорогая.

— Не дождетесь, — рассеянно откликнулась Мэгги. — Ты прав, Алекс. Никто не говорит, что Берни охотилась за Бадди. Непредумышленное преступление, преступление из-за страсти — вот что они скажут.

---

*Сальваторе Феррагамо (1898—1960) — известный итальянский дизайнер обуви, изобретатель каблука-шпильки.

— Они, эти некие они, уже так говорят. — Сен-Жюст продемонстрировал ей первую полосу газеты.

— Веселая Вдова? — Берни убрала ногу со стола и направилась к бару. — С меня хватит. Что за шаблонные писаки!

— Мисс Спивак предлагает вариант «Дважды умерший».

— Уже лучше. — Берни помахала у него перед носом пустым стаканом. — Если бы это была книжка, я бы назвала ее «Мочи Бадди!». — Она заглянула в ведерко для льда. — Мэгги?

— Берни, скотчем никто не завтракает.

— Я уже позавтракала. Нашла в сумочке зерновой батончик. Теперь можно и выпить. Дж. П. сказала, что пока можно. Не занудствуй. — Берни протянула Мэгги пустое ведерко.

— Уже иду. — Мэгги бросила взгляд на Сен-Жюста, взяла ведерко и направилась на кухню.

Она стояла перед открытым холодильником, думая о доме в Коннектикуте. Она попыталась представить себя на месте Бадди. Даже если у него был доступ в Интернет, он мог найти в сети только то, что у Берни есть квартира в городе и дом в Коннектикуте. Он подумал бы, что она живет в городе всю неделю, а в Коннектикуте отдыхает по выходным.

Ну, ладно, он *мог бы* так подумать.

Он мог бы выжидать там, затаившись, как змея перед броском. Но Берни так и не показалась. Следующий шаг — Манхэттен. Это разумно. Да, это вполне разумно. Может быть...

Мэгги наполнила ведерко льдом и вернулась в гостиную. На облюбованном ею диване сидел Сен-Жюст. Он немедленно встал, как и положено джентльмену, и кивком указал ей на место рядом с собой, самоуверенно полагая, что она хочет сидеть с ним рядом. *Сюда, детка. Сидеть.*

Мэгги нервничала. Она проснулась всего полтора часа назад, но уже непохоже, что день будет особенно удачным.

Она поставила на стол ведерко для льда, подошла к своему рабочему креслу и посмотрела на Сен-Жюста.

Он улыбнулся ей, как бы говоря: «Я знаю, что ты хочешь сидеть со мной рядом и именно поэтому рядом со мной не садишься». Почему он так хорошо ее понимает? Хотя этот пункт можно вычеркнуть. Она прекрасно знает, почему. Потому что она наделила его своими чертами, как и Стерлинга. Ей и в голову прийти не могло, что в один прекрасный день она посмотрит на них и увидит себя.

Себя реальную, себя идеальную, себя воображаемую — сильнее, умнее, смелее, себя, умеющую добиваться своего.

Больше похожую на Сен-Жюста и меньше — на Стерлинга.

— Мэгги? Мы с Берни поговорили насчет Коннектикута, и мне кажется, что твоя идея довольно-таки неплоха.

— Что, правда? — с надеждой произнесла она, затем прочистила горло и повторила: — Ну да, конечно. Идея просто замечательная. Блестящая идея.

— Ну, я не был бы столь категоричен, — осадил ее Сен-Жюст, но Мэгги заметила огонек в его глазах: Сен-Жюст явно нарочно ее злил.

Что ж, у него получилось.

— Берни? Как называется твоя риелторская контора? Я поищу телефон в «Гугле». Риелторы всегда работают по воскресеньям. Моя мать была риелтором, сдавала квартиры в Оушен-Сити. По воскресеньям дела шли неплохо.

Через пять минут Берни позвонила некой Лурин О'Бойл, сообщила той, что прекрасно ее помнит (скорчив при этом рожу и тряся головой) и что хотела бы вырваться летом в Коннектикут (закатив глаза). Затем попросила у Мэгги блокнот и ручку и что-то нацарапала, не отрываясь от телефона: «Уф-ф, хорошо, Лурин, спасибо. Передавай от меня привет Горди. Что, правда? Да, это так похоже на мужчин. Ну ладно, пока».

Берни бросила трубку и отхлебнула из стакана.

— Ну? — нетерпеливо спросила Мэгги.

— Что ну? Горди ее оставил.

— Кто? А, муж твоего риелтора. Он ее бросил?

— Да нет, умер.

Сен-Жюст взглянул на Мэгги, которая передразнила:

— Это так похоже на мужчин.

— Кажется, Дж. П. предлагала надеть на нашу драгоценную Бернис намордник?

— О да. — Мэгги посмотрела на подругу. — Берни, тебе не стоит говорить такие вещи. Мне смешно, Алексу тоже, но весь остальной мир решит, что ты несколько... непочтительна.

— Очень хорошо, потому что я и впрямь непочтительна. Горди прижал меня в углу на деревенской вечеринке. Пришлось врезать ему коленом. Получила огромное удовольствие. — Берни взмахнула блокнотом. — Кому-нибудь интересно, что сказала Лурин?

— Не знаю, — Мэгги уронила голову на руки, — я уже забыла, что мы хотели у нее спросить.

— Выкури сигаретку, Мэгги. Поверь, наши маленькие слабости — единственное, что спасает нас от безумия.

— Но рано или поздно эти слабости убивают нас, — проворчал Сен-Жюст, чем заработал еще один неприязненный взгляд Мэгги.

— В общем, Лурин сказала, что последний жилец съехал в конце июля. Она пыталась найти еще кого-то, но клянется, что в этом году все решили из соображений экономии остаться дома. Так что, Мэгги, там никто не живет. Это хорошо или плохо?

Мэгги посмотрела на Сен-Жюста. Он кивнул — мол, отвечай сама. Хотела бы Мэгги знать, что на это ответить.

— Хорошо, — произнесла наконец Мэгги, — дом пуст. Пуст с конца июля. Поэтому, раз мы не можем выяснить, искал тебя там Бадди или нет, оставим пока эту идею. Но это не значит, что его там не было.

— И... что? — Берни отхлебнула виски.

— Ну... — нерешительно начала Мэгги, — я не знаю. Алекс, как по-твоему, надо нам знать, был там Бадди или не был? В смысле, поможет это Берни или, наоборот, повредит? Вдруг копы решат, что она знала о Бадди и навещала его? Что он просил у нее денег? Он мог потребовать свою долю денег по страховке, даже если не знал о наследстве Кёрка.

Сен-Жюст сцепил пальцы под подбородком:

— Продолжай.

— Хорошо. По времени похоже, что он мог пообещать Берни не воскресать из мертвых, если она поделится с ним деньгами по страховке. Но она понимала, что шантажист будет тянуть из нее деньги снова и снова, и поэтому заманила его сюда и убила. Кстати, а что это я привожу доводы *против* Берни?

— Терпеть не могу планировать. — Берни выкинула косметические тампоны.

— Или, — предположил Сен-Жюст, — Бадди вернулся и спрятался в Коннектикуте, чтобы потом с новыми силами отправиться в город и шантажировать Берни. Возможно, ему казалось, что он в безопасности. Хотя мне кажется, что там его легко обнаружили бы и растрезвонили бы на всю округу. Знаешь, Мэгги, мы зашли в тупик. Тем не менее, просто чтобы закончить этот спор, а также чтобы отследить передвижения Бадди перед его гибелью, нам стоит пройти до конца по этой дороге.

— По этой дороге? А что, у тебя есть еще какие-то пути? — Мэгги уже не понимала, почему эта идея показалась ей такой уж блестящей. Она создавала впечатление, будто Бадди сам искал смерти. Пригодится разве что прокурору.

— На самом деле, — произнес Сен-Жюст, — других идей у меня нет. Пока нет. Пока Дж. П. не вытянет все, что возможно, из нашего доброго *лев*-тенанта. Да, кстати о Дж. П.: не забыли, что она скоро приедет? Ей надо готовить Бернис к теледебюту. Мы явно лишние на этом празднике жизни. Бернис, у тебя случайно нет с собой ключа от дома в Коннектикуте?

— Случайно нет, я там года четыре не была. Но ключ есть у Лурин. А зачем тебе?

— Да так, — Сен-Жюст говорил с Берни, но смотрел при этом на Мэгги, — я просто подумал, что раз нам сегодня здесь нечего делать, мы с Мэгги и Стерлингом могли бы съездить в этот твой Коннектикут и осмотреть дом.

— Чтобы поискать улики. — Мэгги затрясла головой. — Правда, Алекс? Не только чтобы меня успокоить?

— Или не для того, чтобы ты не мешала нам с Дж. П. — Берни поморщилась. — Прости, Мэгги. Я оккупировала твою квартиру.

— Нет, нет, все в порядке, Берни. — Мэгги уже направилась в холл. — Алекс? — позвала она через плечо. — Я пойду приму душ и оденусь, а ты позови Стерлинга, он любит кататься. Да, и позвони Носоксу, спроси, не одолжит ли он нам машину. Я буду готова через двадцать минут.

Двадцать минут превратились в полчаса, и, спустившись в фойе, Мэгги обнаружила там Сен-Жюста и Носокса, которые о чем-то беседовали.

— А Стерлинг где?

Сен-Жюст открыл левую дверцу машины.

— Стерлинг наверху, приводит свою спальню в гармонию со стихиями. После этого он отправится с Носоксом за покупками в китайский квартал. Собирается купить каких-то медных амфибий — он называет их трехлапыми денежными жабами*. И китайские монеты, перевязанные красной ленточкой, но каким образом он собирается их использовать, боюсь, я прослушал. Да, и медных слоников, у которых хоботы задраны вверх.

— Это очень важно, Мэгги, чтобы хоботы были задраны вверх, — объяснил Носокс, придерживая дверцу для Мэгги. Сен-Жюст сел справа. — Знаешь, Стерлинг всерьез увлекся этим фэн-шуй. Сначала мы зайдем ко мне за багуа**. Это поможет определить, где у вас находится зона богатства, где — зона здоровья, где...

— Довольно, Носокс. — Мэгги завела машину, стараясь игнорировать тот факт, что брелок

---

* Трехлапая жаба с монеткой во рту, согласно фэн-шуй, приносит денежную удачу.

** Б а г у а — в фэн-шуй магический квадрат, сетка, наложение которой на план квартиры позволяет определить зону богатства, зону здоровья, зону карьеры и т.д.

для ключей зажигания сделан в форме голого мужчины — нижней его половины, выполненной анатомически весьма реалистично. Точнее, оптимистично. — Скажи Стерлингу, чтобы хорошенько запер дверь, когда будете уходить. И спасибо за машину. Обещаю, что заправлю ее, перед тем как вернуть.

Носокс ухмыльнулся:

— Вам придется ее заправить намного раньше, Мэгги. Датчик бензина не работает. Кстати, вы знаете, куда ехать? Алекс распечатал карту из Интернета, она должна помочь.

Мэгги взглянула на своего второго пилота и штурмана:

— Да, карта пригодится.

Носокс поспешно хлопнул дверью, «шевроле» 1984 года выпуска съехал с обочины и отправился в путь.

Найти заправку на Манхэттене оказалось непросто, поэтому лишь через полчаса Мэгги влилась в поток машин, направлявшихся к северному заезду на магистраль ФДР.

— Отлично, милая. Теперь просто поезжай вперед, пока не доберешься до скоростной трассы Дигана. И тогда ты разрешишь мне сесть за руль?

— Ну вот, начинается. Ты же не умеешь водить машину.

— Ты умеешь. Значит, я точно смогу.

— Свинтус и шовинист. — Мэгги задумалась, сильно ли разозлит Носокса, если попросит Сен-Жюста убрать игрушечные игральные кости с зеркала заднего вида. — Или ты думаешь, что научился водить машину благодаря, допустим, осмосу?

— Да нет, конечно, мы же со Стерлингом не покидали твоей квартиры, пока жили только в твоем воображении. Наверное, я и вправду шовинистическая свинья. Я имел в виду, что *ты* умеешь водить машину. Если такая женщина, как ты, это умеет, то сравнительно умный мужчина — тем более.

— Ты специально надо мной издеваешься? Зачем?

— Возможно, чтобы не слишком задумываться о том, что моя жизнь — в твоих руках? Хотя могу тебя порадовать: ты куда сообразительнее Табби. Помнишь, как мы со Стерлингом гостили у нее в летнем домике? А вот и восемнадцатый выезд, видишь? Держи курс на скоростную трассу. Молодец, аккуратно съехала.

— Это ты так думаешь, потому что не смотришь в зеркало заднего вида. — Мэгги проигнорировала средний палец, высунутый в окно автомобиля, который она только что подрезала. — В следующий раз предупреждай заранее. Дальше куда?

— Хм-м, тут немножко сложнее. Итак, мы едем к магистрали ФДР с севера (он произнес это по слогам, что одновременно повеселило и раздосадовало Мэгги), потом по Уиллис-авеню «МТ» — наверное, «МТ» значит «мост», потому что мы переезжаем мост, который переходит в Уиллис-авеню, — потом направо на Брукнер-бульвар, потом по магистрали Брукнера, въезжаем в Нью-Хейвен, *опять* как-то возвращаемся на Брукнера и наконец проезжаем, о боже, целых 38,71 миль по федеральной И-95, платной. Проще добраться из Лондона в Джон О'Гротс*.

— Дай сюда. — Мэгги выхватила у Сен-Жюста распечатку и прочитала ее, не отрываясь от дороги. — Какие идиоты составляли эту карту? Слушай, Алекс, займись лучше радио или чем-нибудь еще, только не мешай мне вести машину, хорошо?

Сен-Жюст понял ее буквально и принялся крутить настройки в поисках бейсбола, пока не понял, что раньше двух ничего не начнется.

Мэгги показалось, что она сгрызла как минимум миллиметр зубной эмали к тому моменту, когда они наконец въехали в городок на берегу, один раз повернув не туда и потратив полчаса сверх пятидесяти пяти минут, обещанных безымянным придурком из Интернета, ни разу, должно быть, не водившим машину в штате Нью-Йорк.

— Очень мило. — Мэгги медленно ехала по улицам города, оглядываясь в поисках ресторана.

— Живописно, — согласился Сен-Жюст. — Берни говорила, что ее дом стоит у воды, так что, думаю, мы движемся в правильном направлении.

— Будем двигаться, — Мэгги припарковалась на посыпанной гравием площадке у не-

---

* Джон О'Гротс — самая северная точка Шотландии.

большого кафе «Под крылышком у Рози». — Для начала мы поедим.

— А потом медленно прогуляемся вон туда и возьмем ключ. — Сен-Жюст указал на здание риелторского агентства через дорогу. — Мм-м, ты только вдохни этот воздух, Мэгги. Чистая амброзия.

— Чудесно, да. — Морской воздух вернул Мэгги в детство, в Оушен-Сити, штат Нью-Джерси, где ее родители жили до сих пор... из-за чего воспоминание получилось не из приятных. — Ну что, пошли? Гамбургеры и картошка-фри тебя устроят?

— Кусок говядины и пудинг были бы соблазнительнее, — поморщился Сен-Жюст.

Мэгги как раз платила по счету, когда дверь открылась и в ресторан вошла приземистая толстушка неопределенных лет с выкрашенными какой-то дрянью волосами. Парень за кассой произнес:

— Привет, Лурин. Как обычно?

— Конечно, Джо, спасибо, причем с собой. Ко мне тут какие-то идиоты приперлись с Манхэттена. Хотят посмотреть на дом Джеймса. Только посмотреть, снимать они его не собираются. Так что я даже на комиссионные рассчитывать не могу.

— Прошу прощения, — поклонился ей Сен-Жюст, в то время как Мэгги получала сдачу с двадцатки. — Позвольте мне представиться, милая леди. Я — Алекс Блейкли и прибыл сюда, чтобы осмотреть дом миссис Толанд-Джеймс. А вы, как я понимаю, миссис Лурин О'Бойл?

— Вот бл... блин! — Лурин протянула ему руку, которую Алекс незамедлительно поцеловал. Лурин зарделась, как маков цвет. — Я... я...

— ...мечтаете выдать ключ от дома Джеймса моей подруге Мэгги Келли — Мэгги, поздоровайся с миссис О'Бойл, — и рассказать нам, как туда пройти?

Мэгги взяла ключ, который Лурин выудила из кармана, выслушала ее сбивчивые указания и позволила Сен-Жюсту вывести себя обратно на улицу.

— Иногда, — сообщила она ему в машине, — только иногда, мне очень нравится наблюдать, как ты неизменно вежливо разбиваешь идиотов в пух и прах.

— Ничего подобного. Я всего лишь спас миссис О'Бойл от последствий ее собственного промаха. Здесь поворот? А, вот и он. Ничего общего с летним домиком Табби.

— Это потому, что там, в Хэмптонс, все из стекла и... в общем, из стекла. Если не считать желтых занавесочек Стерлинга. А это Коннектикут, Алекс. В маленьких городках в Коннектикуте крышу кроют дранкой, а стены обшивают досками. Это, конечно, мило, но я не могу представить Берни в подобной обстановке.

— Берни, видимо, тоже не может, по крайней мере, надолго. Внутрь зайдем?

Мэгги протянула ему ключ. Сен-Жюст помог ей выйти из машины и открыл дверь дома.

Пахну́ло несвежим, затхлым воздухом и гнилью.

— Зажги свет, Алекс. Шторы задернуты, и ничего не видно.

— Слушаю и повинуюсь. — Гостиную домика залил электрический свет. — Как... необычно.

— Довольно уродливо, по-моему. Когда я одевалась, Берни сказала, что увезла отсюда всю приличную мебель и заменила ее на то, что не жалко. — Мэгги прошла в комнату. Кушетки, обитые выцветшим ситцем, кленовые столы, лампа, напоминающая колесо от телеги. Мэгги направилась в столовую и отдернула шторы. — Ух ты. Вот за что платят жильцы. Ты только посмотри на этот вид, Алекс. По-моему, даже Лонг-Айленд видно.

— А мне видно кухню. И доказательства того, что либо миссис О'Бойл не осмотрела дом после того, как съехали последние арендаторы, либо тут жил кто-то еще.

Мэгги подошла к нему и обнаружила дюжину пустых коробок от «Пиццы Бреннермана», разбросанных по кухне, и батарею пустых пивных банок.

— Бадди. Он здесь был. Теперь понятно, почему все шторы закрыты. Он был здесь, он здесь прятался, судя по этому бардаку. Вотсукинсын. Алекс, это поможет Берни или навредит?

— Предлагаю пока держать язык за зубами. Сначала надо выяснить, как это повлияет на дело. — Сен-Жюст направился к лестнице.

Мэгги пошла за ним. Две маленькие спаленки были пусты, спальня побольше — вероятно, хозяйская, при ней имелась отдельная ванная, — также хранила следы пребывания Бадди.

— Ничего не трогай, — Сен-Жюст кончиком трости поворошил весьма изношенный чемодан, который валялся на кровати. — Приехал или уехал? — задал он вопрос в пустоту, а Мэгги выглянула из-за его спины и обнаружила, что чемодан наполовину набит носками и нижним бельем. Кроме того, в нем лежал небольшой пластиковый пакет. Мэгги была уверена, что в пакете марихуана.

Мэгги достала тряпку из бельевого шкафчика в грязной ванной, намотала на руку и открыла двери шкафа.

— Он что, на Гавайях провел последние семь лет? Ты только посмотри на эти рубашки, Алекс. Ну и безвкусица.

— Берни была замужем за мужчиной, который носил такие рубашки? В голове не укладывается. Однако, мне кажется, я нашел кое-что поинтересней.

Он подвел Мэгги к туалетному столику Берни. Там валялись вырезки из газет — об убийстве Кёрка, о подозрении, павшем на Берни, о том, как нашли настоящего убийцу, а Берни унаследовала «Книги Толанда» и личное имущество Кёрка.

— Он знал, — произнесла Мэгги. Сен-Жюст поворошил вырезки тростью. — Вот почему он вернулся. Он знал, и он хотел получить свою долю. Черт, Алекс, мы должны сохранить это в тайне. Это прекрасный повод избавиться от Бадди.

— Три миллиона по страховке, которые она должна была получить через пару недель, — тоже хороший повод. Уверен, что он потребовал бы не меньше половины. Берни повезло, что Бадди Джеймс умер.

Мэгги молча смотрела на него, надеясь, что они не думают об одном и том же.

— Однако, — сказал он, — я верю Бернис. Если бы она решила избавиться от мужа, то придумала бы менее демонстративный способ. В конце концов, все уверены, что он давно умер. Никто бы и не узнал.

— Ты прав! Как я раньше об этом не подумала? Алекс, ты гений.

— Разумеется, дорогая. Значит, ты доверишь мне вести машину обратно в город?

— Ты не настолько гений. — Мэгги направилась к лестнице, надеясь еще застать дома Дж. П.

Глава 8

На обратном пути в город ничего не произошло, не считая необычно интенсивного движения на дорогах. По радио объяснили, что в город приехал президент для участия в благотворительной акции. Хотя его визиты всегда вызывали неразбериху на дорогах, в этот раз от него была и польза — перед домом Мэгги не оказалось ни одного журналиста.

— Носокс, ты где? — Сен-Жюст помог Мэгги выбраться из машины. — Бунтов не было?

— Бунов? Нет, Бунов не было. Только парочка Крокеттов, и они сказали, что я неплохо изображаю Боуи*.

Сен-Жюст растерянно уставился на него.

— Вы что, шуток не понимаете?

— Он же иностранец, Носокс, — Мэгги похлопала привратника по спине, — зато Алекс здорово изображает Красавчика Бруммеля**.

---

*Дэниэл Бун, Дэви Крокетт, Джим Боуи — американские пионеры, следопыты и герои освоения Запада. Дэвид Боуи (р. 1947) — британская рок-звезда, бисексуал.

**Красавчик Бруммель (1789—1840) — Джордж Брайан Бруммель, первый денди и законодатель английской мужской моды.

Теперь растерялся Носокс:

— «Красавчики Бруммели»?* Я знаю такую группу, потому что слушаю ретростанции. Но они ж совсем древние, из шестидесятых. «Засмейся, засмейся, ну хоть чуток». Ничего себе, Алекс. Я и не знал, что вы петь умеете.

— Да нет, Носокс, группа тут ни при чем... Ладно, забудь, — сдалась Мэгги. — Ты сегодня никуда не отлучался? Дж. П. еще здесь?

— Кто, Злая Ведьма Запада?** Нет, она ушла. И лейтенант тоже — приехал и уехал. Сам я не видел, мне миссис Толанд-Джеймс сказала. Позвонила минут десять назад и спросила, скоро ли вы вернетесь. А еще она не велела никого пускать, потому что собирается принять ванну с пеной. Кстати, Стерлингу здорово повезло в китайском квартале — купил на распродаже счастливый бамбук.

— Так Стерлинг сейчас наверху? — Сен-Жюст инспектировал свои войска.

— Нет, он у Марио, запасается печеньем. Ладно, мне надо машину отогнать.

— Хорошо. — Мэгги протянула ему ключи. — Брелок просто прелесть.

— Извини. Это мне мамочка подарила. У нее вечно какие-то странные идеи насчет геев. Но она старается. О, а вот и Стерлинг. Эй, дружище, не забудь в углу фойе свои сумки!

---

* «Красавчики Бруммели» — американская рок-группа. Была образована в 1964 году в Сан-Франциско.
** Злая Ведьма Запада — в России, благодаря Александру Волкову, известна как Бастинда.

— Стерлинг, — Сен-Жюст кивнул другу. Изо рта у Стерлинга торчало полпеченья.

— Ммммм-мм-м... привет, — Стерлинг облизал губы, покрытые сахарной пудрой. — Ты снова-снова-снова дома, да?

— Его прет от сладкого, — прошептала Мэгги.

— Пойдем наверх? — Сен-Жюст открыл магнитной картой дверь и пропустил Стерлинга и Мэгги вперед. — Я возьму твои свертки, — пообещал он Стерлингу, чьи руки были заняты продуктами... если можно назвать продуктами сахар, жир и искусственные ароматизаторы.

— Мэгги, мы отнесем добычу Стерлинга и присоединимся к вам с Берни, — сообщил Сен-Жюст, выходя из лифта.

— Я открою дверь. Видели мой новый брелок? — Стерлинг показал связку ключей — на ней болтался медный слоник с задранным хоботом.

— Зверь другой, но хобот точно так же задран вверх, — произнесла Мэгги. — Может, мама Носокса тоже считает, что он приносит удачу?

— Держи себя в руках, милая. — Сен-Жюст терпеливо ждал, пока Стерлинг откроет дверь.

— О черный час!

— Что случилось, Стерлинг? — Сен-Жюст вслед за другом вошел в квартиру.

Гостиная лежала в развалинах. Здесь явно произошла какая-то грандиозная катастрофа.

Диванные подушки выпотрошены и раскиданы по полу. Картины сорваны со стен. Столы перевернуты, все ящики выворочены.

— Генри! — закричал Стерлинг, уронил покупки и бросился к опрокинутому буфету. — Генри, где ты?

— О боже, Алекс, — Мэгги стиснула руку Сен-Жюста, — если они что-то сделали с Генри...

Эгоистичный Сен-Жюст слушал ее вполуха. Он был занят тем, что переводил взгляд с пустого места над каминной полкой на обломки плазменного телевизора на полу, обратно на пустое место, обратно на оскверненный экран, на пустую стену, на экран... а ведь он еще ни разу даже не посмотрел бейсбол по этой штуке.

— Ты его нашел, Стерлинг? — спросила Мэгги, перешагнув через диванную подушку.

— Смотри, куда ступаешь, Мэгги, — Сен-Жюст сбросил оцепенение и вернулся к тому, что действительно важно, а Генри был очень важен для Стерлинга. — Он мог выбраться из клетки.

— О черт, об этом-то я и не подумала, — Мэгги сделала шаг назад. — Я люблю Генри. Очень люблю. Но только пока он в клетке.

Стерлинг стоял на четвереньках и пытался приподнять тяжеленный буфет:

— Генри? Генри?

— Стерлинг, давай я помогу. Но прежде чем мы поднимем это, напомню тебе, что ты — англичанин. Что бы мы там ни обнаружили, ты должен стойко это принять. — Сен-Жюст ухватился за один конец буфета.

— О боже, Алекс, ты правда думаешь, что он внизу?

— Генри! — заорал Стерлинг и изо всех сил потащил буфет. Он поднял его практически в одиночку и с глухим стуком прислонил к стене. — *Генри!*

— Я не могу смотреть. Алекс?

— Клетка практически расплющена, — произнес Сен-Жюст, а Стерлинг упал на колени и вытащил клетку. — Слава богу, вот он. Стерлинг, ты можешь его вытащить? Он в порядке, Мэгги.

— Генри. — Стерлинг встал, крепко держа обеими руками изуродованную клетку. Он повернулся и пошел в холл. — Слава богу, ты жив.

— Куда он понес Генри? — Мэгги подобрала с пола маленькую серебряную конфетницу, но руины гостиной миссис Голдблюм от этого краше не стали.

— У него в спальне запасная клетка. Он сажает туда Генри, когда чистит основную, — объяснил Сен-Жюст. — А теперь, когда мир Стерлинга вернулся на свое место, быть может, ты почтишь минутой молчания гибель моего телевизионного механизма?

— Ох, Алекс, — Мэгги осторожно пересекла комнату и посмотрела на обломки. — Какая низость с их стороны.

— Уверен, они нарочно его разбили, когда поняли, что ничего не найдут.

— Не найдут *это*.

— Точно. *Это*. Думаю, я не могу больше делать вид, что у нас нет никаких проблем с незваными гостями. Может, осмотрим другие комнаты? Сомневаюсь, что они выглядят лучше этой.

— Надо позвать Стива.

— Ну конечно. Он хороший парень. *Лев*-тенант и уборщица в одном флаконе.

— Не умничай. — Мэгги достала из сумочки мобильник. — Это преступление, Алекс, и мы о нем должны рассказать.

— Напротив. Это моя проблема, и я сам с ней справлюсь.

— И я тоже. — Стерлинг вернулся в гостиную. Его прямая спина, величественная походка, крепко сжатые челюсти и гордо выпяченный двойной подбородок производили неизгладимое впечатление.

— Стерлинг? С Генри все в порядке?

— В порядке? А как по-твоему, Сен-Жюст? Он ужасно напуган. Какое чудовище так с ним поступило? Клянусь, Сен-Жюст, я не успокоюсь, пока негодяи не будут наказаны по заслугам!

— «Мышь, которая рычала»*, — Мэгги пе-

---

*«Мышь, которая рычала» (Великобритания, 1959) — комедия режиссера Джека Арнольда. Маленькая нация решает объявить войну США, чтобы проиграть ее и таким образом решить свои экономические проблемы.

ребралась через руины гостиной, обняла Стерлинга и поцеловала его в щеку. — Я люблю тебя, Стерлинг.

— Да, я знаю, — произнес Стерлинг и покраснел. Сен-Жюст улыбнулся. — Как брата, я помню. Спасибо большое и извини, что я был несколько несдержан. Но я так зол. Ужасно зол.

— Хочешь, чтобы Стив Венделл разобрался с этими мерзавцами, Стерлинг? — спросил его Сен-Жюст.

— Что? Не отомстить за Генри своими руками? Нет, Сен-Жюст, я не хочу, чтобы кто-то мне мешал, когда я найду этих негодяев. Я отхлещу их кнутом! — Он нахмурился. — Но как мы их найдем, Сен-Жюст?

— Хороший вопрос, Стерлинг. — Сен-Жюст вспомнил, что засунул папку под диван. — Мэгги? Ты папку не видела?

— Ох. — Если дело касалось надвигающихся неприятностей, Мэгги всегда была крайне проницательна. — Думаешь, они ее нашли?

— Что нашли?

— Тс-с-с, Стерлинг, лучше помоги мне передвинуть эти диваны, пожалуйста, — сказал Сен-Жюст, уже швыряя распотрошенные подушки в угол.

Через десять минут интенсивного поиска Сен-Жюст достал монокль и зажал шнурок между пальцами.

— Что ж, думаю, мы можем смело предположить, что папка пропала.

— По-моему, это скверно, — Мэгги нашла практически невредимый чиппендейловский стул и уселась. — Теперь они знают, что мы знаем о них.

— И что же мы знаем? — Стерлинг открыл очередную упаковку печенья. — Лично я знаю, что кто-то вломился сюда и чуть не убил Генри.

Сен-Жюст и Мэгги переглянулись.

— Стерлинг, я выяснил кое-что о миссис Голдблюм и ее покойном муже. Вещи эти довольно неприятные. Обещаю рассказать тебе все, когда мы тут немного приберемся.

— Я заглянул на кухню, Сен-Жюст. Все шкафчики открыты, пол усыпан мукой и так далее. Ты правда хочешь помочь мне прибраться?

— Ну конечно. — Мэгги недоверчиво фыркнула. — Ну ладно. Я позвоню Киллеру и Змею, и даже, может, Мари-Луизе, если хочешь знать.

— А Носоксу?

— Для него у меня другое задание, — ответил Алекс и отправился инспектировать свою спальню.

Он стоял в дверях, ломая руки.

— Ах, Алекс, вся твоя одежда. — Мэгги вошла за ним в комнату и коснулась его руки. — Так ли уж необходимо было расшвырять ее по полу? Я понимаю, какой это удар... по твоим чувствам. Сходи позвони Мари-Луизе, а я пока уберу все обратно в шкаф.

— Я не собираюсь горевать по этому поводу, Мэгги. — Сен-Жюст разглядывал свой вестон, в котором впервые появился в мире Мэгги. Один рукав вестона порван, на тонкой ткани — следы чьих-то огромных башмаков. — Что ты мне сказала на днях? «Не своди себя с ума...»

— Не своди себя с ума, своди счеты. — Мэгги подобрала с полдюжины шейных платков, некогда накрахмаленных, а теперь помятых и залитых содержимым разбитого флакона мужского «Обсешн». Сен-Жюст совсем недавно пристрастился к этому аромату.

— Да, точно. Но этого мало. Я не просто сведу счеты, я их уничтожу. Ладно, надо чем-то вытереть лужу.

Сен-Жюст направился в ванную, поднимая по пути брюки, рубашки и, украдкой, нижнее белье.

Он почувствовал запах гуталина, не успев войти и увидеть надпись на зеркале над раковиной: «Вам нежить».

— «Не жить» пишется раздельно, — произнесла Мэгги из-за его спины.

Сен-Жюст скептически смерил ее взглядом.

— Бог с ней, с грамматикой, — быстро поправилась Мэгги, — неважно, как они написали, важно то, что речь идет о *тебе*. Или о Стерлинге. Или о вас обоих. Они назерняка поняли, что вас тут двое, потому что спальни две. Они, наверное, из-за папки так разозлились. Я позвоню Стиву. Ничего не говори, Алекс, потому что я все равно ему позвоню. И схожу посмотрю, как там Берни.

Сен-Жюст позволил ей уйти, а сам принялся изучать надпись на зеркале. Пустая угроза. Убивать тех, кто должен рассказать где *это*, не станут. Это бессмысленно, нелогично.

Впрочем, все остальное тоже нелогично.

— В твоей комнате тоже бардак, Сен- Жюст? — В комнату заглянул Стерлинг. — В моей — просто ужасный.

— Ничуть не сомневаюсь. — Сен-Жюст выставил Стерлинга из комнаты, вышел сам и закрыл за собой дверь, прежде чем Стерлинг увидел зеркало в ванной. Незачем расстраивать беднягу еще больше, он и так уже вне себя от ярости. — Мэгги звонит *лев*-тенанту, поэтому нам надо уйти из квартиры и больше ничего не трогать.

Стерлинг нахмурился и поправил очки на носу:

— А я думал, мы отказались от его помощи.

— Я передумал, чтобы успокоить Мэгги, понимаешь? Ты же знаешь женщин, Стерлинг. Они ужасно капризничают в таких случаях.

— В моей жизни еще не было таких случаев, Сен-Жюст, — произнес Стерлинг и направился в свою комнату, чтобы тут же вернуться обратно с Генри в руках. — А что делать с мебелью миссис Голдблюм? Она будет недовольна.

— Недовольна, хотя не удивлена, полагаю. Однако она будет более чем недовольна, Стерлинг, когда я найду ее и задам парочку наводящих вопросов о ее покойном муже и об *этом*.

— Да, кстати, ты хотел мне что-то рассказать? Ты не хотел говорить при Мэгги? Прекрасно тебя понимаю. Она могла бы перепугаться. Теперь расскажешь?

Сен-Жюст не решился поведать Стерлингу, кого он на самом деле боялся испугать. Он обнял друга за плечи:

— Пойдем, Стерлинг. Не бойся оставить Генри одного, он тут в безопасности. Вряд ли злодеи вернутся в ближайшее время. Нам с тобой надо сделать паузу — давай перекусим у Марио и поговорим.

— Но... но где мы сегодня ночуем, Сен-Жюст? Мы же не можем оставаться здесь. Ты не разрешаешь мне прибраться, а лейтенант Венделл наверняка повесит у входа желтую ленту, как по телевизору показывают, и не пустит нас в нашу собственную квартиру.

— Хороший вопрос, Стерлинг. К сожалению, у меня пока нет на него ответа, — произнес Сен-Жюст, входя в лифт.

Но когда лифт спустился на первый этаж, один возможный ответ у Алекса уже был готов.

— Носокс, ты-то мне и нужен.

Носокс широко распахнул глаза:

— Что еще стряслось? Вы выглядите как-то... и вы, Стерлинг, тоже. Вы на меня сердитесь?

— Наоборот, мой добрый друг, — улыбнулся привратнику Сен-Жюст, — совсем наоборот.

Мы со Стерлингом пойдем набивать желудки к Марио, а ты тем временем свяжись с Мари-Луизой, пусть она сообщит Киллеру и Змею, что они должны явиться сюда... допустим, к семи часам вечера.

— Будет сделано. Это все?

— Нет. Скажи мне, Носокс, как твоя мать относится к неожиданным гостям?

— Э-э-э...

— Так я и думал. Наверное, гостевых комнат маловато? Ну, тогда тебе придется присоединиться к остальным и помочь навести порядок в нашей квартире после того, как полиция уедет.

— Я что-то пропустил? — спросил Носокс, глядя на Стерлинга: тот хмуро уставился в некую точку на расстоянии удара, будто в любой момент готов был полезть в драку.

— О да, еще как пропустил. Точнее, не ты, а Пол, если он заменял тебя на посту сегодня днем. Те джентльмены в шляпах, что приходили к Стерлингу, нанесли нам еще один визит. Или их друзья. Пока нас не было, они... произвели некоторую перестановку в нашей квартире.

— Перестановку? О боже. Вы имеете в виду погром?

— Они чуть не убили Генри. — Руки Стерлинга сжались в кулаки.

— Генри? Черт, Стерлинг, мне так жаль. С ним все в порядке?

— С ним — да, а вот с моим новым телевизионным механизмом — нет. Так что маленькое суаре*, которое вы с Джеем планировали, отменяется. Ретроспектива фильмов с Джуди Гарланд**, насколько я помню.

— Откуда вы знаете?

— Мой долг — знать обо всем, что происходит вокруг. К тому же я недавно совершал вечерний моцион и встретил Джея. Так он не только поблагодарил меня за разрешение воспользоваться моим новым плазменным телевизором с DVD-плеером и объемным звуком, но и поинтересовался, что мне больше нравится — халапенью или луковый соус, потому что он отвечает за закуски.

— Ох. Я как раз собирался попросить у вас разрешения...

— Я и не сомневаюсь, что собирался. Мари-Луиза, Носокс. Свяжись с ней как можно скорее.

— Уже бегу, — и Носокс пошел звонить.

— Откуда только ты все знаешь, Сен-Жюст? Ты что, и вправду случайно встретил Джея-Джейн? Нью-Йорк — очень большой город.

Сен-Жюст двинулся в сторону кафе.

— Когда ты волнуешься, Стерлинг, то становишься необыкновенно проницательным, — улыбнулся он. — Конечно, я встретил его не

_____

*Званый вечер (искаж. фр.).
**Джуди Гарланд (1922—1969) — голливудская кинодива, «королева мюзиклов», икона гей-движения. В 1939 году сыграла Дороти в экранизации «Волшебника из страны Оз».

случайно. На самом деле, Джей недавно зашел к Мэгги, когда ты отправился в парк на мотороллере, и спросил, нет ли у меня еще и видеомагнитофона, потому что часть его фильмов с Джуди Гарланд записана в этом формате. Только не говори Носоксу. Пусть лучше думает, что я вездесущ.

— Ладно. Кстати, я не голоден, Сен-Жюст.

— Тогда просто закажи нам по чашке «Эрл Грэй», раз уж я убедил Марио включить его в меню. Иди, я скоро буду, вот только поговорю с Носоксом.

Стерлинг кивнул и направился к Марио, а Сен-Жюст вернулся под козырек подъезда. Он слегка улыбнулся, прекрасно зная, что, когда присоединится к Стерлингу, тот уже успеет заказать деревенский сэндвич, так полюбившийся ему в последнее время, и диетическое корневое пиво* — ему нравился вкус диетической содовой. Не правда ли, у Стерлинга Болдера весьма многогранный характер?

— Носокс? — позвал Сен-Жюст, возвращаясь в фойе. Юноша как раз положил трубку. — Ты дозвонился?

— Они все придут, кроме Змея. Он навещает свою мамочку.

— Она просто прелесть. Помнишь, как она

---

*Корневое пиво — безалкогольный шипучий напиток из корнеплодов, приправленный мускатным маслом.

подарила ему пружинный нож с гравировкой «Вернон» на лезвии? Кстати, где она сейчас?

— В ближайшие полтора года — за решеткой. Змей навещает ее раз в месяц.

— Я должен быть добрее к мальчику, — покачал головой Сен-Жюст. — У меня есть еще одна просьба, если ты не против.

— Все что захочешь. Кстати, вы вполне можете нагрянуть ко мне домой на ночь, если согласны спать на диванах. Я позвонил маме, она не против.

— Как это мило с ее стороны. — Сен-Жюст слегка наклонил голову. — Думаю, мы как-нибудь справимся, я тут кое-что придумал. Ты мне поможешь?

Носокс принял эффектную позу (подсмотренную у Сен-Жюста):

— Я к ваши-им услу-угам, сэр! — Он ухмыльнулся. — Ну как, годится? Это для прослушивания. Как вам мой британский акцент? Домохозяйкам такие вещи нравятся. Это стильно.

— Насколько я знаю, так и есть, — Сен-Жюст надеялся, что улыбается достаточно вежливо и благодарно. Ободряюще. — Твой имидж романтического героя с обложки любовного романа надолго обеспечит тебя работой.

— Всего-то разок попозировал, и то для мягкой обложки. — Носокс засунул руки в карманы.

— Маленькие желуди вырастают в огромные дубы, как говорится.

— Но не бросай при этом основную работу, так, Алекс? — Носокс ринулся открывать дверь перед миссис Йейтс из квартиры 6-Б. Она протянула ему пластиковый пакет с какашками своего пуделя, мистера Лысика, и направилась к себе.

— Она не жадничает на Рождество, — пожал плечами Носокс. — Что еще я должен сделать, Алекс?

— В первую очередь — выкинуть этот пакет. А во вторую — присматривать за Стерлингом. В оба глаза и круглосуточно. Пол или кто-то еще может заменить тебя на пару дней?

— Думаю, да. Но почему? Что не так со Стерлингом?

— Да все в порядке. Но он почему-то решил, что он тут главный. У меня полно дел с Бернис, я должен знать, что Стерлинг в хороших руках.

— На случай, если эти парни вернутся?

— Именно. Сопровождай его в парк, сопровождай его к Марио, ни на секунду не оставляй его одного. Прицепись к нему, как банный лист. Позаботься о нем. Я не прошу тебя его защищать, просто держи его за руку и оттаскивай от всевозможных неприятностей.

— Со скоростью света. Я хорошо запомнил ту фотографию мистера Голдблюма, — кивнул Носокс. — Я позову на помощь Джея. Он на этой неделе выступает в роли Джуди Гарланд в одном частном клубе. Костюмы просто шикарные. Вы бы слышали, как он поет. Напрочь забудете, что Джуди не была шесть футов ростом.

Сен-Жюст промолчал, вспомнив весьма яркое и убедительное выступление Джея в роли Джейн на конкурсе костюмов на конференции ГиТЛЭР. Он вернулся на улицу и отправился к Марио, чтобы поведать Стерлингу изрядно отредактированную версию жизни и смерти Гарольда Голдблюма.

Глава 9

— Берни, ты уверена, что с тобой все в порядке?

— Пока да. Но я, несомненно, взорвусь, если ты и дальше будешь так на меня пялиться. — Берни откинулась на спинку дивана и подтянула коленки к груди.

Ее глаза были неестественно расширены, взгляд — блуждающим, движения — резкими и неслаженными.

— Правда, я в порядке. Я крепкая. Здоровая. Уверенная в себе. Какая угодно. Я собралась с силами. Я больше ничего не боюсь. Мне, знаешь ли, не нравится бояться. Это не мой стиль.

— Ты ничего не пила с тех пор, как я вернулась. — Мэгги очень не хотелось поднимать эту тему, но кто-то же должен. Но она ничего не сказала о блуждающем взгляде, резких движениях и сбивчивой речи Берни.

Мэгги нервничала. Она не думала, что Берни и вправду взорвется, лопнет, как воздушный шарик. Хотя кто ее знает...

— Ты что, считаешь, сколько я пью? Погоди, так вот к чему ты клонишь? Хочешь поговорить о моем друге Джонни Уокере? Можешь не надеяться, я его не брошу. Хотя я общаюсь с ним все реже и реже. Следующее свидание назначено через, — она искоса взглянула на часы, — пять минут. Нет, через четыре с половиной. Да, через четыре с половиной. Уже через четыре. У меня очень быстрые часики.

Что-то тяжелое повисло в комнате, давящее, неприятное. Как будто горшок с ядовитым зельем стоял на огне, готовый закипеть. Мэгги закусила губу, но все-таки решилась сказать:

— По-моему, это не помогает, Берни. Это твое сокращение дозы. У тебя... у тебя проблемы.

— Да-а, и зовут их Бадди Джеймс. — Берни схватила сигареты Мэгги. — Боже, а я-то думала, что у меня были проблемы, когда он впервые умер. — Она бросила сигареты, спустила босые ноги на пол и встала с дивана. — Хорошо, час прошел. Почти прошел, да. Джонни, милый, я иду к тебе!

— Нет.

Берни обернулась, откинула со лба ярко-рыжую прядь и произнесла:

— Что? Что ты сказала?

У Мэгги земля ушла из-под ног.

— Я... я сказала «нет», Берни. Я сказала «нет». Ты не должна больше пить. Дж. П. сказала...

— Так вот с кем ты разговаривала по телефону в другой комнате? С моим адвокатом? Знаешь, какое слово ключевое в этом вопросительном предложении? Слово «моим». *Моим* адвокатом.

Мэгги захотелось спрятаться от подруги под подушкой. Берни говорила все громче и быстрее. Мэгги терпеть не могла разговоры на повышенных тонах, просто ненавидела. Она всегда их ненавидела. Ненавидела споры, и точка.

Но она не могла отступить, уступить, спрятаться. Берни ее подруга.

— Берни, прошу тебя. Дж. П. сказала, что тебя могут в ближайшие дни арестовать. Если это случится, она обещала вытащить тебя под залог, но если окружной прокурор начнет козлиться — это она так говорит, а не я, — то арестует тебя поздно вечером, и тогда мы ничего не сможем сделать до утра. Ты будешь заперта, Берни, и Джонни Уокера к тебе не пустят. Поэтому...

— Что поэтому? — Берни выглядела весьма зловеще в своем зеленом шелковом халате, словно вот-вот на кого-то набросится. Например, на Мэгги. Хотя Берни и так была высокой, она внезапно будто стала еще выше. Большая, громогласная, властная... Мэгги испугалась. Опасность. Боевая тревога. И все же Мэгги настаивала:

— Поэтому ты должна попробовать остановиться сейчас, пока тебя... Не то чтобы это обязательно произойдет, но ведь может. Пока тебя не арестовали. Я все-таки сказала это.

— Поздравляю. — Берни втянула щеки, глаза ее сузились. — Так ты говоришь, что я не должна больше пить? Как я должна тебя понимать? Слишком много слов. Ты это хочешь сказать, Мэгги?

Мэгги тихонько всхлипнула.

— Да, милая, именно это. Больше никакого виски.

— Отлично, рада что наконец-то все ясно. Я не устаю повторять моим авторам: яснее, яснее, яснее. — Берни направилась к бару. — У тебя есть апельсиновый сок? Сооружу отвертку. Впрочем, не беспокойся, я могу и неразбавленной водки выпить.

— Хватит кривляться. Паясничаешь, как городской алкоголик. — Мэгги слезла с дивана и выхватила у Берни бутылку. — Никакой выпивки. Дж. П. составила план, как тебе помочь, и я обещала...

— Ох, — Берни вернулась на диван, ее подбородок дрожал, — так вот в чем дело. Ты теперь дружишь с Дж. П., а не со мной, Мэгги? Вы теперь *подружки*? Две закадычные *подружки* составили *план*. Не забудьте обменяться какими-нибудь долбаными безделушками в знак дружбы, пока меня будет пялить в тюряге какая-нибудь долбаная жирная корова. Хотя нет, не в тюряге. В клинике для алканавтов, да? Вы собираетесь запереть меня в клинике, *как обыкновенного пропойцу*?

— Берни, не ругайся так, пожалуйста. — Мэгги ужасно хотелось взять все свои слова назад. Было бы куда проще позволить Берни выпить еще стаканчик. А там, глядишь, придет Дж. П., придет Алекс, в общем, *кто-нибудь* да придет. — Пожалуйста, милая, не надо.

Берни схватила сигареты Мэгги и подняла их над головой:

— Хочешь, я выброшу их в сортир? Ага, проняло! Дошло наконец? Ты точно такая же наркоманка! Может, они и тебя запрут?

— Пока нет, но рано или поздно — наверняка, — пробормотала Мэгги, пытаясь собраться с мыслями. — Хорошо, Берни, послушай. Ты знаешь, что у тебя... проблемы. Я считала, что ты просто выпиваешь на вечеринках, но с тех пор как умер Кёрк и у тебя прибавилось работы, ты пьешь не просыхая. Я твоя подруга, ты же знаешь, но ты в беде. Тебе надо меньше пить.

— Я *и так* мало пью! — закричала Берни. — Я пью ровно столько, сколько хочу. Оставь меня в покое, твою мать!

Мэгги захотелось отступить. Она вспомнила свою мать, вспомнила, как та орала на нее, запугивала, жестоко высмеивала ее, отца, всю их семью. Мэгги снова почувствовала себя недостаточно хорошей.

Но это не ее мать, это Берни. Прав не тот, кто громче кричит, как это было в детстве с братом, Тейтом. Она должна помочь подруге, а не спрятаться в своей комнате, или в книге, или в воображаемом мире. Берни нуждалась в ней.

— Я не могу, — Мэгги собралась с силами, — я люблю тебя и не могу оставить тебя в покое.

Плечи Берни поникли.

— Черт бы тебя побрал, Мэгги. Ну ты и дура. «Не ругайся так, Берни». Дура и есть. Это тебя убивает, да? Я тебя тоже люблю.

Мэгги рухнула на диван, сжимая в руке бутылку водки.

— Потому что я дура?

— Нет, потому что ты отчаянная, — ответила Берни, ее нижняя губа задрожала. Берни терпеть не могла бояться и никогда не выказывала страх. Похоже, разлука с Джонни Уокером испугала ее куда больше, чем возможный арест и тюрьма.

Мэгги попыталась отвлечь Берни, пошутить. Юмор всегда выручал ее в сложных ситуациях.

— Так, значит, я отчаянная? Раньше ты говорила, что я истеричка, совсем как ты.

Берни улыбнулась:

— Ну да, и это тоже. — Ее лицо скривилось. — Мне надо выпить, Мэгги. Хорошо, я согласна, я — алкоголик. Я взберусь на все «двенадцать ступеней отказа от алкоголя», что бы это ни значило. Заучу условную фразу, повторю ее, спою, прокричу на всю улицу. Еще только разик, Мэгги. Всего один разик. Должна же я попрощаться с Джонни. Я умру, если ты не разрешишь мне в последний раз выпить. Это будет моя лебединая песня. Мэгги, пожалуйста. Я тебя умоляю.

Мэгги выстояла в тяжелой битве, возможно, даже чего-то добилась. Но она понимала, что Берни не может завязать, вылечиться в один момент в некоем мелодраматическом прозрении. В этом она расходилась с Дж. П. и ее *планом*.

— Хорошо, — Мэгги встала с дивана, — но только совсем чуть-чуть.

— Дура ты, — Берни уже рылась в баре. — Ну как, напугала я тебя, да, Мэг? Я так и знала, что тебя облапошу. Ты такая наивная. — Она выудила бутылку. — Джонни, милый, иди к мамочке.

У Мэгги внутри что-то щелкнуло. Сработал какой-то переключатель. Она рванула к подруге, точно ракета из стартовой шахты.

— Отдай мне эту мерзость. — Мэгги выхватила у нее бутылку «Джонни Уокера». — Как это подло, Берни. Сначала наорать на меня, потом разразиться слезами и сказать ровно то, что я хочу от тебя услышать, — прекрасно зная, как это все на меня подействует.

— Потому что я алкоголик? — Берни откинула со лба прядь волос. — Потому что я сделаю что угодно ради дозы? Продам родную мать? *Убью* кого-нибудь? Ты это хотела услышать?

— Я так не считаю, — тихо произнесла Мэгги. — Не стоит заявлять во всеуслышание, что ты готова *убить*, чтобы получить свое.

— Мэгги, предложи мне на выбор ящик виски или миллион долларов — и я выберу виски. Я не убивала Бадди. Я не помню, но *я знаю*. Я *не* убивала этого гнусного ублюдка. И я не пьяница. Я просто... пью. — Она схватила бутылку и спряталась с нею в угол, точно белка с орешком.

— Шикарный заголовок получится: «Я не убивала этого гнусного ублюдка». — Мэгги с облегчением закрыла глаза, услышав звонок Носокса по интеркому. — Ну наконец-то.

Уже через минуту во владение квартирой вступила Дж. П., промаршировав по ковру в неизменных оранжевых ботинках и черных трениках с белыми лампасами.

— Выпей, — сухо произнесла она, глядя на Берни, которая бережно прижимала бутылку к груди. — Мне нужно, чтобы ты меня слушала, а не думала о том, как бы выпить.

— Я не пьяница, — Берни плеснула виски в стакан. — Вы все меня оскорбляете. Я пью. Ну ладно, я пью. Но это мое дело, а не ваше, и *я не* пьяница. Все пьяницы разговаривают сами с собой, валяются в канавах и пьют бормотуху. Я не такая, как они. Я работаю, *выполняю* свои обязанности.

— Выполняешь, но лишь когда не валяешься в отключке и не просыпаешься в одной постели с трупом, понятия не имея, как он туда попал, — огрызнулась Дж. П., закатив глаза. — Какая же ты после этого пьяница? Кстати, как насчет двойного виски?

— Заткнись, — Берни наполнила стакан и плюхнулась на диван. — Мэгги сказала, что у тебя есть план. Рассказывай.

— С удовольствием. — Дж. П. уселась на рабочее кресло Мэгги и развернулась к диванам. От этого она не стала ниже ростом, стройнее или менее внушительной, но Мэгги поняла, что каким-то непостижимым образом она ни капли не нервничает рядом с этой женщиной. — Начнем с плохой новости?

Берни отсалютовала стаканом:

— Плохая новость состоит в том, что я до жути перепугалась, выслушав всякое дерьмо насчет того, что я, по-твоему, должна делать.

Мэгги снова бросилась в атаку:

— Берни, прекрати немедленно! Дж. П. пытается тебе помочь. Мы все пытаемся тебе помочь.

— Прости, Дж. П. — Берни поджала ноги. — Я немного расстроена, потому что сломала ноготь, правда, Мэгги? Ты же знаешь, как такие вещи портят настроение.

— Что здесь стряслось? — спросила Дж. П. у Мэгги.

— Я говорила с Берни о выпивке, — объяснила Мэгги. — Боюсь, я с ней была чуточку жестка.

Берни подавилась виски и закашлялась.

— Чуточку... чуточку *жестка*? Ну да, совсем как суфле. Дж. П., позволь мне представить тебе мою новую подругу — Терминатора.

— Да заткнись ты. — Мэгги полезла было за сигаретами, но нерешительно остановилась.

— Давай, Мэгги, они тебе помогут, я уверена.

— Спасибо, что-то не хочется.

Берни сощурилась:

— Твою мать, а ну давай, кури! Ты такая же наркоманка, как и я.

— Я не наркоманка.

— Почему это? Наркоманка и есть. Мэгги Келли, никотиновая наркоманка.

— Это совсем другое.

Берни уже наполовину опустошила стакан.

— Держи карман шире! Ты сидишь на игле, я сижу на игле, все мы на чем-нибудь да сидим. На этом стоит мир. Никотин, секс, кофеин, фаст-фуд, антидепрессанты. Нужное подчеркнуть. Знаешь, — она взмахнула стаканом, расплескав виски, — на свете слишком много перстов указующих и слишком мало долбаных *зеркал*. Отлично сказано. Ну разве я не умница? Разве я не умница, Мэгги? Я права, согласись.

Мэгги с Берни обменялись неприязненными взглядами.

— Веселимся на всю катушку, девочки? — Дж. П. встала с кресла. — И часто вы так мило общаетесь? Обычно подружки красят друг другу ногти и сплетничают о мальчиках. Но вы двое — это нечто выдающееся.

Дж. П. моментально разонравилась Мэгги. Эта женщина ничего не понимает в настоящей дружбе.

— Не обращай внимания, Дж. П. Мы с Мэгги не очень-то хорошо ладим с людьми, зато прекрасно понимаем друг друга, а это самое главное. Давай лучше вернемся к твоей плохой новости. — Берни глотнула виски, а Мэгги прикурила сигарету.

— Мою плохую новость зовут Деттмер. Чед Деттмер.

Мэгги выпрямилась, выпустив струйку дыма:

— Окружной прокурор? Парень со взбитым коком и нарумяненными щеками? Он что, взялся за это дело? *Уже?*

— Ты что, шутишь? — Дж. П. покачала головой. — Да он весь в этом деле. Счастлив, как свинья в грязи. У него выборы через два месяца, забыла, что ли? Старина Чед спит и видит, как бы выдвинуть обвинение против Берни, чтобы красоваться перед камерами круглые сутки семь дней в неделю. Ты для него подарок, Берни. Очень важный, замечательный, сенсационный подарок.

В дверь постучали. Мэгги пошла открывать. Наверное, кто-то знакомый, раз Носокс пропустил его, не предупредив по интеркому.

— Думаю, мне пора опять заорать: «Я умираю, я погибаю». — Берни опрокинула в себя остатки выпивки.

— Так что, этот Деттмер собирается ее арестовать? — спросила Мэгги, открыв дверь.

— Ну, на этот вопрос ответить несложно. — Лейтенант Стив Венделл поцеловал Мэгги в щеку и прошел в гостиную. — Думаю, да, как только соберется с мыслями. Привет, Дж. П., не надо меня выгонять, я не шпионить пришел. Меня отстранили от дела.

— В смысле, отстранили от дела? От дела Берни? — Мэгги взяла его за руку и усадила на диван. — Но почему?

— Повод номер раз, — произнесла Дж. П. — Венделл дружит с главной подозреваемой. Повод номер два... впрочем, повода номер раз более чем достаточно.

— Достаточно для чего? Мэгги, милая, ты визжишь так, что тебя даже в лифте слышно. — Сен-Жюст закрыл за собой дверь. — Стерлинг внизу, с Носоксом, ждет наших веселых помощников. Привет, *лев*-тенант. Дж. П., прекрасно выглядишь. Что вы делали без меня?

Мэгги вернулась на диван.

— Стив отстранен от дела Берни, Алекс, — объяснила она, в очередной раз пытаясь решить, с кем ей хочется быть, кому она больше доверяет, кто ей по-настоящему нужен — Стив или Сен-Жюст? В данный момент ей — и Берни тоже — нужны оба.

— Правда? — Сен-Жюст посмотрел на Стива. — Как это печально. Как это ты ухитрился?

— Мы уже разобрались, Алекс. Окружной прокурор вышвырнул его под предлогом конфликта интересов, — произнесла Дж. П. — Далеко отстранен, Стив?

Он сел напротив Мэгги и запустил пальцы в непослушные волосы:

— Дальше не бывает. Деттмер отправил меня в отпуск на пару недель. Я уже год не был в отпуске. Он был очень настойчив, как вы понимаете.

— Потому что ты его достал? — уточнила Дж. П.

— Можно сказать и так. Он не понял, почему у Берни до сих пор не мерзнут лапки в комнате для допросов. И ему не понравилось, что ты, Дж. П., занимаешься этим делом. Не то чтобы ты не входишь в его список рождественских адресатов, но особой любви он к тебе не испытывает.

— Чед считает меня предательницей, — фыркнула Дж. П. — Я бросила хороших парней, чтобы защищать отбросы общества, и все ради денег.

— Отбросы, которые платят деньги, — это я. — Берни отсалютовала Мэгги пустым стаканом.

— Верно, — кивнула Дж. П. — Но деньги — не главное. Его злит то, что я чаще выигрываю дела, чем проигрываю. Стив, он тебе угрожал? Или ты просто вовремя понял намек?

— Все как обычно, Дж. П. Сначала предложение, потом угроза отправить в отпуск за свой счет, а потом и вовсе комиссией по расследованию должностных преступлений запахло. Согласен, я на месте преступления устроил цирк. Симпатизировал подозреваемой, едва ли не распивал чаи у нее в гостиной, устраивал экскурсии к телу. Все это меня не красит.

— Ты вел себя как настоящий друг. — Мэгги сжала его руку. — Потому что ты знаешь, что Берни этого не делала.

— Мэгги, я знаю, кому принадлежат отпечатки пальцев на орудии убийства.

— Берни? — Желудок Мэгги подскочил куда-то к горлу.

— Берни.

— Ну да, — произнес Сен-Жюст, — я так и думал. Наш убийца весьма предсказуем.

Венделл посмотрел на Сен-Жюста и покачал головой:

— Деттмер велел мне привести Берни, но я
объяснил, что она уже под крылышком у адвоката. С этого все и началось, а уж когда он узнал, что Дж. П. прибыла на место преступления раньше меня... Он пока не арестовал Берни
лишь потому, что отпечатков пальцев для этого
недостаточно. Остается надеяться, что мы не
найдем чего похуже, а Берни отмажется от разговоров с Деттмером.

— Да я ничего и не помню, Стив. Правда-правда. Мэгги, расскажи ему о моих провалах в
памяти.

Дж. П. жестом заставила ее замолчать.

— Нет. Никаких провалов в памяти. Провалы в памяти для защиты не годятся. Стив, я одного никак не могу понять. Почему Деттмер до
сих пор не стоит на пороге с ордером на арест?

Мэгги заметила, что Сен-Жюст ведет себя
непривычно тихо, лишь наблюдает.

— Хотя бы потому, что техники нашли следы крови в душевом сливе. Пока мы с этим не
разберемся, у нас больше вопросов, чем ответов. Деттмер, может, и придурок, но не дурак
же. Он не сдвинется с места, пока не получит
что-нибудь весомее, чем отпечатки пальцев.

— Например, мотив, — предположила Мэгги. — Он в курсе насчет страховых полисов
Бадди?

— Пока нет, потому что сегодня воскресенье
и у него связаны руки. Но завтра узнает. Кстати, а что он узнает, Мэгги?

— Ну, понимаешь...

— Немедленно заткнись, Солнышко Мэри. — Дж. П. заслонила ее от Стива. — Ты зачем сюда пришел?

— Чтобы нам помочь, — наконец заговорил Сен-Жюст. — Я готов поручиться за *лев*-тенанта.

Дж. П. оглядела остальных. Берни кивала. Мэгги довольно улыбалась. Сен-Жюст спокойно выдержал взгляд Дж. П. и подмигнул ей, отчего Мэгги пробрала дрожь. Стив без особого удивления смотрел на Сен-Жюста.

— Ну, хорошо, — наконец произнесла Дж. П., — пока никто не собирается браться за руки и распевать гимны, будем считать, что мы — одна команда. Только не заставьте меня об этом пожалеть. Колись, детка.

Мэгги подалась вперед и выпалила:

— Бадди застраховался на три миллиона, и эти деньги должны выплатить Берни, потому что прошло семь лет, правда, на самом деле семь лет не прошло, потому что Бадди умер только сейчас, и Берни получит эти деньги как раз вовремя, чтобы спасти «Книги Толанда», у которых начались проблемы после смерти Кёрка, если, конечно, ее не посадят в тюрьму за убийство Бадди, но окружной прокурор все равно найдет мотив, неважно, вернулся ли Бадди, чтобы наложить лапу на часть денег, унаследованных Берни от Кёрка, или чтобы заставить ее поделиться страховыми тремя миллионами, что он, наверное, давно планировал, но это все равно не снимает подозрения с Берни, потому что они могли быть в сговоре эти семь лет, а в последний момент Берни не захотела делиться — ну как, понятно кому-нибудь?

— Теперь у нас есть мотив, — Стив похлопал Мэгги по руке. — Все понятно, любовь моя.

На несколько секунд в комнате повисла тишина, затем Сен-Жюст произнес:

— Объясни, откуда взялась кровь в душе, Венделл. По-твоему, убийца сначала совершил преступление, а потом решил помыться?

Стив кивнул:

— Звучит довольно глупо, потому что Берни была вся в крови, когда вы ее нашли, с ног до головы, но испачкаться кровью, артериальной кровью после смерти жертвы невозможно.

— Если она не убила его сама. Вспорола ему глотку, потом быстренько легла на свою сторону, пока Бадди... *фонтанировал*, чтобы получился контур ее тела. Сняла пижаму, приняла душ, отмылась хорошенько от этой пакости, надела пижаму обратно, слегка вымазала кровью лицо и руки и позвонила нам. Но зачем?

— Твое дело — книжки писать, Солнышко. — Дж. П. встала за спиной у Берни и положила ей на плечи унизанные кольцами руки. — Большинству женщин не нравится кровь, вряд ли Берни — исключение. Это уж слишком. Нет смысла смывать кровь, чтобы потом опять ею испачкаться. Должно быть какое-то другое объяснение. Ничего удивительного, что Деттмер пока не пришел за Берни, таща судью на буксире. Он хочет арестовать ее наверняка, чтобы не пришлось потом обклеивать кабинет моими ходатайствами об освобождении. Стив, они нашли одежду жертвы?

— Нашли, — кивнул Стив. — В ванной. Аккуратно сложенную стопочкой на крышке унитаза. А что?

— Можно я отвечу? — спросил Сен-Жюст, усаживаясь на подлокотник дивана рядом с Мэгги. Мэгги окончательно запуталась, оказавшись меж двух огней. Это все равно что выбирать между двумя одинаково красивыми книжными обложками. — Ни один нормальный мужчина не станет в предвкушении или в приступе — прошу прощения, леди, — *страсти*, аккуратно складывать вещи. Следовательно...

Мэгги подняла руку:

— Ну, он мог попасть в ванную к Берни до того, как она вернулась домой. Прокрался как-то и решил принять душ. Берни наткнулась на него голого. Скандал, скандал, секс, секс, сон, прокрасться вниз, схватить нож — и вуаля, он мертв.

— Я бы никогда не занялась любовью с этим ублюдком, — жестко произнесла Берни. — Пьяная, трезвая, без сознания, в здравом уме или выжив из ума, я бы *никогда* не занялась любовью с Бадди Джеймсом. К тому же Бадди нипочем бы не сложил свои шмотки аккуратно. Ему пришлось бы сначала уроки брать.

— Стив, как там с тестом на сексуальное насилие? — спросила Дж.П.

— Официально — пока никак.

— А неофициально?

— Я отстранен от дела, Дж. П., но я по-прежнему коп. Выясняй сама, по официальным каналам.

— Человек чести, да? Весьма оригинально. Они, конечно, проверили ее на наркоту? Результатов пока тоже нет?

Этот вопрос задал Сен-Жюст. Мэгги с удивлением посмотрела на него:

— Ты сказал «наркота»? А, дошло. Полицейские сериалы. Ну конечно.

— На самом деле, милая моя, образовательный и исторический каналы. Но хватит о пустяках. Итак, этот тип, Деттмер, очень хочет арестовать Берни и ждет результатов криминальной экспертизы, которые укрепят его позицию, хотя его намерения и так крепки, как скала. Сколько у нас времени, Дж. П.?

— На то, чтобы раскрыть преступление или на то, чтобы спрятать Берни?

— Прошу прощения? — обернулась Берни. Она как раз отмеряла очередную порцию виски в стакан. — Что, правда? Вы собираетесь меня спрятать?

— Как-то это сомнительно, Дж. П., — произнес Стив.

— Пока нет ордера на арест — все чисто. Ее ни в чем не обвинили. Ее даже еще не допросили. Никто не аннулировал ее паспорт. Она свободна как птичка, и я собираюсь сделать все возможное, чтобы так оно и продолжалось. Ну, примерно. — Дж. П. открыла свой «дипломат» и достала какие-то официального вида бумаги. — Алекс, ты был прав. Полезный ход. Это совершенно аморальный тип, довольно известен и любит светиться в прессе. Он прямо-таки вцепился в эту идею.

Мэгги сощурилась и посмотрела на Сен-Жюста:

— Довольно известен? Вцепился? Черт, Алекс, как ты умудряешься всюду сунуть свой нос? Что ты сделал?

— Давай, Берни, собирайся, — приказала Дж. П. — Багаж тебе не понадобится, просто накинь что-нибудь и пойдем, повидаем доброго дядю доктора и подпишем эти бумажки. Когда я пришла, журналистов внизу не было, но долго это счастье не продлится. Я не хочу тащить за собой хвост.

— Мэгги? — Голос Берни задрожал.

— Минуточку, Берни. Алекс? Кто ухватился? Доктор Боб? *Мой* доктор Боб? Я угадала?

Сен-Жюст лишь улыбнулся и пересел на противоположный диван, к Берни.

— Мы хотим защитить тебя, милая, — произнес он так, что ему поверила даже Мэгги. — Мэгги все правильно угадала. Ты же помнишь доктора Боба? Психоаналитика Мэгги? Ты еще опубликовала его книжку «Страстно люби, прекрасно живи».

— Господи Иисусе, Алекс, вы что, собираетесь меня запереть?

— Всего лишь спрятать от полиции, — поправил ее Алекс. — У доктора Боба, судя по всему, обширные связи, и он уже распорядился принять тебя в одном милом учреждении в Катскиллах.

Мэгги была шокирована. Он послал Дж. П. к доктору Бобу? Он же смеялся над ним при каждом удобном случае, надеясь, что она перестанет посещать его по понедельникам. А теперь с ним связался? Использовал его? Мэгги никак не могла решить, удивлена она, возмущена или, напротив, горда, что он вообще об этом подумал.

— Это тоже штат Нью-Йорк, Берни, — вмешалась Дж. П. — Тебе не придется пересекать границы штата. Окружному прокурору мы сообщим, что ты находишься на излечении. Там тебя никто не тронет. Это практически легально, Берни. Я хочу сплавить тебя отсюда не меньше, чем увидеть тебя трезвой.

Мэгги чуть не плакала при виде Берни. Самоуверенная, саркастичная, утонченная женщина съежилась в комочек и неожиданно превратилась в маленького испуганного ребенка.

— Но... но как же мое интервью с Холли Как-ее-там?

— Отменяется, — отрезала Дж. П. — Я не хотела об этом говорить, но раз уж ты сама упомянула... «Фокс Ньюс» не приняли условия Алекса. Вместо этого они возьмут интервью у Деттмера. Знаешь, Алекс, это была хорошая идея, но теперь она сработает против нас. Теперь Спивак заявит, что пыталась взять интервью у Берни, дать ей шанс рассказать правду, но Берни хотела полностью ее контролировать, и Спивак, как настоящий журналист, была вынуждена сказать «нет». Это не произведет выгодного впечатления на присяжных, уж поверь мне. Все, Берни, нам пора. Одевайся.

— Я помогу, — вызвалась Мэгги. Она проводила Берни в гостевую комнату и обняла поникшую подругу. Берни трясло.

— Не знаю, Мэг. Даже и не знаю, что страшнее — попасть за решетку или резко бросить пить. Я просто не смогу.

— Еще как сможешь, — фыркнула Мэгги. — Ты же настоящая героиня. Самая смелая, самая бесстрашная женщина на свете.

Берни высвободилась из рук Мэгги и вытерла нос рукавом халата:

— Да, точно. Я смелая. — Она глубоко вдохнула, медленно выдохнула и произнесла: — Хорошо. Хорошо, Мэгги, я согласна на все.

Глава 10

Сен-Жюст открыл дверь Табите Лейтон, литературному агенту Мэгги. Табита пронеслась мимо него, размахивая светлыми волосами, вслед за ней летел шарф. Алекс чуть не уронил большой чемодан, который она практически швырнула ему.

— Где Мэгги? Ей, наверное, совсем плохо. Там, внизу, не меньше дюжины репортеров. Что за бардак, мне пришлось к вам с боями пробиваться! Я все выходные просидела в Хэмптонс, ни с кем не общаясь. Случайно включила телевизор, увидела это и бросилась к телефону. Какого черта никто не берет трубку? Мэгги, детка, это Табби!

— Мэгги нет дома. — Сен-Жюст указал на стул. — Но я уверен, что она будет очень тебе благодарна за то, что ты примчалась оказать Бернис поддержку в час ее испытаний.

— Мэгги нет дома? А где она? О, нет! Она в тюрьме, да? Они ее все-таки арестовали? Я так и знала, я так и знала. Да еще так *не вовремя*.

— На самом деле, — Сен-Жюст пристроил чемодан на полу возле дивана, — Мэгги, Бернис и ее адвокат Дж. П. Боксер отправились в некое заведение, где Берни получит квалифицированную помощь.

— Какую еще помощь?

— Ей должны помочь бросить пить.

— А, ну хорошо, — кивнула Табби. — Давно пора. Но... но ее разве не собираются арестовать?

— Арестуют, если я не успею найти настоящего убийцу до того, как ее подлечат и отпустят домой. Ей не очень-то понравился этот план, но мы уговорили ее попробовать. Думаю, Мэгги уже едет домой, а Бернис благополучно упрятана в лечебницу, то есть спрятана от полиции.

— Хорошо, что я не застала эти ваши уговоры. Значит, чемодан нам больше не нужен?

— Не понимаю, о чем ты. — Сен-Жюст посмотрел на чемодан.

— Одежда. Я принесла кое-что для Берни. Просто бросила в сумку то, что под руку подвернулось. Ты же знаешь, как она одевается, Алекс. Дорого и броско, присяжным это не понравится. Поэтому я принесла ей кое-какие наряды.

Сен-Жюст посмотрел на Табиту. На ней, как обычно, была легкая длинная юбка, довольно скромная блузка и длинный струящийся шарф. Табби любила натуральный хлопок и пастельные цвета, ее одежда была, мягко говоря, практичной, и, как правило, на два размера больше, чем нужно. Бернис, напротив, одевалась ярко, чтобы подчеркнуть огненные волосы, яркий макияж, вызывающие манеры. В общем, «Версаче против Лоры Эшли»*, как однажды сформулировала Мэгги.

— Весьма предусмотрительно, Табита, — восхитился Сен-Жюст и подошел к автоответчику. Звонок он предусмотрительно выключил, хотя этот номер и так мало кто знал — в справочниках его не было.

Он проверил аккаунт Мэгги в «Америке Онлайн». Давно следовало бы избавиться от этой вредной привычки: Сен-Жюст не только скорбел над бесчисленными предложениями увеличить пенис или купить «Виагру», но к тому же время от времени наводил порядок в почте Мэгги, удаляя все письма поклонников, кроме самых хвалебных. На этот раз он обнаружил, что Мэгги получила триста восемьдесят два сообщения со своего веб-сайта.

Беглый осмотр показал, что большая часть написана журналистами. Весьма изобретательно с их стороны. Пожалуй, самое время выяснить, кто из этих кретинов умудрился достать еще и телефонный номер.

— Я только разберусь с этим и буду весь внимание, — извинился Сен-Жюст, увидев мерцание индикатора, и нажал на автоответчике кнопку «воспроизведение». Он обнаружил три сообщения от Табиты, одно от главы жилищного кооператива с кратким предписанием немед-

_____

*Л о р а Э ш л и (1925—1985) — британский дизайнер одежды и интерьеров, для ее работ характерны цветочные мотивы, подчеркнутая невинность и простота.

ленно освободить жилплощадь от подозреваемой в убийстве особы, а площадку перед домом —
от толп репортеров, и еще два сообщения:

«Мэгги? Мэгги, это Вирджиния. Я увидела
новости по телевизору и сразу тебе позвонила.
Это ужасно, просто ужасно. Бедняжка Берни!
Я уверена, что она невиновна. Боже, я как
вспомню, что мы все трое были вместе на конференции ГиТЛЭР и были так счастливы! Ну,
может, не совсем счастливы, из-за убийства и
остального, но все же... Черт, я ненавижу разговаривать с автоответчиками. Мэгги, позвони
мне, хорошо? Я знаю, что это глупо и эгоистич-
но, но как по-твоему: теперь она не сможет заключить со мной тот контракт, как обещала?
Нет, забудь. Экую я глупость ляпнула. На самом деле меня это совсем не волнует. Ну ладно,
волнует. Потому что я пустая дурочка, признаю. Позвони мне, хорошо? Да, малыш просто
прелесть! Я пришлю тебе фотографию мылом
на следующей неделе. Позвони мне!»

Сен-Жюст нажал на «стоп».

— Это Вирджиния Нойендорф, — пояснил
он. — Этакая смесь заботы и эгоизма, хотя я ее
не виню.

— Ее контракт уже у меня, — заметила Табита, — так что она может не волноваться.

— Вот и хорошо, — произнес Сен-Жюст и
снова нажал на «воспроизведение».

«Маргарет? Маргарет, я знаю, ты здесь. Это
твоя мать, Маргарет. Ты что, совсем без царя в
голове? Я купила газету, и что я там увидела?

Эту женщину, Бернис, вот что. Убийцу! Все, Маргарет, это последняя капля. Третий раз! Мы с отцом требуем, чтобы ты продала эту свою ужасную нью-йоркскую квартиру и вернулась домой, где тебе самое место. Что, двух недель не можешь прожить без того, чтобы опять кого-нибудь не убили? У меня, знаешь ли, здесь имеется репутация, милая леди. Как я могу высоко держать голову, когда ты постоянно втаптываешь нас в грязь? Я в жизни не видела такой безвкусной... Что? Ивэн, раз я велела Маргарет возвращаться домой, значит, она вернется домой. И прекрати жрать шоколад. У тебя наверняка уже все артерии им забиты — что значит, «ты не собираешься жить вечно»? Не хами мне. Да, да, именно, не хами. Знаешь, что? Она вся в тебя, Ивэн. Шуточки, остроты, уловки. Это все твоя вина. Господь знает, как я старалась. Маргарет? Маргарет, послушай меня. Тейт уже позвонил, он очень расстроен, а Эрин и Морин все в слезах из-за того, что ты общаешься с этими богемными людишками. Как тебе не стыдно так расстраивать родных! Ты — паршивая овца, Маргарет. Это все твоя писанина, весь этот грязный секс и непристойности. Я всегда знала, что у этой рыжей стервы Бернис будут проблемы. Я ничуть не удивлена, что она убила своего мужа. Да и предыдущего тоже она убила, и плевать я хотела, что ты считаешь по-другому. Кровь — она всегда скажется, Маргарет, а эта жен...»

— Кажется, нам повезло. Пленка закончилась раньше, чем запас красноречия миссис Келли. Давай это просто сотрем?

— О боже, конечно. — Табита содрогнулась и обхватила себя руками. — Вернуться домой? Да Мэгги скорее щепки себе под ногти загонит. Знаешь, Алекс, мне изо дня в день приходится общаться с чокнутыми издателями и чокнутыми писателями, но эта женщина по-настоящему ужасна.

— Она уникальна. — Сен-Жюст нажал на кнопку «удалить». — Ну, вот и все. Не уходи, Мэгги скоро вернется. Я ненадолго тебя покину — Стерлинг просил принести ему чистящих средств.

— Ты — и вдруг чистящие средства?

Он продемонстрировал синее ведро. Из ведра торчали губки и пластиковая бутыль чистящего средства.

— Это для Стерлинга. Присоединишься к нам? Мы обнаружили один почти целый стул.

Он открыл дверь и провел мрачную Табби через холл в развалины, некогда бывшие его квартирой. Спальни и личный кабинет Сен-Жюста уже почти привели в порядок, кухню тоже, но к гостиной и столовой еще только приступили.

— Что... что стряслось?

Сен-Жюст сопроводил Табиту к единственному целому стулу в гостиной.

— Долго рассказывать, да и скучно. Если вкратце, то у бывших жильцов было что-то, что очень нужно кому-то, и этот кто-то решил поискать это что-то самостоятельно.

— Кража, — произнесла Табби. — Или нет? Не кража? Алекс, что происходит? Стив? И ты здесь? Ты что, убираешься?

У Стива были закатаны рукава, в руках он держал здоровенный мешок с мусором. Стив кивнул Табби:

— Алекс прав, это долгая история. Алекс, здесь работали профи. Ты это, наверное, и сам понял.

— Профи? — Табита посмотрела на Алекса. — Ничего не понимаю. Это как-нибудь связано с Берни?

Пришлось Сен-Жюсту объяснить ей все по порядку. Тем временем неожиданно трудолюбивые Киллер и Мари-Луиза начали раскопки руин гостиной и столовой.

— Мафия? — произнесла Табби в конце рассказа, яростно озираясь, будто решая, не рвануть ли на выход. — Но это же опасные люди. Ненормальные.

— А также очень безнравственные, — согласился Сен-Жюст, глядя, как Мари-Луиза собирает осколки разбитой люстры. — Но мы скоро приведем все в порядок.

— Только не говори мне, что вы остаетесь тут. Они же могут вернуться.

— Могут. Они искали во всех комнатах, и если они не нашли то, что искали, в последний момент, то ушли с пустыми руками. — Он слегка нахмурился, вспомнив о папке, которую дала ему Холли Спивак. — Ну, почти пустыми.

— Но сначала они оставили вам записку на зеркале, — вернулся Стив. — Алекс, я тут позвонил по мобильному, пока выбрасывал мусор. Ну, тому своему другу, помнишь? Он сказал, что мы, наверное, имеем дело с кланом Тотила. Голдблюм представлял их интересы. Энрико Тотила — игрок низшей лиги, с Джоном Готти[*] и рядом не стоял. У него алиби, он сидел в тюрьме за незаконное хранение оружия, когда Голдблюма убрали. Ему ничего не смогли предъявить. Тотила выпустили полгода назад. Здесь побывали его люди.

Табби поднялась на ноги:

— Пойду... попью водички. И вообще помогу на кухне. Да, точно. — Она схватила ведро и пошла через гостиную.

Из-за дивана высунулся Джордж с большими осколками разбитой вазы в руках. Парнишка упорно продолжал называть себя Киллером, как Сен-Жюст ни старался сделать из него человека, занять делом (то есть труппой «Уличных Ораторов и Артистов»).

Киллер был худеньким, трогательным, похожим на ласку парнишкой с добрым сердцем, мозгами и мужеством тугой дверной пружины и недержанием мочи, как у маленького ребенка.

— Он сказал «Энрико Тотила»? — Киллер

---

[*]Джон Готти (1940—2002) — глава нью-йоркской мафиозной семьи Гамбино. Ему принадлежат слова: «Коза Ностра останется Коза Нострой, пока я не умру». В 1992 году был присужден к пожизненному заключению, умер в тюремном лазарете от рака гортани.

уронил осколки в металлический ящик для мусора, где они разбились вдребезги.

— Да, Джордж, по-моему, *лев*-тенант именно это и сказал. А что? Ты знаешь этого человека?

— Кто, я? — Маленькие глазки Киллера от ужаса стали почти большими. — Нет. Я не знаю. Я его не знаю. Впервые слышу.

— Успокойся, Джордж, — примирительно произнес Сен-Жюст, после того как парнишка сделал три шага назад и треснулся об стену. — Держи свой мочевой пузырь в руках. — Он вздохнул. Киллер оставался одним из его разочарований. Местами он мог на парнишку воздействовать, но не изменить его по-настоящему. — Да не в прямом смысле, Джордж.

— Ты ведь из Морнингсайд-Хайтс? — спросил Стив, когда Киллер уронил руки по швам и покраснел. — Клан Тотила там не заправляет.

— Нет, сэр. Но его тетя Изабелла живет по соседству с моей бабушкой, и мистер Тотила ее навещает. Он как-то раз плюнул в меня.

— Как это мило. Спасибо, Джордж, что поделился с нами. А сейчас прогуляйся к Марио за его замечательными сэндвичами и салатами, чтобы я поблагодарил всех за помощь. Да, и не разговаривай с репортерами, если они еще не ушли.

— Конечно, — пролепетал как всегда покорный Киллер, взял протянутые Сен-Жюстом деньги и рванул к дверям.

— А теперь, — Сен-Жюст повернулся к Венделлу, — скажи, где мне найти этого Энрико Тотила?

— Тебе незачем его искать, — покачал головой Стив, — он сам тебя найдет. Черт, да он уже тебя нашел. Наше дело — выяснить, что... его головорезы пытались тут найти.

— Тебе наплевать, что я отказался вызвать сюда твоих коллег?

— В другой раз мне было бы не наплевать. И еще как не наплевать. Но сейчас я в гробу видел своих коллег, как ты их называешь. Кроме того, это моментально дойдет до Деттмера, хватит с него и Берни. И вообще, у меня такое чувство, что у тебя на этих парней особый зуб. Телевизор, да?

— Не могу с тобой не согласиться. Даже у Стерлинга на них зуб. Сначала мы сами поговорим с ними и только потом отдадим тебе. Если у нас все получится.

— Держите меня в курсе дел. Я дам вам удочку, но ловить рыбу вам придется самим.

— То есть ты поможешь нам отыскать братков, мы с ними разберемся, а затем ты устроишь облаву?

— Мэгги права. Ты слишком много смотришь телевизор. Мы не говорим «братки». Так только телеполицейские говорят.

— Правда? А как же их называете вы?

— Ублюдки, дерь... — нет, для телевидения это не годится.

— Да, ты прав.

— Кабельное телевидение. Да, для кабельного сойдет. И для кино тоже, — Венделл поправил журнальный столик. — Знаешь, Блейкли, похоже, мы начинаем ладить.

— Да, я заметил, — Сен-Жюст подобрал с пола вязаную салфеточку. — Весьма странно, учитывая, что мы с тобой конкурируем.

— Из-за Мэгги, да? — Стив запустил пальцы в шевелюру. — Она сказала мне, что вы не очень близкие родственники.

— О да, не близкие, — подтвердил Сен-Жюст. — Она мне... очень нравится.

Стив ухмыльнулся:

— Может, подбросим монетку? Ладно, шучу. Значит, ты остаешься? Не хочешь вернуться в Англию?

— Нет, я не планирую вернуться в мои... владения в ближайшее время. Я, понимаешь ли, долгие годы мечтал попасть сюда.

— Ну, попытка не пытка. Значит, мы конкурируем. Что ж, с этим можно жить. Но это не значит, что мы не можем быть друзьями или работать вместе.

Сен-Жюст встал в позу:

— Тебе это неприятно.

— Тебе тоже. Верно. Но пока мы одна команда. В смысле, работаем вместе. Главное — чтобы Мэгги не совала нос в наши дела.

— Да, ее восхитительный маленький носик — это проблема, — согласился Сен-Жюст. — Давай вместе держать его подальше от наших дел, даже когда узнаем, что у нас разные шансы на достижение нашей общей цели.

— Если ты имеешь в виду, что мы должны защищать Мэгги, но при этом оба вольны... ну, за ней приударить, то я за.

— Вот и прекрасно. Заранее приношу свои искренние соболезнования в связи с твоими тщетными попытками ее заполучить. А сейчас, когда мы заключили дружеский союз, быть может, займемся делом? Теперь Бернис вне игры, и Мэгги непременно сунет свой любопытный носик не только в дело Бадди Джеймса, но и в эту маленькую неприятность с Тотила.

— С кем?

Сен-Жюст на секунду закрыл глаза, затем медленно обернулся и увидел Мэгги, которая крепко ухватилась за дверную ручку, чтобы не упасть.

— Ты так скоро вернулась? Какая радость. Бернис в порядке?

— Издеваешься? У меня все руки в следах от ее ногтей. Показать? Но Дж. П. в итоге ее от меня оторвала, и мы уехали. Ее нельзя навещать, и звонить ей тоже нельзя. Никому, даже Дж. П. А кто такой Тотила?

— Работаем вместе, как и договорились, — прошептал Стив на ухо Сен-Жюсту.

Сен-Жюст чуть наклонил голову в знак того, что расслышал.

— Энрико Тотила, милая моя Мэгги, был последним, а также единственным клиентом Гарри Голдблюма, что автоматически делает его главным подозреваемым в буйстве на моей жилплощади. Ты еще не забыла про мой телевизионный механизм?

— Тот самый мафиози, который устроил здесь погром в поисках *этого*, которое раньше принадлежало Гарри, а теперь Айрин? Все ясно. Что дальше? Объявим ему войну?

— Храни меня господь от женщин, обладающих самой нежелательной чертой характера.

— Ну вот, начинается, — окрысилась Мэгги. — Это какой же?

— Мужеством. — Сен-Жюст поднес стеклышко монокля к глазу и посмотрел через него на Мэгги. Он знал, что так его глаз кажется больше и что Мэгги не любит, когда он разглядывает ее через монокль. — Да, да, мужеством. Оно совершенно не идет слабому полу, дело которого — уступать, отходить на задний план, восхищаться и, наконец, аплодировать джентльменам.

— Так, мы с тобой больше не партнеры, по крайней мере, временно. — Стив сделал шаг назад.

— Прекратите немедленно, оба. Вам все равно не удастся меня оскорбить, отвлечь или что вы там еще придумали.

— Она нас подслушала, — сообщил Стив Сен-Жюсту.

— Да, спасибо, Венделл, я тоже пришел к этому заключению. Мэгги, мы с *лев*-тенантом, как ты, наверное, догадываешься, объединили усилия. Ради Бернис и для выяснения причин погрома в моей квартире. Мы также заключили дружеский союз, дабы защитить тебя от... от тебя самой, дорогая. Чтобы ты хорошо себя вела и не лезла куда не надо.

У Мэгги челюсть отвисла. Сен-Жюст повернулся к Венделлу:

— Сейчас ей самое время сказать «ну, укуси меня».

Мэгги закрыла рот, затем снова открыла и произнесла:

— Нет-нет. Я все поняла. Вы хотите, чтобы я думала, помогала, но не действовала. Ничего бы не делала на свой страх и риск, не попадала бы в неприятности.

— И даже не стремилась к этому. — Сен-Жюст терпеливо ждал продолжения. Это же была его Мэгги. Он жил в ее голове. Он знал о ней все, храни ее господь.

— Да идите вы оба к черту! Берни — моя подруга. Если я сверну себе шею, пытаясь ей помочь, значит, так тому и быть. То же относится и к Стерлингу. А ты, — она ткнула пальцем в Сен-Жюста, — ты позаботься лучше о себе! И ты тоже, Стив. Все, я иду спать. — Мэгги повернулась и направилась к двери.

— Не раньше, чем найдет Энрико Тотила в «Гугле». Сомневаюсь, правда, что мафия опубликовала его домашний адрес в интернет-каталоге, — заметил Сен-Жюст, протирая монокль рукавом рубашки.

— Иногда я тебя просто ненавижу. — Она повернулась и уставилась на него.

— Мэгги? Мэгги, это ты?

Сен-Жюста несколько позабавили попытки

Мэгги не морщиться при звуках голоса Табиты Лейтон. Мэгги любила своего литагента, очень любила, но у Табиты была весьма раздражающая привычка говорить самые неподходящие вещи в самое неподходящее время.

— Привет, Табби. — Мэгги слабо помахала.

На Табби оказался фартук Стерлинга с надписью «Поцелуй повара» и большие резиновые желтые перчатки. Она пробралась через захламленную комнату, обняла Мэгги за плечи и прижалась щекой к щеке.

— Как Берни? Надежно они ее заперли? Там, наверное, совсем как в тюрьме. В новостях ее называют Черной Вдовой. Думаю, ей не стоит надевать черное в суд. Я принесла ей кое-какую одежду, но это все подождет. У меня *ошеломительные* новости!

«Куда уж ошеломительнее», — подумал Сен-Жюст и покачал головой.

Глава 11

Мэгги хотелось принять душ — долгий, горячий душ. Еще ей хотелось чего-нибудь тягучего, лучше всего шоколада. А еще — остаться одной. Совсем одной. Поплакать о Берни, которая вела себя как испуганный ребенок, когда они с Дж. П. оставили ее в клинике на попечении довольно доброй женщины. Правда, телосложением эта женщина напоминала футбольного защитника. Она крепко держала Берни за руку своей окорокообразной лапищей.

Алекс был прав — она хотела поискать информацию об Энрико Тотила в «Гугле». Она хотела в очередной раз сменить простыни в гостевой комнате и заставить Алекса со Стерлингом клятвенно пообещать провести сегодня ночь именно там.

Она хотела выкурить сигарету. Она убила бы за сигарету. Нет, это надо вычеркнуть. Не самый удачный подбор слов. Но она ужасно хотела курить. Час до клиники, час на месте, час назад — три часа без единой сигареты. Она сгрызла ноготь большого пальца левой руки практически до мяса — а ведь ей казалось, что она избавилась от этой привычки в двенадцать лет.

Но Берни не могла пить. Раз Берни не могла пить, значит, Мэгги не должна курить. А то получится нечестно. Хотя из-за курения в клинику никого не помещали. Пока.

Мэгги уставилась на свое отражение в зеркале ванной.

— Я — наркоманка, — тихо произнесла она, выдавливая из себя каждое слово, — я... черт. Никоголик? Ерунда. Попробуй еще раз, Мэгги. — Она упрямо выпятила подбородок. — Я сижу на никотине.

Ее брат Тейт учился в военной школе. Почему-то в голове ее сейчас крутился отрывок из той речи, что Тейт вынужден был произносить перед старшими ребятами, когда был новичком-первоклассником. «Я — червяк, сэр, жалкий земляной червяк, сэр...»

Мэгги опустила взгляд и потрясла головой.

— Может быть, завтра, — пообещала она и отправилась в гостиную, полную народа. Неужели им больше некуда податься?

— Тунец меня вполне устроит, спасибо. — Стив Венделл взял у Мари-Луизы обернутый бумагой сэндвич и уселся на стул возле карточного стола, широко расставив ноги.

Киллер оккупировал любимое место Мэгги у окна, засовывая в широко открытый рот свисающие нитки сыра с ловкостью осьминога в боксерских перчатках.

Она обернулась и увидела, что Алекс и Стерлинг спорят о чем-то в углу кухни, причем Стерлинг недоволен.

Табби аккуратно расправляла салфетку на коленях, положив свой сэндвич на кофейный столик. Мэгги незамеченной выскочила из гостиной и направилась прямо к Алексу со Стерлингом.

— В чем дело?

Стерлинг, храни его господь, сначала поднял глаза к потолку, и только потом вернул на лицо глуповатую улыбку.

— Ничего особенного, Мэгги. Прости, пожалуйста.

— Все в порядке, Стерлинг. Кстати, у тебя чудесные перчатки.

Алекс поцокал языком, как заправский английский сноб, и произнес:

— Не стоит его обнадеживать, Мэгги. Стерлинг, сними это немедленно. Я прошу тебя, что для меня совсем нехарактерно. Ты в них смешон.

Стерлинг поднес к лицу руки в ярко-желтых резиновых перчатках.

— Но мне же надо навести порядок в ванных комнатах... а Табби сказала, что очень важно защищать руки, когда... ладно, договорились.

— Наконец-то. — Алекс повернулся к Мэгги: — Бернис действительно нормально устроилась?

У Мэгги слезы навернулись на глаза.

— Нет, — почти захныкала она. — Я такая плохая подруга. Раз она должна завязать с выпивкой, значит, я должна завязать с куревом. Чтобы ее поддержать, понимаешь?

— Это хорошая идея, — мягко произнес

Алекс, — но мне кажется, что ты должна бросить курить ради *себя*, а не ради кого-то еще.

— Доктор Боб говорит то же самое. Я иду к нему завтра утром.

— Очередной понедельничный визит к доброму доктору? Может, все-таки перестанешь к нему ходить, ради *себя*?

— Я знаю, что он тебе не нравится.

— Ты, как всегда, преуменьшаешь.

— Но мне кажется, что я наконец чего-то добилась, Алекс. В смысле, я больше не хочу курить. И должна же я сказать ему спасибо за помощь с Берни. Он вовсе не обязан был нам помогать.

— Ну конечно, не обязан, — кивнул Алекс. — Кстати, ты должна ему пятьсот баксов.

— Я... ему... ты что, *шутишь*? Он сделал это за деньги? Он же *доктор*. Как он мог сделать это за *деньги*?

— По-моему, он назвал это платой за консультацию. — Алекс внимательно изучал свои ногти.

— Ох, — задумчиво произнесла Мэгги, — может, он и прав. Пятьсот долларов?

— Ерунда по сравнению с тем, что ты заплатила ему за эти годы.

— Может, хватит? Он мне помогает.

— Правда? Недавно звонила твоя мать, оставила сообщение на автоответчике. Она хочет, чтобы ты вернулась в Нью-Джерси, к ней под крылышко. Я бы даже сказал, требует.

— Господи Иисусе! — воскликнула, скорее даже взмолилась, Мэгги. Ее желудок куда-то провалился, ноги подогнулись.

Алекс погладил ее по щеке.

— Да уж, помог тебе доктор Боб... Мэгги, милая, тебе скоро стукнет тридцать три года. Не пора ли уже повзрослеть и сказать ей, что ты больше не ребенок и сама отвечаешь за свою жизнь?

— Ага, — Мэгги не двигалась, впитывая в себя прикосновения Алекса, тепло его руки. — Я так и сделаю. Как только научусь не бояться парня из химчистки, который объясняет, что испортил мою синюю куртку по моей вине. Давай поговорим о чем-нибудь еще?

Алекс улыбнулся:

— Давай лучше *займемся* чем-нибудь еще. Обещаю, ты забудешь обо всех своих проблемах.

— Кхгм... прошу прощения? — сдавленно произнес Стерлинг. — Я, пожалуй, приберусь в твоей ванной, Сен-Жюст, если ты не против. Я имею в виду, если у тебя романтическое настроение или вроде того. Змей вернулся от мамочки, собирается выбросить останки твоего телевизора. Мне очень жаль. Я скормил ему сэндвич и привлек к уборке. Кажется, я физически не могу жить в развалинах. Мэгги, ты знаешь, что сделала меня чистюлей? Забавно, правда?

Пока Стерлинг сбивчиво тараторил, Алекс смотрел на Мэгги, а Мэгги смотрела на Алекса.

Мэгги казалось, что они одни в комнате — да что там, во всем мире. Она позволила себе потянуться к Алексу, неотрывно глядя на его губы.

— Нет! — внезапно вскрикнула она, отступила и схватила Стерлинга за руку. — Алекс, запрети ему.

— Все в порядке, Стерлинг, можешь идти, раз уж ты так старательно ищешь повод не снимать эти гнусные перчатки. Я тут вспомнил твой жилет — тебе, похоже, нравится желтый цвет. Передай Вернону привет и мою благодарность за помощь.

Мэгги проводила Стерлинга взглядом, затем повернулась к Алексу:

— Ты что, с ума сошел? Он же увидит надпись!

— Да нет, не увидит. Ее предусмотрительно стерли. Однако мы задержались. Табита наверняка покончила со своим сэндвичем и жаждет поделиться *ошеломительными* новостями.

— Придушить ее, что ли, — вздохнула Мэгги. — Разве сегодня вечером могут быть хорошие новости?

— Убей меня, если то, что произошло между нами пару минут назад, — это не *счастливые* новости. — Он протянул ей руку: — Пойдем, послушаем, что скажет Табита, а потом вышвырнем ее отсюда. И всех остальных тоже.

— Хватит, — Мэгги взяла его под руку, — ты же не думаешь, что я считаю секс панацеей от всех моих проблем?

— Я просто хотел, чтобы ты это обдумала.

— Ну, укуси меня!

— Это приглашение? С удовольствием, моя дорогая. Я буду очень нежен.

У Мэгги засосало под ложечкой.

— Прекрати. Ты пытаешься возбудить меня и заставить Стива думать, будто на кухне что-то происходит. Как это низко!

— Жаль, не сработало. — Мэгги направилась к дивану и весьма неэлегантно плюхнулась рядом с Табби: — Давай колись, что еще за поразительные новости?

Табби промокнула рот салфеткой и положила ее обратно на колени.

— Возможно, сейчас не самое подходящее время...

— Хорошо, — Мэгги хлопнула себя по коленкам и вскочила, — ты совершенно права, сейчас неподходящее время. Я беспокоюсь о Берни, на пороге — свора журналюг, за Алексом и Стерлингом охотится мафия, а за мной — моя милая мамочка, и...

— Мы продались киношникам.

Мэгги застыла с разинутым ртом и моргнула. Потом моргнула еще раз.

— *Что* ты сказала?

Табби гордо произнесла:

— Я работала над этим несколько месяцев. Я и мой партнер в Лос-Анджелесе. Я не хотела тебе говорить, чтобы зря не обнадеживать, но в эти выходные все решилось. По трем твоим первым книгам снимут телефильмы. Я понимаю, это еще не большой экран, но для начала совсем неплохо. Сценарии будет писать кто-то другой, но я добилась, чтоб их сперва показывали тебе, — поверь мне, это было непросто. Подбор актеров, все, что пожелаешь. Я очень хорошо поработала, Мэгги. Честное слово.

Мэгги села. Скорее даже упала.

— Мы... мы продались киношникам? Боже правый...

— Эй, Мэгги, это же здорово! — Стив уселся на подлокотник дивана и наклонился, чтобы ее поцеловать. Она еще раз моргнула. У нее зазвенело в ушах.

Табби похлопала Мэгги по руке:

— Ну, я не всего добилась, чего хотела. Это комплексная сделка, на три книги, но я решила, что лучше мы получим меньше денег, чем рискнем и продадим только одну. Нам надо найти свою аудиторию, хотя они рассчитывают на твоих читателей. И вот еще что важно: если рейтинги будут хорошие, по третьей книге снимут настоящий фильм. Или сериал, это еще лучше. Они даже согласились вынести твое имя в титры. Что-то вроде «Клео Дули: Записки о виконте Сен-Жюсте — Дело о потерянном графе». Длинно, конечно, зато с твоим именем. Мэгги? Ну скажи уже что-нибудь.

И она сказала. Ляпнула первое, что ей пришло в голову:

— Я не могу лететь в Калифорнию.

— О господи. — Мари-Луиза схватила сумочку и потащила за собой Киллера. — Теперь видишь? Я же говорила, что она со странностями. Нам пора. У меня с утра занятия. Эй, Мэгги, ты же не против, чтобы я забрала сумочку? Ну, помнишь, ту, что ты одолжила мне для конференции. Мне она очень нравится.

— Я не могу лететь в Калифорнию. Просто не могу.

— Вот и здорово. Так и знала, что ты не против. Увидимся, Вик, — она помахала рукой Алексу, — в час у мистера Пьера, так? Подпишем бумажки.

Мэгги, словно в тумане, слышала, как Алекс договаривается о встрече с Мари-Луизой. Она расслышала и просьбу Мари-Луизы, но не смогла даже произнести: «Это Алекс одолжил тебе мою сумочку, а не я, так что верни ее немедленно, черт побери!» — или: «Не смей называть его Виком. Он — виконт, виконт, понятно тебе?»

Алекс. Александр Блейк, виконт Сен-Жюст. Ее Алекс Блейкли. Он слышал слова Табби. Он должен был их слышать, понять, что они означают. Но он молчит. Почему он молчит?

— Алекс? — Она выглянула из-за Стива. Сен-Жюст теребил шнурок от монокля. — О чем ты думаешь?

— Обдумываю, какие возможности это нам дает, разумеется. Это хорошо, что мы должны утвердить сценарий, молодец, Табита. Итак, мы можем влиять на подбор актеров. Я хочу, чтобы роль Сен-Жюста сыграл только тот актер, которого я одобрю.

Мэгги закатила глаза. Замечательно получается. Один вымышленный персонаж проводит кастинг на роль другого вымышленного персонажа. То есть самого себя. — А ты не хочешь сам сыграть эту роль, Алекс? — Мэгги прикусила язык, но поздно.

— Это я тоже обдумываю.

— Но... но он не может. Конечно, он весьма импозантен, и я знаю, что ты списала своего Сен-Жюста с него, — Табби потянула Мэгги за руку, — но им нужны настоящие актеры. Мэгги? Ну скажи ты ему.

— Она права, Алекс, — усмехнулась Мэгги. — Им нужны настоящие актеры, а не настоящие герои. Впрочем, это неважно, все равно мы никуда не поедем.

— Потому что ты не можешь лететь в Калифорнию, — Алекс слегка наклонил голову. — Это мы уже слышали. Не объяснишь, почему?

Мэгги посмотрела на Табби, на Стива, на Алекса.

— Потому что у них там постоянно землетрясения, и вы прекрасно это знаете. Наверняка одно произойдет как раз в тот момент, когда колеса моего самолета — кстати, я вообще не люблю летать, — коснутся посадочной полосы. Не успею оглянуться, как Невада станет морским курортом, только мне уже будет по барабану, потому что я останусь в консервной банке, пристегнутая к сиденью ремнями безопасности, а надо мной будет три мили океанской воды и пара миллионов фунтов Калифорнии.

— Весьма впечатляет, — поделился Алекс со Стивом, — сразу видно, писательница. Очень развитое воображение.

— Может, поговоришь об этом с доктором Бобом завтра утром? — посоветовала ей Табби. — Знаешь, он помог мне с Дэвидом. Я теперь занимаюсь аутотренингом. Ну, знаешь: «Я хороший человек, я достойный человек, я хороший и достойный человек, который заслуживает любви». Представляешь, Мэгги? Аутотренингом.

— Табби, Дэвид спит со всем, что движется. Как может аутотренинг это изменить?

— Я не знаю, — обиделась Табби, — но я точно этого не заслуживаю, потому что я хороший и достойный человек.

— Конечно, не заслуживаешь. Ты не заслуживаешь, чтобы Дэвид бегал за каждой юбкой. Берни не заслуживает, чтобы ее обвинили в убийстве Бадди. Алекс и Стерлинг не заслуживают, чтобы в их квартире устроили погром и испортили все вещи, а я... что ж, со мной все как раз в полном порядке, да? Прости, Табби. Ты права, это действительно потрясающая новость. То, что ты продала мои романы киношникам.

— Телевизионщикам, — поправила ее Табби. — Погоди, пока Берни об этом услышит. Она тут же рванет переиздавать твои ранние книжки, может, даже с фотографиями актеров на обложках. Сен-Жюст во плоти. Представляешь, какого *божественного* парня им придется отыскать на роль твоего идеального героя?

Мэгги косо посмотрела на Алекса, явно предупреждая: «Не произноси ни слова».

Стив наклонился, поцеловал Мэгги и встал:

— Поздравляю, Мэгги. Но мне пора. Алекс?

— Стив, — в тон ему ответил Сен-Жюст.

Мэгги ошарашенно помотала головой. Непонятно почему, ей намного больше нравилось, когда они называли друг друга «Венделл» и «Блейкли». Ей не нужно было, чтобы эти двое нравились друг другу. И уж определенно не нужно, чтобы они сговорились и скрывали от нее проблемы с Берни и с этим Энрико Тотила.

— Куда это вы намылились? Хотите поговорить о Берни или о мафии — разговаривайте прямо здесь.

— Да, да, Мэгги права. — Табби тоже поднялась на ноги. — А я пока тут приберусь. Понимаете, я не хочу ни во что вмешиваться. Это не значит, что мне плевать. Но мне страшно.

Мэгги подождала, пока Табби соберет тарелки и стаканы на поднос и скроется в кухне.

— Ну? Что дальше? Сначала о Берни.

Алекс махнул рукой:

— Ладно, расскажи ей, а то она покоя нам не даст.

Стив вновь оседлал черный стул с прямой спинкой.

— Хорошо, сейчас все расскажу. Мэгги, о следах крови в водостоке ты уже знаешь?

Она кивнула.

— Так вот, там было кое-что еще.

— Это же водосток в душе, — произнесла Мэгги, — там обычно полно всякой дряни.

Стив почесал в затылке.

— Так вот, насчет крови. Я узна́ю по своим источникам, когда ее идентифицируют. А остальное... вот поэтому я и не люблю работать с женщинами!

Мэгги посмотрела на Алекса:

— Ну спасибо. Вы явно нашли друг друга.

Стив по-прежнему чесал в затылке и избегал ее взгляда.

— Они нашли там волосы. Часть принадлежала Берни, они рыжие. А вот остальные четыре...

— Еще четыре волоска, — кивнула Мэгги.

— Еще четыре, ммм, *донора*, — выдавил Стив и покраснел. — А может, и больше. Четыре — это как минимум.

— О, — Мэгги пристально разглядывала свои ладони, — ну, она ведь не замужем, так? Это все? Все, что ты знаешь?

— Да, почти. Никто не расписывался в регистрационном журнале. Или Берни провела его черным ходом, или он сам как-то пробрался внутрь.

Мэгги внезапно выпрямилась:

— Если он как-то пробрался внутрь, значит, это мог сделать и кто-то другой.

— Черт, Мэгги, хватит с меня Берни и Бадди, не надо приплетать кого-то еще.

— Нам придется приплести кого-то еще, Стив. Или ты думаешь, что Бадди совершил самоубийство в постели у Берни, вскрыв себе горло ножом, зажатым в ее руке? Никто в это не поверит. Значит, кто-то еще смог пробраться в дом, кроме Бадди.

— Все возможно.

— Не все, Стив. — Алекс убрал монокль в кармашек. — Невозможно одно: Берни не могла убить Бадди Джеймса.

— Нет. Это тоже возможно. Согласен, ей надо было приложить нечеловеческие усилия, чтобы вот так практически отрезать ему голову, но она могла это сделать. Преступление по страсти. К тому же Деттмер скоро узнает про страховки. Еще один гол в наши ворота. Жаль, что я не могу проследить передвижения Джеймса. Может, мне удалось бы что-нибудь отыскать.

Мэгги ощутила на себе взгляд Алекса, но глаз не подняла:

— Почему бы и нет?

— Ну, раз ты так настаиваешь, дорогая... Стив, похоже, мы с Мэгги обнаружили последнее место обитания Бадди Джеймса.

— Черт возьми! Пора мне сдать свой значок полицейского и пойти в упаковщики бакалейных товаров. Где?

Мэгги коротко рассказала ему о доме Берни в Коннектикуте и о доказательствах пребывания Бадди, которые они там нашли. Алекс добавил:

— Парень был изрядным неряхой с нездоровой страстью к фаст-фуду, как вы его называете. Особенно к пицце. Повсюду разбросаны пакеты, коробки вперемешку с его вещами. Думаю, он там жил недели две, не меньше. Счета за пиццу включают в себя плату за доставку, значит, из дома он не выходил, прятался.

— Я должен рассказать об этом Деттмеру.

Алекс застыл, Мэгги дернулась.

— Что, прости?

— Я не могу утаивать данные от полиции, Блейкли.

— Зато я могу, Венделл. Ты в отпуске. Мы по-дружески сидим и беседуем. Это конфиденциальная беседа.

Мэгги спрятала улыбку. Они снова Венделл и Блейкли. Отлично, просто отлично.

— Мальчики, мальчики, подумайте лучше вот о чем. Ну жил Бадди в доме Берни в Коннектикуте — и что с того? Стив, мы с Алексом осмотрели вещи Бадди и все остальное. Там нет ничего интересного для Деттмера. Правда, Алекс?

— Замолчи. Ваша наивность просто ужасна. Вы что, и вправду думаете, что затереть следы еще на одном месте преступления — ну ладно, месте, которое связано с преступлением, — зачтется вам как доброе дело? Или вы считаете, что ищете улики лучше, чем парни из лаборатории? Ну конечно, вы так считаете. — Он вскочил на ноги и задвинул стул. — Господь всемогущий, что за бред.

Алекс оперся о подлокотник дивана:

— Наш добрый *лев*-тенант немного разбушевался? Скажи, Мэгги, это добавляет ему привлекательности в твоих глазах или наоборот?

— Заткнись, — заявила Мэгги, поднялась и подошла к Стиву. — Прости нас. Но тебе не стоит идти с этим к Деттмеру. Там же теперь везде наши с Алексом отпечатки. И агент по недвижимости нас непременно вспомнит.

— Пособничество, соучастие, сокрытие улик, искажение сцены преступления, укрывание основного подозреваемого — в чем еще вы двое отметились? Или вы уже закончили? Ни о чем не беспокойтесь, у меня же отпуск. Я ничего не хочу знать. До завтра, Мэгги.

Когда за ним закрылась — захлопнулась — дверь, Мэгги наконец перевела дыхание и уселась обратно.

— Как нехорошо получилось.

— Да уж. От него теперь никакого прока.

— Что? Это все, о чем ты думаешь? Что нам от него не будет прока? А как же он сам? Как же Стив? Он же по-настоящему рассвирепел, Алекс.

— Нет, он всего лишь разозлился. Он справится. Он же сказал: «До завтра». Ладно, пойдем, заберем Стерлинга и Змея из моей квартиры и ляжем спать.

Мэгги бросила взгляд на часы на каминной полке. Почти полночь.

— Хорошая идея. Эти два дня были самыми длинными и самыми паршивыми в моей жизни.

Она не уклонилась, когда Алекс обнял ее за талию и провел через холл к квартире. Дверь была приоткрыта, но это ничего не значило.

В отличие от записки на полу за дверью.

Алекс подобрал ее, и Мэгги почувствовала, как ледяные щупальца стиснули сердце. Вырезанные из газет буквы сложились в слова:

ВИРнитЕ Это иЛи меЛКий паЦАН паМрет

Чуть ниже было наспех нацарапано: «И второй то же».

— Стерлинг! Стерлинг! Змей, где вы? — Мэгги побежала на кухню. Она знала, что бесполезно их звать, что их здесь нет, но попробовать все равно стоило. Из кухни в коридор, из коридора в спальни, она выкрикивала их имена, пока Алекс не поймал ее и не прижал к груди.

— Алекс, что же нам делать? — Она высвободилась. — Стив. Он только что ушел. Может, я еще успею его поймать.

Она бросилась к лифту, но Алекс схватил ее за руку:

— Ты его уже не догонишь, Мэгги. Возвращайся, а я закрою дверь и присоединюсь к тебе.

— Но... но...

— Тихо, тихо, успокойся. В подобной ситуации паника ни к чему. Да, и я предлагаю избавиться от Табиты.

Мэгги глубоко вдохнула, что нисколько ее не успокоило.

— Хорошо. Но я подожду тебя.

Глава 12

— Ну вот, я все сделала, — Табби вернулась в гостиную. — Знаешь, Мэгги, можно здорово сэкономить, если покупать хлеб и мясо по отдельности и самой все... В чем дело? Ты такая бледная, Мэгги. Что-то еще не так? Хочу ли я об этом знать, вот в чем вопрос.

— Нет, не хочешь. — Мэгги схватилась за голову. — Не хочешь. Иди домой, Табби. Иди домой, завтра обо всем поговорим.

— Отлично сыграно, моя дорогая, хотя чуть менее утонченно, чем я бы того хотел. По крайней мере, ты не замахала на нее руками с воплями «Кыш!», — прошептал Сен-Жюст, прислоняя к стене шпагу-трость, которую прихватил из квартиры.

— Ты сделал бы лучше? — прошептала она в ответ.

— Домой? Но уже очень поздно. — Табита посмотрела на Сен-Жюста. — Алекс?

Он шагнул вперед и склонился к ее руке.

— Я просто не могу выразить словами всю степень моего восхищения твоими потрясающими успехами, Табита. Весьма тебе признателен за поддержку и помощь в ведении домашнего хозяйства. Но час уже поздний, и Мэгги немножко не в себе из-за беспокойства о Берни.

Могу я сопроводить тебя вниз и велеть Полу вызвать тебе такси?

— Выпендрежник, — проворчала Мэгги, направляясь к дивану.

Табби нахмурилась.

— Хм... хорошо. — Она взяла свой свитер и посмотрела на Мэгги, которая сидела, уставившись на... ладно, просто уставившись. — Выспись хорошенько, милая. Я тебе завтра позвоню. Пока-пока!

Когда Сен-Жюст вернулся, Мэгги уже сбросила обувь и устроилась на диване, скрестив ноги и дымя, как пресловутый паровоз. Она говорила, что это помогает ей размышлять.

— Пол ничего не видел, если ты хотела меня об этом спросить. Думаю, от него не будет проку, учитывая, что мне пришлось его разбудить.

— Черт. Может, Носокс что-то видел. Ладно, ладно, забудь. Я уже успокоилась. Вот что нам надо сделать: надо позвонить Стиву. — Она даже не взглянула на него. — Стив позвонит в ФБР, сюда примчится оперативная группа, чтобы ожидать звонка от похитителей, и мы...

— Стерлинга не существует, Мэгги, — напомнил Сен-Жюст, присаживаясь на противоположный диван и закидывая ногу на ногу. — Благодаря Мари-Луизе и ее таланту в подделке бумаг мы со Стерлингом *кажемся* настоящими, но любая серьезная проверка покажет, что мы появились из ниоткуда всего несколько месяцев назад. Ты этого хочешь? ФБР, а потом и журналисты будут рыться в жизни Стерлинга.

Да, и Венделл, конечно. Тебе придется ему рассказать. Стив, дорогой, присядь, пожалуйста, я должна тебе кое в чем признаться. Алекс и Стерлинг на самом деле не существуют. Ты их видишь, разговариваешь с ними, но они появились на свет не совсем обычным путем. Они как бы выскочили у меня из головы.

— Вот дерьмо, — произнесла Мэгги. Сен-Жюст расшифровал ее слова как: «Нет, я этого не хочу». — И что нам делать? Записка просто идиотская. Мы до сих пор даже не знаем, что *это* такое. К тому же вы со Стерлингом, может, и не существуете, но Змей-то настоящий. И бандиты эти тоже. Они *убийцы*.

— Я понимаю, — коротко произнес Сен-Жюст. Он старался держать себя в руках, казаться уверенным и безмятежным. На самом деле он жаждал кого-нибудь придушить.

Как они осмелились? Как они осмелились напасть на Стерлинга, на милого, бесхитростного и, к сожалению, часто бестолкового Стерлинга Болдера? Если они его обидели, если они его напугали, если тронули хоть единый волосок на его лысеющей голове...

— Алекс? Алекс, я с тобой разговариваю.

— Прости, дорогая. — Сен-Жюст осознал, что стиснул кулаки. Так не пойдет. Виконт Сен-Жюст — образец спокойствия в любой ситуации. Он надежен, как скала, в любой шторм. Виконту Сен-Жюсту известны все ответы, все решения, он отчаянно храбр, он всех спасет. С апломбом.

Только он все яснее осознает, что Мэгги Келли уверена: виконт Сен-Жюст, ее идеальный герой, накажет негодяев и восторжествует в конце. Черт. Черт побери. Это как минимум весьма печально, а как максимум — опасно.

— Алекс? Не надо извиняться. Куда это ты уставился? Поговори со мной.

Мэгги Келли, она же Клео Дули, придумывала для своего героя задачи, которые он должен был решить. Она наделяла его качествами лидера, блестящим умом, изобретательностью и даже новой героиней в каждой книге, но главное — она гарантировала ему счастливый конец. Это все Мэгги. Все в нем от Мэгги. Он всего лишь подделка, фальшивка, он... выдумка, тонкая, как бумага. Могла ли судьба Стерлинга, судьба Вернона оставаться в руках такого бутафорского героя?

Но сейчас не время горевать над истинами, которые он только что осознал, или пытаться изображать героя за счет Стерлинга. Как это ни печально — и совершенно для него не *характерно,* — но ему необходима помощь.

Сен-Жюст моргнул:

— Может, нам следует позвонить нашему доброму *лев-*тенанту?

— Правда? Что с тобой стряслось? — Она схватила телефон, набрала номер и подождала немного. — Никто не отвечает. Попробую на мобильный. — Она набрала другой номер, опять подождала. — Он выключил телефон. Черт, он, наверное, по правде разозлился. Что же нам делать?

Сен-Жюст достал из кармашка монокль и принялся теребить его шнурок, раскачивая стеклышко. Возможно, это бессмысленное занятие, одна из фирменных его черт, придуманных Мэгги, помогало ему размышлять.

В конце концов, он не просто пустое место, художественный вымысел. Он же сумел перебраться сюда, не так ли? Мэгги тут совсем ни при чем. Уверенности ему придавало и то, что он уже распутал здесь два убийства.

Тогда откуда это мрачное предчувствие? Откуда внезапный, необъяснимый страх? Он ведь никогда ничего не боялся.

— Надеюсь, Стерлинг хорошо себя ведет. — Мэгги положила трубку.

Да, вот в чем дело. Стерлинг. Его Стерлинг. Его друг. Его очень хороший друг. В Стерлинге причина этого неожиданного приступа неуверенности и собственной вины.

Потому что это не шутка и не упражнение ума. Это определенно не вымысел. Это Стерлинг, одинокий, обиженный, в смертельной опасности, и только он, Сен-Жюст, может его спасти. Зная Стерлинга, нетрудно догадаться, что тот на него рассчитывает, ждет, что скоро Сен-Жюст явится при полном параде, в ореоле неувядающей славы, и спасет его — желательно эффектно. Нет, Сен-Жюст не может, *не должен* его подвести.

— Я уверен, что Стерлинг в порядке, Мэгги. — Сен-Жюст поднялся, чтобы наполнить два бокала вином. Итак, он принял на себя командование, принял ответственность — для этого он и был рожден, и неважно, что это произошло всего шесть лет назад в плодовитом воображении Мэгги. — А мы? Боюсь, нам остается только ждать известий от похитителей. Еще можно попытаться найти то смехотворное *это*, которое они так страстно желают обрести.

Мэгги взяла у него бокал и сделала глоток.

— Да, ты прав. Так мы и поступим. Я еще раз позвоню Стиву на автоответчики, попрошу перезвонить мне на сотовый. Кстати, где мой телефон? Он должен быть при мне, когда мы будем в очередной раз обыскивать квартиру.

— Скорее всего, то, что ищут эти головорезы, покинуло квартиру вместе с миссис Голдблюм.

— Я знаю. Но нам надо найти что-нибудь, что можно выдать за это, чтобы они согласились встретиться и предъявить нам Стерлинга.

— Полностью с тобой согласен. — Сен-Жюст отставил бокал.

Мэгги обогнала его, пересекла холл и вошла в квартиру.

— Ух ты, совсем другое дело. Они отлично поработали.

— Просто замечательно. А теперь мы должны поработать еще лучше.

Два часа они искали, простукивали стены, разбирали ящики комода в поисках второго дна.

— Алекс, поди сюда! — закричала Мэгги из гостиной. Сен-Жюст как раз обдумывал, стоит ли отодвигать холодильник от стены. — Я кое-что нашла.

Он поспешил в гостиную и увидел, что Мэгги сидит на полу и вытряхивает гору мятых бумажек из очень большого медного горшка.

— Что это, Мэгги?

— Старые банковские счета и погашенные чеки. Она, наверное, сунула их в горшок, прежде чем поставить в него контейнер с растением. Ты же знаешь, как старики трясутся над всяким мусором.

— Вообще-то не знаю. Но продолжай.

— Заткнись и посмотри вот на это. — Она протянула ему один из счетов.

— Я не... — Он вздохнул. Это непривычное ощущение собственного несовершенства действовало ему на нервы. — Объясни, пожалуйста. Уверен, что ты просто мечтаешь это сделать.

Мэгги встала и забрала у него счет.

— Все счета помечены 1995 годом. Думаю, она решила, что через семь лет их уже можно выкинуть. Налоговая служба, понимаешь?

— Девять лет. С 1995 года прошло девять лет. Наверное, в 1995 убили ее мужа.

— Да, точно. Здорово. Так вот, третьего числа каждого месяца, начиная с марта, у нее на счету прибавлялось по пятнадцать тысяч баксов. Ты не помнишь, его случайно не в феврале убили? Впрочем, неважно. Десять тысяч она тратила в том же месяце. На что — не знаю, она выписывала чеки. И все это работало как часы, думаю, что и по сей день работает.

— Шантаж? Грязные деньги за незаконные делишки?

— Не знаю, но думаю, что нет. Вряд ли мафия выплачивает деньги в рассрочку, Алекс. Больше похоже на то, что Гарри обеспечил ей эти выплаты перед смертью. Что-нибудь абсолютно легальное и легитимное. Но что бы это ни было, Айрин вовсе не бедная маленькая старушка на мизерном содержании. Не богатая, но на жизнь ей более чем хватало.

— И чем это нам поможет?

— Погоди, я еще не закончила. Знаешь, чего я не нашла?

Ему захотелось вернуться в кухню, к холодильнику. Он вдруг поверил, что сможет его передвинуть, если найдет подходящий рычаг.

— Ты не нашла ничего, что может понадобиться мафии.

— Не нашла. А еще я не нашла никаких погашенных чеков по арендной плате. Или по квартплате. Эта квартира принадлежит ей, Алекс. Она принадлежит ей, и никто об этом не знает. Думаю, Гарри заключил какое-то частное соглашение, когда купил эту квартиру, какую-то тайную сделку. Как ты думаешь, зачем?

Сен-Жюст пожал плечами:

— Боюсь, я вынужден расписаться в собственном невежестве. Может, чтобы не платить квартплату?

— Может, Гарри купил ее как раз на те грязные денежки, о которых ты говорил. Заплатил наличными. Деньги мафии, понимаешь? Тайная сделка за наличные баксы, о которой налоговая полиция никогда ничего не узнает, потому что продавец получил на лапу за молчание.

— По-моему, у меня уже болит голова от твоего кошмарного жаргона.

— Сленг есть сленг, а ты постоянно смотришь телевизор, так что должен понимать, о чем я говорю. — Она бросила кипу бумаг и чеков прямо на недавно вымытый деревянный пол. — Да уж, интересно получается. Хотела бы я добраться до Айрин Голдблюм и задать ей пару вопросов. Но не сейчас. Ну что, ищем дальше?

— Да, конечно. — Сен-Жюст украдкой взглянул на пустое место над каминной полкой, где совсем недавно висел его чудесный телевизионный механизм во всей красе. — Мэгги?

— Хммм? — отозвалась она, запихивая фикус на место и обкладывая его мхом.

— Пейзаж. Я убрал его в чулан, но Стерлинг снес его вниз, на склад.

— Шутишь? И большой он?

— Довольно большой. И весьма невзрачный. Думаешь, стоит сходить на склад? Пейзаж, скорее всего, окажется пустышкой, но вдруг мы что-нибудь найдем?

— Нам нужен ключ от закромов миссис Г.

— Я видел какие-то ключи в кухонном шкафчике. — Сен-Жюст направился на кухню. Главное — не останавливаться, делать что-то, и тогда все будет хорошо. *Не переживай, Стерлинг, дружище. Я не дам тебя в обиду.*

Милый дневник,

на самом деле я этого не пишу, потому что мои руки связаны за спиной с руками Змея. Мы оба сидим в какой-то темной комнате. Я пишу это в своем воображении, потому что Сен-Жюст считает, что полезно поговорить с кем-нибудь о своих проблемах, чтобы найти пути их разрешения.

Разговаривать с самим собой совсем глупо. Поэтому я решил поговорить с тобой, в своем воображении, и посмотреть, не придумается ли какой-нибудь путь разрешения.

Итак, посмотрим. Все началось с того, что я открыл дверь. Сен-Жюст, конечно, скажет, что это было моей первой ошибкой. О чем только я думал? А, вспомнил. Я думал, что это Сен-Жюст пришел, чтобы помочь нам закончить уборку. Ну, может, я так и не думал, может, я на это просто надеялся. Милый Сен-Жюст. Он совсем не создан для домашнего хозяйства. И это не его вина. Он создан отдавать распоряжения, а не выполнять.

Я же, напротив, создан для того, чтобы слушать его и комментировать, чтобы он мог потом ответить. Но несмотря на это, он почему-то и сам с собой тоже разговаривает. Сен-Жюст — очень сложная натура, как и Мэгги. Они так похожи, но такие разные! Когда нас спасут, Сен-Жюст будет браниться и шутить надо мной, а Мэгги поцелует меня в щеку и крепко обнимет. А потом она тоже будет ругаться. А потом... нет, вряд ли мне захочется, чтобы Сен-Жюст целовал меня в щеку.

Змей ведет себя подозрительно тихо. Я, впрочем, тоже. Ничего странного — ведь у нас грязные тряпки во рту. Какие все-таки невежливые, неучтивые похитители нам попались!

На чем я остановился? Так вот, я открыл дверь и увидел на пороге двух здоровенных парней. Они наставили на нас ужасные пистолеты и велели выйти из здания вместе с ними, не призывая на помощь и не привлекая внимания к нашему затруднительному положению каким-либо иным способом.

Пол, который сегодня замещает Носокса, даже не заметил, что нас выводят под прицелом. Этот парень с куриными мозгами, как однажды сказал Сен-Жюст, недалеко ушел от йеху.

Так мы со Змеем и очутились здесь, милый дневник. В темноте. Связанные по рукам и ногам, как цыплята-гриль, с кляпами во рту и без малейшего представления о том, что ждет нас дальше. Не считая того, конечно, что Сен-Жюст будет ужасно расстроен, когда поймет, что мы пропали.

Но беспокоиться не о чем. Сен-Жюст найдет нас, я знаю. А вот Змей, бедняжка, не знает. Поэтому он ужасно напуган, а я всего лишь слегка расстроен.

Умеренно расстроен.

Но я знаю, что мне делать. Я должен тихо, спокойно сидеть и ждать, пока меня спасут. Потому что спасатель у нас Сен-Жюст, а не я. Он герой, в конце концов... ой!

Ты этого не видишь, милый дневник, но кто-то развязывает меня. Интересно, это хорошо или плохо? Может, спросить? Если бы у меня изо рта вынули эту мерзкую тряпку, я бы мог...

— О, спасибо. Это было так антисанитарно! Можно мне чего-нибудь выпить? Что-нибудь диетическое. Да, и зажгите свет. Здесь ужасно темно.

— Заткни свою вонючую пасть, придурок. Давай шевели задницей, ща мы будем снимать кино.

— Кино? Какое удивительное совпадение! Табита Лейтон — впрочем, не думаю, что вы ей представлены, — рассказала мне, когда мы прибирали тот беспорядок, который вы сотворили, — о, никаких обид! — что о нас будут снимать кино. О нас с Сен-Жюстом, понимаете? Ну, не совсем о *нас*. Это так запутанно... о, а вот и свет. Спасибо. Змей, нам включили свет. Открой глаза, Змей.

— Ни за что, никогда, никоим *образом.* — Парнишка зажмурился еще крепче. — Если я их не увижу, меня не убьют.

— Но... — Стерлинг взглянул на своего похитителя, — боюсь, в твои рассуждения вкралась некая логическая ошибка, ведь мы уже увидели... впрочем, неважно.

— Заткнись и иди сюда, жирдяй.

— Нет. Даже и не подумаю, — Стерлинг отпрянул и натолкнулся на Змея. — Сен-Жюст ни за что не стал бы выполнять приказы таких... О, простите. Неправда ли, я очень смело себя вел? Это из-за того, что вы чуть не сделали с Генри. Как вам не стыдно? Позор...

Стерлинг лежал на полу, вокруг его головы летали пятиконечные звездочки, он снова разговаривал сам с собой:

Милый дневник,

по-моему, я осел...

— Ну, что там?

Сен-Жюст резко обернулся, едва не столкнувшись с Мэгги лбом. Он взял с собой на склад нож и теперь отковыривал им задник уродливого пейзажа.

— Какой-то странный ключ. — Сен-Жюст протянул его Мэгги.

— Это ключ от сейфа. Черт возьми, Алекс, она положила что-то в сейф. Но на ключе нет названия банка, только цифры. Не думаю, что им нужен бесполезный ключ. Им нужно то, что в сейфе. Так что это нам не поможет.

— Я боялся, что ты это скажешь. — Он поднялся на ноги и отряхнул брюки. Пол был жестким и довольно пыльным. — Я не кровожаден по своей природе, но так приятно представить, как я хватаю за горло миссис Голдблюм, и...

— В этом ты не Одинокий Рейнджер. — Мэгги спрятала ключ в карман. — Ну что, поищем еще?

— Да, раз уж мы все равно здесь, — Сен-Жюст оглядел проволочную клетушку. В углу стопкой лежали пять пластиковых контейнеров. Он снял один для Мэгги.

— Спасибо. — Мэгги отодрала крышку темно-фиолетового контейнера. — Фотоальбомы. Даром не нужны. Хотя мне интересно посмотреть на Гарри. Только чтобы голова была на месте.

Во втором контейнере оказалась одежда. По полу раскатились маленькие белые шарики, довольно пахучие.

— Что это такое?

— Нафталин, — объяснила Мэгги. — Моя бабушка всегда им пахла. Класс, смотри, свадебная фотка Гарри и Айрин!

Сен-Жюст промолчал и вскрыл еще один контейнер, потом еще и еще. С каждой новой неудачей он расстраивался все больше и больше. Стерлинг и Змей в опасности, а он ползает на четвереньках, собирая шарики от моли! Расстраивался — это еще мягко сказано.

— Ммм... Алекс?

— Здесь больше нечего делать, Мэгги. — Ему не терпелось убраться из этого мрачного места и вернуться наверх. Там он отодвинет наконец проклятый холодильник и, если повезет, найдет за ним сейф в стене. Стенной сейф — вещь вполне понятная. В отличие от подвальных складов и белых шариков, пахнущих бабушками.

— Да нет же. Алекс, посмотри! По-моему, мы что-то нашли. Может, они и не это ищут, но все равно любопытно. Смотри — это фотография Энрико Тотила. Видишь? Она подписана. Знаешь, кто это стоит рядом с ним? О боже.

— Довольно стильно, хотя и слишком крикливо одетый мужчина. Это на нем случайно не парик?

— Нет, не думаю. Но ты прав, одет он хорошо. Это Джон Готти, известный также как Щеголеватый Дон. — Она перевернула страницу. — Ого, да тут еще есть, и все подписаны... Тотила и Готти... дата... место. Знаешь, Готти уже мертв, но он был большой шишкой. Такие фотографии опасны для тех, кто делает вид, будто не имеет отношения к мафии. Гарри мог взять эти фотографии на хранение, как ты думаешь? Его самого на них нет. — Она перевернула страницу. — О боже.

— Ты не могла бы прекратить говорить «о боже»? Что там еще?

— Видишь Тотила? А теперь посмотри, что у него за спиной.

Сен-Жюст наклонился.

— Я вижу ноги в штанах и ботинки.

— Точно. Ноги в штанах и ботинки, лежащие на земле. И подпись: «Энрико Тотила и Шишка «Два Уха» Мордини. Под Трентоном, 14 августа 1989 г.» Спорим, что этот Мордини мертв, а Тотила позирует рядом с ним, как охотник на фоне оленя?

— Кажется, мне нужен переводчик, — Сен-Жюст забрал у Мэгги альбом и помог ей встать. — Могу я предложить переместиться в мои апартаменты в робкой надежде, что двое имбецилов, скрывшиеся в неизвестном направлении со Стерлингом и Змеем, догадались записать телефонный номер миссис Голдблюм?

— Разумеется. Ох, Алекс, погоди, пока Стив это увидит. Он просто с ума сойдет. Эти фотографии и даты позволят засадить Тотила за решетку надолго, очень надолго.

Тревога и неуверенность в себе испарились в один прекрасный миг, и Сен-Жюст повернулся к Мэгги.

— Стив не должен этого видеть.

— Почему?

— У него обостренное чувство долга, он слишком уважает закон, Мэгги. Другими словами, если это — неоспоримые доказательства, а ты, похоже, в это веришь, то наш добрый *лев*-тенант моментально бросится докладывать о них своему начальству, оставив Стерлинга и Змея в беде. Повторяю: *лев*-тенант *не должен* увидеть этот альбом.

— Но... но мафия может даже не знать, что эти фотографии существуют. Они будут так счастливы получить их, что... о черт.

— Именно. Нет смысла пытаться всучить им то, о чем они не знают, в обмен на Стерлинга и Змея, и не дать им того, что, по их мнению, находится у нас. Другими словами, эти фотографии бесполезны. Хотя...

— Хотя что?

— Тихо, Мэгги, дай мне подумать. Надо придумать, как использовать эти чертовы фотографии. Мы можем помахать ими под носом у прихвостней мистера Тотила, чтобы нам позволили увидеть — а значит, и спасти — Стерлинга со Змеем; *и еще* как-то использовать их, чтобы помочь Бернис.

— Берни? Какая связь между фотографиями и Берни?

— Не знаю. Пока не знаю. Но думаю, что наш добрый окружной прокурор Деттмер сможет оценить подарок судьбы по достоинству. Ты же согласна, что фотографии с именами и датами — это подарок судьбы?

Они вошли в лифт.

— Да, верно, — сказала Мэгги, потирая руки. — Стив отнесет половину фотографий Деттмеру, а второй половиной мы помашем под носом у бандитов, когда они свяжутся с нами... нет. Это не сработает.

— Правда? И почему же?

— Не знаю. Слишком все легко на словах, особенно что касается мафии. Эти парни носят пистолеты, Алекс. А Стиву придется объясняться с прокурором.

— Ты почему-то считаешь, что Венделл встретится с этим Деттмером. Это весьма далеко от истины.

— Ты не... ты что, собираешься?..

— Стерлинг, Мэгги. Я должен командовать всей операцией, каждый шаг, ход, стратагема должны быть под моим контролем. Или ты во мне сомневаешься?

— Я? Да я... погоди минутку. Ты же сам сказал, что нам нужен Стив!

Сен-Жюст выпятил подбородок.

— Наверное, ты неправильно меня поняла. Ну, вот и приехали. Спокойной ночи, дорогая, точнее, того, что от нее осталось. Я вернусь к себе в квартиру — не исключено, что похитители появятся рано утром. Когда Венделл успокоится и перезвонит, скажи ему, что ты униженно молишь его о прощении и никогда больше не будешь вести расследование на свой страх и риск. Это обрадует его по самые носы его отвратительно пошитых ботинок.

— Я... у меня голова раскалывается. Алекс, что же мы с тобой творим? Мы же нарушаем закон.

— Почему? Потому, что не раздаем личное имущество миссис Голдблюм? Но, по-моему, мы не имеем права им распоряжаться. Иди спать, — он шагнул к ней, легонько погладил по щеке и склонился к ее губам, — я с тобой, Мэгги.

— Дорогой, — она закатила глаза, — ты ведешь себя как герой низкобюджетного кино.

Сен-Жюст вопросительно посмотрел на нее и отпрянул, но Мэгги схватила его за плечи:

— Иди ко мне.

Женщина, делающая первый шаг... так непривычно. Одна его половина сочла это непристойным, другая же уверенно послала чопорную, принадлежащую эпохе Регентства половину куда подальше.

Он склонился к ее полураскрытым губам, принимая приглашение, сплетаясь с ней языком и слегка улыбаясь тому, с какой страстью она вступила в дуэль, которая, как он знал, приведет их — по крайней мере, в книгах все происходило именно так — в его постель.

— Мне так жаль, что ты перепугался, Алекс, — Мэгги высвободилась из его объятий, прежде чем он успел ее задержать. — Нет-нет, не отрицай. Ты испугался. Я тоже испугалась. Я до сих пор боюсь. А вот ты, похоже, нет. Ты уже в порядке и готов к бою. Да, я сделала тебя чертовски смелым. Или чертовски самонадеянным? Увидимся в восемь, я заскочу к тебе перед доктором. Если, конечно, бандиты не позвонят раньше. Я не буду торчать у него час, но мне нужно поговорить о Берни. Спокойной ночи.

Сен-Жюст стоял с фотоальбомом подмышкой, смотрел на дверь и удивлялся: как мог он, с его проницательностью, с его опытом и искусностью в любовных делах, хоть на секунду помыслить, будто что-то понимает в этой исключительной женщине?

Глава 13

Мэгги снова постучала в дверь. Точнее, заколотила. Досчитала до десяти и услышала, как замок открывается, но не успела дверь отвориться хотя бы на пару дюймов, вопросила:

— Объясни мне еще раз, почему у тебя есть ключ от моей квартиры, а у меня от твоей нет.

— И тебе доброго утра, моя дорогая, — Алекс пригласил ее в квартиру. — Можешь не тратить слов зря. Нет, гангстеры не звонили. Нет, я не нашел в этой квартире ничего важного, не считая того, что, оказывается, я могу получить травму, даже если ты об этом не напишешь. Я имею в виду, что холодильники очень тяжелые и громоздкие, и природа не предназначила джентльменов для передвигания оных, по крайней мере, в одиночку. И к тому же сегодня утром я еще не выпил кофе, потому что у меня нет кофе, а единственный способ его раздобыть — спуститься вниз и зачерпнуть немного из того мусора, в который превратились наши запасы после того, как наши, опять же, гангстеры устроили погром на кухне. А у тебя как дела?

Мэгги пожала плечами и постаралась не обращать внимания на то, как Алекс вздрогнул и непроизвольно схватился за поясницу, закрывая дверь. Также она не придала значения тому, как блистательно он смотрелся в девственно белой рубашке с распахнутым воротом, облегающих черных брюках и, о боже, босиком. И уж конечно, она совсем не заметила его взъерошенные, влажные после душа черные волосы, синие-синие глаза, немного припухшие от недостатка сна, и, как ни странно, весьма соблазнительный запах мыла «Дав», приставший к его загорелой коже.

У нее на это не было времени. Жаль.

— Да, теперь я вижу, почему ты не выползаешь из постели раньше десяти утра. — Она поправила ремешок от сумочки на плече — надо же ей чем-то занять руки, борясь с желанием наброситься на этого мужчину, схватить его за уши и позволить ему засунуть язык ей в рот, чтобы попробовать вкус кофе, который она только что выпила, и... Нет уж, хватит.

— Я уверен, что гангстеры — мы должны называть их гангстерами? — сегодня с нами свяжутся. Хотя я обнаружил, к сожалению, всего лишь пару минут назад, что телефонные провода оборваны. Я могу купить новые телефоны где-нибудь поблизости?

Мэгги вытащила из-за журнального столика телефонный провод, на конце которого отсутствовал маленький зажим.

— Не надо покупать новые телефоны, Алекс. Я могу это починить. У меня где-то лежат такие штучки.

— Отлично. Где именно?

— Я не знаю. Может, в столе? Пойду поищу.

— Нет-нет, я сам. Ты опоздаешь к доктору Бобу, забыла?

— Ах да. — Мэгги не слишком-то спешила на назначенную встречу. — Не знаю, благодарить мне его или поинтересоваться, что он предпочитает, «МастерКард» или «Визу». Хотя я прекрасно знаю, что он принимает их обе. Неужели он действительно потребовал пятьсот баксов за помощь Берни? Я имею в виду, она же его издатель, черт побери! Я дала его рукопись Табби, если бы не я и не Берни, кто бы ее купил, где бы он сейчас был? Уж никак не на ток-шоу, вот что я тебе скажу. Я и не думала, что он такое ничтожество.

— Какое искреннее недоумение! Как будто обычно ты прекрасно разбираешься в людях, — съязвил Алекс и вышел из квартиры. Мэгги запустила ему вслед подушкой и посмотрела на часы. Время есть. Пожалуй, она успеет в надежде на чудо еще раз обыскать квартиру.

В коридоре был большой платяной шкаф. Миссис Голдблюм впопыхах побросала туда всю свою одежду. Вещи были сорваны с вешалок, но кто-то — может, Мари-Луиза, — повесил их обратно. На полу стояли туфли, на полках в глубине шкафа сложены сумки.

В общем-то искать нечего, да и смотреть не на что, но у Мэгги было время, и она очень переживала, что в квартире не нашлось ничего полезного.

В шкафу оказались только зимние вещи.

Никаких летних платьев, сандалий, плетеных сумочек. Совершенно ясно, что миссис Голдблюм отправилась не на Аляску и чемоданы собрала по полной программе.

Одну за другой она доставала громоздкие старушечьи сумки и просматривала их содержимое. Надушенные носовые платочки, скомканные салфетки, завернутые в бумажки — фу! — комочки мятной жевательной резинки, немного мелочи, расписание автобусов, паспорт, пилочка для ногтей, упаковка таблеток от изжоги... *Паспорт?*

Мэгги бросила пустую сумочку на пол, раскрыла паспорт и вздрогнула.

— Боже, все мы, конечно, жутко получаемся на этих фотографиях, но она выглядит как трехдневный труп... — Это был действующий паспорт, с одним лишь штампом — Фрипорт, Багамы. — Она явно собиралась в спешке. Небось ищет его сейчас.

Мэгги не стала прибираться, а отправилась к Алексу. Пора бы ему уже и отыскать телефонный шнур. Держа паспорт как трофей, она пересекла холл, распахнула полуоткрытую дверь квартиры... и застыла как вкопанная.

Алекс сидел в компьютерном кресле и что-то читал. Несколько машинописных страниц, скрепленных степлером. Интересно, что это?

И почему он так выглядит? Скорбно. Да, именно скорбно. Плечи опущены, весь — воплощенное горе. Она никогда не видела его в таком состоянии, никогда не позволяла такого своему персонажу, виконту Сен-Жюсту. Нет, конечно, порой он грустил, но почти элегантно, с явным отвращением к переполняющим его эмоциям, и это делало его невероятно привлекательным, непривычно ранимым.

— Алекс? Что случилось? Что это у тебя?

Он посмотрел на нее. На секунду глаза его затуманились, но он сморгнул и аккуратно вернул листы на место, в открытый ящик стола.

— Ничего особенного. Я нашел шнур. Даже несколько. Они спутаны, но, думаю, я с этим справлюсь.

Он встал и выскочил в холл, держа в руке спутанный клубок телефонных проводов. Примерно через одну целую и одну треть секунды Мэгги бросила паспорт на стол, рванула на себя ящик и выхватила листы.

Она быстро просмотрела их и нахмурилась.

— Это... это всего лишь описание персонажа, каким я его придумала, — громко произнесла она. — Что тут могло его так?.. Черные волосы, синие очи, высокий очень. Рифмуется, вот здорово. Тонкие черты лица, умеет выгибать левую бровь, шутя или отпуская колкости. На левом плече — шрам от пули. Верно. Это я дописала, когда в него стреляли. В Лондоне живет в особняке на Гросвенор-сквер, верно. Монокль, верно. Отношения с отцом холодные, мать умерла при родах. Братьев и сестер нет.

Она опять нахмурилась и просмотрела все остальное. Так, небрежные пометки, которые она добавляла время от времени, подробнее

описывая персонаж — например, «вертикаль-
ные борозды на щеках, как у молодого Клинта
Иствуда».

— Тут нет ничего... — Она посмотрела на
дверь. — Не мог же он... Алекс? — Она бросилась через холл и нашла его на пути к кухне,
с мотком проводов в руках. — Алекс, погоди
минутку. Ты же читал свое описание, да? Из-за
чего ты расстроился? Из-за родителей?

Алекс холодно посмотрел на нее.

— Не вижу ничего странного в том, что я
был вынужден оплакивать смерть матери и раз-
рыв с отцом.

Мэгги моргнула.

— Ну... я думаю... нет, погоди. У тебя же
нет родителей. Я их придумала. Я придумала
тебя.

— Верно. Но ты придумала меня не бессердечным. — Алекс перебирал в пальцах телефонный шнур.

— Конечно, я не сделала тебя бессердечным.
Но я ни слова не написала о твоих родителях,
ни в одной из шести книг. Я записала это только для себя. Как ты можешь чувствовать то,
что я не велела тебе чувствовать?

Его челюсти сжались. Мэгги захотелось от-
прянуть.

— Да, ты меня создала. Я — твой художественный вымысел — во всяком случае, прежде
был. До тех пор, пока не взял контроль над своей судьбой в свои руки, что, как ты знаешь,

привело меня сюда. Ты сотворила меня, Мэгги, а я сейчас... творю себя дальше.

Мэгги смотрела на него несколько долгих секунд, ее сердце бешено колотилось, в горле пересохло, ей даже показалось, что она вот-вот упадет в обморок.

— Но... но... ты не можешь. Ты — Сен-Жюст.

— Он лишь часть меня. Бо́льшая часть. Но теперь есть еще и Алекс. *Я* еще и Алекс. Я осознал это, Мэгги, только несколько минут назад. Поразительно, не правда ли? Это объясняет мое поведение после исчезновения Стерлинга. Я... развиваюсь.

Мэгги не знала, что сказать. Она даже думать была не в состоянии.

И тут зазвонил телефон.

— Возьми трубку! — заорала она.

Алекс лениво подошел к телефону и поднял трубку.

— Доброе утро, Александр Блейкли у телефона. — Он выслушал ответ, кивая Мэгги, которая страстно жалела, что параллельный телефон не работает. — Могу я напомнить вам, что, если бы вы не привели телефонные аппараты в нерабочее состояние в ходе вашего излишне эмоционального, я бы даже сказал, буйного обыска в нашей квартире, я бы смог ответить на ваши звонки намного раньше? Не то чтобы я указываю вам на очевидные вещи, мой добрый друг, но вам следует иметь это в виду, когда вы и ваша шайка в очередной раз соберетесь нарушить границы частной собственности.

Мэгги зажала уши и возмутилась:

— Боже, Алекс, не выводи их из себя.

Он отмахнулся.

— Да, я понял. Да, у нас есть *это*. Мы, разумеется, ждем подтверждения того, что с джентльменами все в порядке, — он нахмурился. — Да, думаю, этого будет довольно. А когда именно... — Он посмотрел на телефонную трубку и положил ее на рычаг. — Он отсоединился. Как это невежливо. По-моему, он сильно переживает.

— Да, я догадалась.

— Мне очень стыдно, Мэгги. Хотя меня должны волновать только Стерлинг и Вернон, мысль о победе над их похитителями приносит мне немало удовольствия.

— Об этом я тоже догадалась. Что он сказал? Надо было позвать к телефону Стерлинга.

— Я не успел. Но если верить нашему собеседнику, чуть позже нам доставят посылку и мы увидим, как поживают Стерлинг и Вернон. А пока, — он покачал головой, — думаю, тебе лучше уйти. Не заставляй нашего доброго доктора ждать. Он уже включил счетчик.

— А Стив? Он нам нужен, Алекс. Эти парни попросят нас развернуть то, что мы им принесем, и объяснят, что мы сможем найти Стерлинга и Змея на какой-нибудь из улиц Хобокена или здесь же, но поздно вечером. Но как мы заставим их выполнить обещания? Нам нужен опытный переговорщик, полицейское оцепление и все такое.

— Я над этим подумаю. Но не раньше, чем нам принесут посылку и мы сможем оценить, с кем приходится иметь дело. После разговора с этим парнем во мне возродилась надежда. Не знаю, как насчет злости, но ни малейшего проблеска разума я в нем не обнаружил. Наверное, потому их и зовут головорезами. Ты не могла бы уйти? Мне нужно закончить свой утренний туалет.

Не сводя глаз с Алекса, Мэгги схватила сумочку и отступила к двери.

— Я... я скоро вернусь. — Она развернулась и побежала к лифту.

В такси руки у нее еще дрожали. Она даже не накричала на водителя, когда тот проскочил на красный свет и чуть не сбил рассыльного-велосипедиста. Она сунула таксисту пятерку, выскочила из машины и влетела в офис доктора Боба Челфонта за целую минуту до назначенного времени.

Дверь офиса распахнулась, точно доктор Боб стоял за ней и подслушивал.

— Маргарет, как ты себя чувствуешь? Что с Толанд-Джеймс? Она хорошо устроилась? — спросил он.

— Да, да, — Мэгги рухнула на стул. — Может ли человек измениться сам?

Доктор Боб уселся в свое чересчур большое рабочее кресло и сцепил пальцы под носом.

— Ты думаешь, миссис Толанд-Джеймс может сама побороть свое пристрастие к алкоголю? Ты же знаешь, Маргарет, что я не имею права обсуждать с тобой других пациентов. Но лишь немногие люди достаточно сильны, чтобы меняться и развиваться, полагаясь лишь на себя. Всем нам время от времени нужна помощь.

— Достаточно сильны, — повторила Мэгги и кивнула: — Да, это многое объясняет. Я сделала его сильным.

— Его? Прошу прощения? Я думал, мы говорим о миссис Толанд-Джеймс.

— А... э... разве я сказала «его»? Я, должно быть, оговорилась. Я имела в виду... Так как, Берни смогла бы бросить пить без этой вашей клиники?

— Маргарет, я не могу...

— Ладно. Тогда поговорим обо мне. Но только совсем недолго, потому что мне правда пора бежать. Я решила, что я — никоголик, никотиновая наркоманка, и хотя я говорила это и раньше, но сейчас я действительно решила, что хочу, по-настоящему хочу бросить курить. Правда, здорово?

— Ты так думаешь?

Мэгги прикусила верхнюю губу.

— Прекратите отвечать вопросом на вопрос. Да, это здорово, просто замечательно, что я решила соскочить. Вся одежда пропахла дымом. А деньги? Да кокаин скоро дешевле будет, если уже не дешевле. В девяти местах из десяти, где я бываю, на меня смотрят как на прокаженную. Я должна соскочить. Я хочу соскочить. Я имею в виду, раз Берни может, значит, и я могу. Но могу ли я сделать это сама?

— Маргарет, ты не одинока. Я с тобой.

— Мне не хочется обижать вас, доктор Боб, но вы уже довольно давно со мной, а я по-прежнему курю.

— Это потому, что на самом деле твоя проблема вовсе не в курении. Курение — лишь твоя поддержка и опора. Ты прячешься за ним, ты пользуешься им, чтобы молчать — и говорить лишь на страницах своих книг, ты боишься, что без него разучишься писать. Но на самом деле это твой подростковый бунт, в результате которого ты сейчас физически, психологически и почти наверняка эмоционально привязана к наркотику. Довольно интересный случай, хотя и не уникальный. Многим людям я с легкостью помог избавиться от чисто физической зависимости. Но к тебе нужен другой подход.

Мэгги потянулась было к коробке бумажных салфеток, но вовремя остановилась. Она пришла сюда по двум причинам: во-первых, спросить про Алекса и Берни, во-вторых, немного похвастаться.

— Я кое-что сделала вчера. Я сказала Берни, что она должна бросить пить. Она... она довольно сильно разозлилась на меня, заорала на меня, но я не отступила. Я кое-чему научилась. Я научилась держаться, когда на меня кто-то кричит. Так, может, я и бросить курить теперь смогу? И, — она подумала об Алексе, — может, я смогу это сделать сама?

Доктор Боб снял свои новые очки-полумесяцы и старательно протер их кусочком голубой ткани.

— Маргарет, твоя мать звонила тебе после того, как история с миссис Толанд-Джеймс просочилась в газеты?

Черт бы его побрал. Иногда он ужасно раздражает, но он хорош, очень хорош.

— Да. — Мэгги сжала зубы.

— Ты разговаривала с ней?

Мэгги выпятила подбородок.

— Меня не было дома. Она оставила сообщение.

— И ты перезвонила ей, зная, что она будет вне себя?

Мэгги встала:

— Увидимся на следующей неделе. Выпишите мне счет за полный час.

— Разумеется. Ты делаешь успехи, Маргарет. Мы делаем успехи. Если будешь стараться, в один прекрасный день тебе уже не понадобятся костыли. Ни никотин, ни я.

Мэгги выбежала из офиса и остановилась лишь на тротуаре. Она глубоко вдохнула грязный воздух. Тоже своего рода курение, если подсесть на выхлопные газы.

Итак, она сделала Алекса сильным, наделила его той силой, какой сама всегда хотела обладать, но не обладала. Стерлинга же она сделала мягкосердечным, чтобы они уравновешивали друг друга. Но Стерлинг пришел в ярость при мысли о том, что Генри причинили вред, — она никогда не представляла его таким, — а Алекс проявил эмоции, он страдал и боялся, хотя она не написала об этом ни строчки.

Она сделала его таким, какой сама хотела быть. Остроумным, самоуверенным... да, и смелым тоже. Но и он, и Стерлинг уже не совсем такие, какими она их придумала. Они меняются. Эволюционируют.

Значит, и она может. Раз Алекс и Стерлинг могут, может и она.

Она решила прогуляться домой пешком, залезла в сумочку и достала пачку сигарет и зажигалку.

— Я брошу курить, но не сегодня. Я же не полная идиотка.

К тому времени, как она вернулась домой, журналисты уже разбили лагерь у ее дверей.

— Эй, — заорал один, когда Мэгги наклонила голову пониже и попыталась незаметно проскользнуть в дом. — Ты, часом, не Клео Дули? Подружка Толанд-Джеймс? Она у тебя? Что она тебе рассказала? Она его убила, да?

Мэгги повернулась к нему лицом и обнаружила, что на нее надвигаются телекамеры, вспышки фотоаппаратов приведены в боевое положение и все глотки орут разом.

Носокс вылетел из фойе с растопыренными руками и заслонил Мэгги собой.

— Эй ты, пидор, а ну вали отсюда!

Мэгги была ужасно рада возможности спрятаться за Носоксом. Хорошо бы сейчас им обоим юркнуть за дверь.

Но если не сегодня, то когда? Если она не вступится за Берни, за Носокса, то за кого? За кого? К черту все, она должна это сделать.

Мэгги выскочила из-за Носокса и шагнула вперед.

— Кто это сказал? Кто из вас, кретинов, это сказал?

— Мэгги, все в порядке. — Носокс потянул ее за руку.

— Нет, Носокс, не в порядке. — Она сделала еще шаг вперед, как и один из репортеров. Похоже, он — уж больно мерзкая ухмылочка.

Она подошла вплотную и ткнула в него пальцем:

— Значит, так. Во-первых, это мой друг, так что заткни свою гомофобскую пасть, понял? Во-вторых, миссис Толанд-Джеймс здесь нет. В любом случае она совершенно невиновна, она — жертва обстоятельств. А теперь можешь гоняться за пожарными машинами!

Кто-то из толпы закричал:

— А как же окружной прокурор, мисс Дули?

— Меня зовут Келли. Мэгги Келли. — Мэгги по-прежнему не спускала глаз с журналиста. — И что там с окружным прокурором?

— Он выступал по телевидению сегодня утром и сказал, что арест неминуем, что Толанд-Джеймс — хладнокровная убийца. Вам есть что сказать?

Мэгги уже ничего не различала. У нее перед глазами повисла багровая пелена.

— Разумеется, мне есть что сказать. Окружному прокурору давно пора сменить парикмахера и визажиста. А теперь пошли все вон, потому что два моих окна выходят прямо на этот тротуар, и я как раз собираюсь подогреть смолы. Да, я знаю, что «смолы» рифмуется с «козлы», так что *пошли все вон!*

Уже в фойе колени у нее задрожали, и она сообразила, что все это время камеры были включены.

— Господи, что это я делала?

— Ты вела себя как настоящая стерва, Мэгги. — Носокс едва не приплясывал от возбуждения. — Это ты Роба Боттомса стерла в порошок. Его все терпеть не могут. Тебя покажут в дневных новостях. Боже. Как настоящая стерва.

— Как настоящая дура. Я вела себя как настоящая дура. Надо было промямлить «без комментариев» и пройти мимо.

— Боттомс тебя разозлил, — напомнил Носокс.

— Да, конечно. Ты как, Носокс?

— Я-то в порядке. А вот моя мама вполне может прислать тебе шарлотку в подарок. — Он проводил ее до лифта.

Она шагнула внутрь, помахала Носоксу и попыталась улыбнуться, но, как только двери закрылись, прислонилась к стене.

— Да уж, нашла время. *Меня зовут Келли. Мэгги Келли.* Самое оно. Мамочка будет в ярости.

В квартире Алекса не было. На мониторе белела записка, даже две, написанные каллиграфическим почерком Алекса, но от этого не более понятные.

Звонков больше не было и не будет. Позови Носокса, Киллера. Сбор здесь в три. Мари-Луиза, я в полдень у Пьера. Тем временем другое задание.

Вторая записка была короче.

Всеми силами отвлекай Венделла, пока мы не узнаем, что доставят.

Он подписался как Сен-Жюст.

— Что за?.. — Мэгги скомкала записки и разочарованно оглядела гостиную. — Мы ждем сообщения от похитителей, а он отправился подписывать этот проклятый фотомодельный контракт? Он должен быть здесь. Нам надо поговорить. В конце концов, я еще не показала ему этот чертов паспорт!

Она разгладила первую записку и прочла ее еще раз. *Тем временем другое задание.* Что это значит?

Она прошла на кухню, открыла банку газировки, побрела назад в гостиную, ощущая себя такой же полезной, как снегоуборочная машина в Майами. А это еще откуда? Она что, свихивается потихоньку? На кофейном столике лежал фотоальбом.

— Просмотрю пока остальные фотографии, — сказала она себе, водрузив альбом на колени. Она перевернула страницу, другую, потом нахмурилась: — А где же мертвец? Шишка «Два Уха» Мордини потерялся.

Она вернулась к началу альбома и пролистала еще раз. На одной странице обнаружила четыре белых фотографических уголка, но без фотографии. Она быстро проверила весь альбом и нашла еще несколько пустых мест.

— Алекс, что же ты делаешь? — Она посмотрела на часы. Его не будет как минимум до двух. Все это время она может сидеть и тревожиться о нем... или сделать что-нибудь. Что-нибудь отважное.

Она прикурила сигарету (бросить курить — слишком отважно), взяла трубку радиотелефона, нажала кнопку быстрого вызова, подождала.

— Алло, мам? Это я, Маргарет. Кхгм... ты смотришь новости с Робом Боттомсом?

Глава 14

Сен-Жюст максимально тщательно отнесся к своему туалету. Он скинул черные брюки, которые в спешке натянул утром, опасаясь, что Мэгги сорвет дверь с петель. Вместо них он надел желто-коричневые слаксы с отутюженными стрелками, ничуть не помявшиеся оттого, что их бросили на пол вместе со всем остальным его гардеробом.

Белую рубашку он оставил. Это была одна из его любимых рубашек, и к тому же свежевыстиранная. Поверх рубашки он накинул очередной темно-синий блейзер. Галстук решил не надевать, зато подпоясался желто-коричневым ремнем. Светло-желтые ботинки и носки в тон. Небрежно уложенные волосы, на шее — монокль, стеклышко спрятано в нагрудный карман куртки.

Конечно, это не вестон из мягкой оленьей кожи и не его любимые гессенские сапоги*, но ансамбль весьма неплох.

Жаль, он не мог взять с собой шпагу-трость, без нее он чувствовал себя практически голым. Но он боялся, что в присутственных местах стоят

_____

*Гессенские сапоги — низкие кавалерийские сапоги, украшенные сверху галуном и кисточкой.

металлодетекторы и ему в лучшем случае придется объясняться, что привлечет к нему излишнее внимание, а в худшем — лишиться шпаги.

Чтобы хоть чем-то занять руки, он по пути купил зонт в маленьком магазинчике, чей владелец понимал, что зонты должны быть большими, черными, с тяжелой изогнутой ручкой и длинным острым наконечником.

Дождя не намечалось, но с зонтом наперевес он почувствовал себя намного увереннее. В своей тарелке.

Внутри здания он изучил указатель на стене и направился прямиком к своей жертве.

— Доброе утро, мисс Анжела Перкинс, — произнес он, быстро прочитав имя на табличке. Табличка стояла на столе, а стол — в приемной жертвы. — Я — Александр Блейкли, разумеется, прибыл с визитом к мистеру Деттмеру. Будьте так любезны, сообщите ему о моем прибытии.

— Кто? — Мисс Анжела Перкинс одновременно восхищенно — как и предполагалось — таращилась на Сен-Жюста и машинально листала ежедневник. — Кажется, я не...

— О, конечно, — мягко произнес Сен-Жюст и почтительно склонил голову. — Как глупо с моей стороны. Я забыл предложить вам свою визитную карточку. — Он достал из внутреннего кармана куртки тонкий белый конверт. — Уверен, если вы покажете это глубокоуважаемому мистеру Деттмеру, он непременно вспомнит о назначенной мне встрече.

— Эээ... ммм... — Мисс Анжела Перкинс медленно встала из-за стола и протянула руку.

Сен-Жюст поймал ее восхищенный взгляд, поднес к губам ее руку, поцеловал пальчики. Затем вложил в эти пальчики конверт.

— Какие чудесные у вас губы, моя дорогая. Должно быть, вы устали от постоянных комплиментов вашей красоте?

— Ммм... Эээ... — Не опуская руки, она сделала шаг назад, чуть не опрокинула стул, развернулась и влетела в кабинет.

— Кто вы такой, черт побери?

Сен-Жюст обернулся и увидел трех джентльменов, которые сидели в кожаных креслах и смотрели так, словно хотели выставить его из приемной через окно.

— Какие-то проблемы, джентльмены? — Сен-Жюст элегантно оперся на ручку зонта.

— Да. Мне назначено на десять утра, — произнес один.

— Вам? Ни в коем случае. Это мне назначено на десять утра, — возмутился другой.

— А мне назначено на половину десятого, так что я в любом случае впереди вас обоих. И все мы впереди *него*.

— Мистер... мистер Блейкли?

Сен-Жюст выгнул бровь, усмехнулся, отвесил поклон, развернулся, взял зонт подмышку и произнес:

— Да, мисс Перкинс?

— Вы можете войти. — Она застыла напротив отворенной двери, прижав пальцы к губам и завороженно наблюдая, как он проходит в кабинет, раза в три больше, чем отнюдь не маленькая гостиная Мэгги.

— Вы принесли это?

— Разумеется, — Сен-Жюст слегка поклонился полному краснощекому мужчине среднего роста. Мужчина выбрался из-за стола, размеры которого вполне позволяли сервировать обед на двенадцать персон, и еще осталось бы место для канделябров, конфитюрниц и фамильных серебряных солонок.

Окружной прокурор Чедвик Деттмер помахал фотографиями:

— Это что еще за чертовщина?

— А я думал, это-то как раз понятно. — Сен-Жюст пересек обширный ковер, чтобы изучить два стула у противоположного конца стола. Стулья ему не понравились — слишком низкие и хлипкие, стул Деттмера намного выше и солиднее. Не то чтобы Сен-Жюста это волновало, но Деттмер явно использовал любую возможность, дабы возвыситься над посетителями. Обойдется.

Сен-Жюст направился обратно. По пути он остановился, чтобы полюбоваться фотографиями на полках серванта вишневого дерева.

Деттмер и мэр. Деттмер и президент. Обязательное семейное фото: Деттмер, его жена, дочь и сын. Эту фотографию Сен-Жюст взял в руки. Восхитился:

— Какая замечательная у вас семья. Должно быть, вы их очень любите.

— Вы угрожаете?

Сен-Жюст недоуменно моргнул:

— И в мыслях не было. Всего лишь комплимент. А что это у вас за окном, пляж?

— Да, пляж.

— Ваша дочь — настоящая красавица. — Сен-Жюст удержался и не добавил, что девочка должна еженощно на коленях возносить хвалу богу за то, что тот создал ее похожей на мать, а не на отца. — А это ваш сын?

— Поставьте фотографию на место.

— Весьма... крепко сложенный молодой человек и так похож на вас! А что это у него на футболке написано? — Сен-Жюст достал монокль и поднес к глазу. — Думаю, я смог бы разобрать, если...

Деттмер выхватил снимок и поставил его обратно в сервант.

— Анжела сказала, как вас зовут, но я не запомнил.

— Блейкли. Александр Блейкли. — Сен-Жюст бросил прощальный взгляд на фотографию, убрал монокль и уселся на лучшем месте в зоне переговоров, небрежно опершись на зонт.

Деттмер по-прежнему стоял и размахивал фотографиями.

— Так что это такое? Я человек занятой.

— Какая жалость. А как же светская беседа, ленивый разговор ни о чем, кофе с пирожными, в конце концов? Поистине, мы живем в век скоростей. Что ж, тогда перейду к делу. Полагаю, вы знаете человека, изображенного на этих фотографиях?

— Тотила. Это Тотила и пара его шестерок. А на этой — только Тотила... что за черт? Чьи это ноги? Где это? Где это снято?

— Вы явно выказываете нетерпение, сэр. Всему свое время, всему свое время... в том числе и паре дюжин подобных фотографий, я бы сказал, весьма интересных. Но сначала давайте обсудим условия.

Деттмер наконец-то сел, его глаза-бусинки сузились.

— Условия? Ты что, информатор? Ты, *англичанин*? Мафиози? Ты хочешь заключить сделку? И что тебе нужно?

Сен-Жюст несколько секунд поразмыслил, но решил не цепляться к термину «информатор», оставив его на совести явно недалекого прокурора.

— Я здесь, мой друг, дабы заключить своего рода бартерную сделку, обмен, верно, хотя я бы предпочел называть это джентльменским соглашением.

Деттмер ткнул ему под нос фотографии:

— Это доказательства. Я могу их сию минуту конфисковать.

— Разумеется, можете. Но в этом случае, увы, не узнаете, что именно находится у вас в руках. Ни дат, ни подписей, из которых можно было бы сделать... далеко идущие выводы. Лишь эти фотографии, уважаемый сэр, и никаких других. К тому же это копии. Я точно не знаю, но по приблизительным подсчетам в моем распоряжении находится пятьдесят таких фотографий, охватывающих период в три десятка лет.

Деттмер молча пялился на него.

— Так вот, — Сен-Жюст поднялся на ноги, — я понимаю, что Энрико Тотила и его прихвостни — лишь банда мелких хулиганов. Небольшое, хоть и весьма досадное бельмо на глазу, оставшееся после того, как прокурор округа — не вы, а тот, кто занимал эту должность до вас, — вероятно, в сотрудничестве с федеральными властями, справился с Джоном Готти, мафиозным боссом. Разумеется, я могу и ошибаться, в конце концов, я всего лишь англичанин, как вы уже сказали. Возможно, Тотила вас и вовсе не интересует. Его поимка стала бы лишь небольшим успехом в вашей вечной борьбе с, так сказать, организованной преступностью. За последний год вы не добились никаких успехов, увы, а выборы уже на носу.

— Садитесь.

Сен-Жюст посмотрел на окружного прокурора и улыбнулся:

— Да нет, мне пора. До свидания.

Сен-Жюст подхватил зонт, поклонился и направился к двери.

Через два шага Деттмер остановил его:

— Назовите ваши условия.

Сен-Жюст сделал еще два шага, затем обернулся и еще раз поклонился прокурору, который наконец выказал проблески здравого смысла.

— Весьма благоразумно. Я вам аплодирую — мысленно, разумеется. Так как, распорядитесь насчет кофе и пирожных? Что-то мне подсказывает, что нет, слишком уж у вас хмурый вид. Боюсь, нам никогда не стать закадычными друзьями. Вот и замечательно. Итак, я видел сегодня утром ваше интервью с мисс Холли Спивак.

Деттмер одернул отвороты пиджака и как-то странно покрутил бычьей шеей и подбородком. Напыщенный индюк.

— И что?

— Мне не понравилось, — огорчил его Сен-Жюст. — Прошу прощения за резкость, но истина превыше всего. Один мой друг сообщил мне, что вы пытаетесь использовать миссис Толанд-Джеймс для повышения курса ваших политических акций. Изящно сказано, не так ли? Это правда?

— Толанд-Джеймс? Так вот в чем дело?

— Разумеется, драгоценный мой, в чем же еще? Вы заявили, что миссис Толанд-Джеймс — хладнокровная убийца и вы непременно засадите ее за решетку. И как только вас, американцев, не тошнит? Сплошной пафос и ложь.

Деттмер вскочил на ноги:

— Все это чистая правда.

— Да ну? Тогда почему же миссис Толанд-Джеймс до сих пор не арестована? Стоп, дайте подумать. У вас нет достаточных доказательств ее вины, верно? Тогда, боюсь, перед нами встает вопрос: как долго вы собираетесь чернить репутацию невинной женщины ради вашего, как говорят, переизбрания на новый срок?

— Она ваш друг?

— Как вы догадались? Верно, весьма близкий друг. И мне неприятно видеть, как вы, или кто бы то ни было, полощете ее имя в массмедиа и, я уверен, собираетесь продолжать в том же духе ради... как это называется? Ах, да. Саморекламы. Какой стыд!

Деттмер опять помахал фотографиями:

— Так в чем состоит сделка?

— А вы еще не догадались? Осторожнее, сэр. Если ваши избиратели наконец поймут, насколько вы непроходимо глупы, вам точно не повезет на выборах. Хорошо, я постараюсь объяснить в самых простых словах.

— Парень, ты балансируешь на грани.

— Еще одна пафосная фраза. Так вот, вы должны пообещать, что не будете добиваться ареста миссис Толанд-Джеймс до тех пор, пока — если — у вас не появятся веские доказательства ее вины, более веские, чем эти ваши честолюбивые надежды. Кроме того, вы пустите всех ваших ищеек по следу *настоящего* убийцы. В таком случае я отдам вам оригиналы этих фотографий, а также все остальные фотографии, и вы получите доказательства, необходимые для ареста настоящего преступника, что привлечет к вам не меньший интерес СМИ, чем дело Толанд-Джеймс. Вам все понятно? Или объяснить еще раз?

— Я все понял. Вы хотите, чтобы я отпустил вашу подружку в обмен на несколько фотографий.

— Всего лишь предлагаю. Говорят, что синица в руках, дорогой сэр, гораздо предпочтительнее журавля в небе. Миссис Толанд-Джеймс невиновна, и рано или поздно вы в этом убедитесь. А вот мистер Энрико Тотила, напротив, повинен во многих грязных, отвратительных делах. Кто из них, спрошу я вас, важнее для такого отважного борца с преступностью, как вы?

— Пошел вон.

Сен-Жюст уже был уверен, что добился определенного прогресса с этим тупицей, поэтому вопиющая глупость и близорукость Деттмера перед лицом фактов застала его врасплох.

— Прошу прощения? — удивился он.

— И правильно делаешь. Тебе не удастся шантажом помешать правосудию и следствию. Да я засажу тебя за решетку, будете сидеть с этой сукой в соседних камерах! А я так и сделаю, если не получу доказательств, что эти фотографии — подлинные.

— Доказательств, которые вам не нужны?

— Думаю, их у тебя нет, иначе бы ты их мне показал. Если тебе померещилось, что я назвал тебя обманщиком и лжецом, то ты все правильно понял. Сделка не состоится. Эта женщина — убийца.

— Вовсе нет, и вы знаете это ничуть не хуже меня. — Сен-Жюст закинул зонт на плечо. — Впрочем, прекрасно. В конце концов, это был всего лишь визит вежливости. Поскольку вы отказались от моей помощи, я сделаю все сам.

— Что — все? Посмей только вмешаться в дела полиции, мало не покажется. Ничего у тебя не выйдет.

— О, да вы бросаете мне вызов? Это явно вызов, пополам с грубостью. Как это мило. Отлично, я его принимаю, сэр. Я сниму с миссис Толанд-Джеймс любые подозрения в причастности к убийству ее мужа и предоставлю журналистам все доказательства, необходимые для ареста, осуждения и водворения в тюрьму Энрико Тотила и его банды. Но я никак не могу понять, отчего вы так легко отказались от синицы в руках? — Он пригладил волосы. — Как вы думаете, не пора ли мне посетить парикмахера? Я хочу отлично выглядеть, когда мне позвонят журналисты. Ну, еще раз до свидания. Да, вы можете оставить это себе. Это всего лишь копии, как я уже сказал, у меня есть еще.

— Я не шучу. Попробуй только встать у меня на пути, и моментально окажешься за решеткой! — заорал вдогонку Деттмер. — В тюрьме найдется полно охотников на твою хорошенькую попку, красавчик!

Сен-Жюст аккуратно затворил за собой дверь, улыбнулся мисс Перкинс и уже пяти джентльменам, дожидающимся аудиенции у окружного прокурора, и покинул здание. Через пару шагов он скользнул в декоративную нишу в мраморной стене и затаился.

Не прошло и пяти секунд, как юноша, одетый куда лучше, чем Сен-Жюст ожидал (но при
этом в тяжелых уродливых форменных ботинках), выскочил из здания, остановился на ши-
роких ступенях и принялся озираться. Затем
поднес рукав ко рту и сообщил:

— Сэр, как вы сказали, синий блейзер? Зонт?
Нет, сэр, я его не вижу. Вероятно, он меня опе-
редил и поймал такси. Да, сэр. Мне очень жаль,
сэр.

Расстроенный юноша вернулся в здание.

Сен-Жюст покрутил зонтик в руках, взял
его подмышку и неспешно направился к Носоксу, поджидавшему его на углу.

— Что это вас так взбесило, Алекс? — Носокс старался идти с ним в ногу.

— Взбесило? Разве у меня пена изо рта
идет? Как это неприлично.

— Ну разозлило. Так что? Я же говорил, что
он вышвырнет вас вон, а то и вовсе посадит под
замок.

— Он мог меня арестовать, Носокс. Я не осоз-
навал этого, когда отправился к нему в офис, но
он ясно дал мне это понять. Он мог отдать при-
каз об аресте.

— Но ведь не отдал же? Вот и славно.

— В некотором роде да. Но он также отказался пристойно вести себя с Бернис в обмен на
то, что, как вы с Мэгги успели меня убедить,
явилось бы для него большой удачей в делах.
Он хочет Берни, Носокс. Он хочет ее даже больше, чем публичности. Поразительно и весьма
неожиданно. Как по-твоему, в чем дело?

Носокс пожал плечами:

— Наверное, он решил, что может получить и Берни, и то, что предлагаете вы.

— Правда? А ты бы стал на это рассчитывать? Если совсем незнаком с человеком, предлагающим тебе выгодную сделку? Я же могу сжечь эти фотографии, Носокс, я могу продать их журналистам. Я могу связаться с Энрико Тотила и получить с него кучу денег. Вариантов много, очень много. Может ли глубокоуважаемый окружной прокурор поручиться, что я не воспользуюсь ни одним из них?

— Вы правы, не может. Он должен был вас арестовать.

— Да, и в какой-то момент мне показалось, что в скором времени я окажусь совершенно бесполезным для Бернис и Стерлинга, поскольку попаду за решетку. Мне надо тщательнее изучить эти ваши американские законы. Не думаю, что Мэгги получит массу удовольствия, пытаясь добиться моего освобождения.

— Да она вас просто убьет, — кивнул Носокс. — А что теперь? Вы по-прежнему собираетесь позавтракать с Мари-Луизой и этим Пьером?

Сен-Жюст достал из кармана часы, откинул крышку и нахмурился.

— Нет, Носокс, завтрак отменяется, хотя Мари-Луиза была весьма расстроена, узнав об этом. Мы просто встретимся в полдень в офисе «Парфюмерии Пьера» и подпишем контракты. Скоро я снова буду платежеспособен, Носокс.

Думаю, Мэгги разрывается между страхом потерять финансовый контроль надо мной и радостью оттого, что я больше не буду залезать к ней в карман.

— А Мари сможет закончить колледж и больше не беспокоиться о деньгах. Здорово, Алекс. По-настоящему здорово.

— Да, нам повезло. Как и тебе с той импровизацией на ГиТЛЭРе, благодаря которой ты подписал контракт. Удача покровительствует смелым, равно как и тем, кто попросту оказывается в нужное время в нужном месте.

Сен-Жюст остановился и мысленно повторил эту фразу еще раз. Затем прокрутил в голове свой визит в офис окружного прокурора Чедвика Деттмера.

— Поймай нам такси, Носокс. Поскольку я провел с милейшим окружным прокурором никак не больше четверти часа, у нас достаточно времени, чтобы навестить мисс Холли Спивак.

— Вы разве не хотите вернуться домой и посмотреть, что прислали похитители?

— Мэгги вполне способна проследить за этим сама. Хотя я, кажется, забыл ей сообщить, что, если верить тому бандиту, посылку принесут в два. Как по-твоему, надо было ей сказать?

— Сейчас уже точно поздно. — Носокс придержал открытую дверь такси. Сен-Жюст забрался внутрь и приказал таксисту держать курс на центральный офис «Фокс Ньюс».

— Адрес гони, парень. Это большой город. Я че, типа, все должен знать?

Сен-Жюст наклонился вперед и сообщил водителю адрес. Уж он-то и впрямь знал практически все.

Пока Носокс боролся с ремнем безопасности, такси вернулось в основной поток машин.

— Вы тревожитесь? Я имею в виду, о Стерлинге и о Змее.

— Нет, вообще-то, нет. Но определенно беспокоюсь. Мы сейчас в тупике, как в истории со Стерлингом, так и в истории с Берни. И там и там обе стороны хотят получить то, чем обладают их противники, но не решаются предпринимать решительные шаги, потому что боятся ошибиться. Кроме того, Носокс, разве не смогу я перехитрить парочку тупых как пробки головорезов и одного самолюбивого, самоуверенного, самонадеянного окружного прокурора? Да это просто немыслимо. А теперь помолчи, пожалуйста. Мне надо подумать. Что-то произошло, когда я был в офисе у Деттмера. Что-то очень важное, но я никак не могу сообразить, что.

— Может, то, что вы благополучно оттуда удрали? — предположил Носокс.

Сен-Жюст отмахнулся и сосредоточился на обстоятельствах своего визита. Ну да, конечно. Какая все-таки странная штука — жизнь. Сплошные совпадения... в том числе и весьма неприятные. Но он неизменно готов противостоять превратностям судьбы. Хотя в книгах Мэгги его слова принимали на веру, здесь, в Нью-Йорке, он должен играть по иным правилам. Солидные доказательства — вот залог успеха, а вовсе не его знаменитые озарения и гипотезы.

Машина припарковалась на обочине.

— Мы на месте, — произнес Носокс.

Пять минут спустя их провели в тесный, многолюдный офис Холли Спивак.

— Алекс? — Она встала. — Я не ждала тебя так скоро. Есть что-то для меня?

— Для тебя — ничего, кроме строгого выговора за то, что ты поставила свои карьерные интересы выше, чем права невиновного человека, а также напоминания о том, что «этика» — не пустой звук. А вот к тебе у меня есть просьба. Если, конечно, ты хочешь вернуть мое расположение.

— Ты по-прежнему где-то прячешь Толанд-Джеймс, а я по-прежнему хочу до нее добраться. Так что прекрати дуться и объясни, что тебе нужно. Да, но сначала — ты видел нашу последнюю сводку? Думаю, что нет, ты как раз был в пути. Толанд-Джеймс вот-вот арестуют. Алекс, найди мне ее до того, как они защелкнут на ней наручники. Пусть она расскажет свою историю, поплачет немножко, авось и удастся смягчить сердца присяжных.

Сен-Жюст потер переносицу.

— Ты явно знаешь, о чем говоришь. Не просветишь ли и нас?

— Бармен. — Холли села и нашарила видеокассету. — Смотри.

Она вставила кассету в магнитофон, и на экране маленького телевизора немедленно появилось ее жизнерадостное лицо, почти непохожее на мордочку фокстерьера.

— Я сейчас стою перед входом в «Бренду», шикарный бар, любимое место отдыха Бернис Толанд-Джеймс. Со мной рядом находится мистер Рой Гивенс, который работал барменом в пятницу. Мистер Гивенс согласился эксклюзивно для «Фокс Ньюс» рассказать о том, что видел в тот вечер. Итак, мистер Гивенс?..

Рой Гивенс покосился на камеру, выхватил у Холли микрофон и поднес его почти к самому рту:

— Верно, Холли. Я позвонил в «Фокс Ньюс», потому что это был мой гражданский долг — рассказать... ммм... чему свидетелем я был в тот вечер.

Холли, по-прежнему улыбаясь, предприняла попытку вернуть микрофон:

— И что же это было, мистер Гивенс?

Он крепко вцепился в микрофон и повернулся лицом к журналистке, по-прежнему кося глазом на камеру.

— Она была там, Холли.

Холли склонилась к микрофону:

— Она, мистер Гивенс? Не могли бы вы уточнить, кто именно?

— Она. Рыжая миссис Джонни Уокер. О черт, я этого не говорил. Я хотел сказать: миссис Бернис Толанд-Джеймс, Холли. Это была она. Она изрядно набралась.

Они оба вцепились в микрофон.

— И когда она ушла, Рой? — спросила Холли.

— Она ушла... ммм... где-то в час-полвторого. — Рой улыбнулся в камеру. — И она была не одна. Она ушла с тем самым *парнем*. Прям-таки висела на нем.

— Висела на нем?

— Ну да. — Он повернулся к камере и ухмыльнулся: — Она была вдрызг пьяна, Холли.

— Правда? А вы узнали этого джентльмена?

— Не-а. Никогда его раньше не видел. — Рой выпрямился, явно горя желанием поведать зрителям остаток истории. — Но я могу рассказать, как он выглядел. Я видел фотографию мертвяка, которую вы показали в интервью с окружным прокурором утром по телику. Так я вам скажу, что тот парень — это Бадди Джеймс и есть! Да, точно, вот у вас в руках та самая фотография. Мамой клянусь, это он! Ну, тот парень, которого она пришила, понимаете?

Холли выключила магнитофон и откинулась в кресле, улыбаясь Сен-Жюсту:

— Гейм, сет и матч[*]. Так что ты от меня хотел, Алекс? Только сначала немного побейся своей великолепной головой о стену за то, что пытался связать мне руки и заставить взять интервью у Толанд-Джеймс так, как ты того хотел. Я играю по своим правилам, Алекс, и это жесткие правила. Так что, надеюсь, у тебя есть что предложить мне, и это что-то — стоящая вещь.

Хорошо, что у Алекса остались еще фотогра-

---

[*] Г е й м, с е т и м а т ч — так в теннисе объявляют о победе игрока в матче.

фии, хотя он не собирался навещать сегодня Холли Спивак. Он думал использовать их как козыри в разговоре с Деттмером. Но поскольку они не пригодились, Сен-Жюст проигнорировал совет Холли и не стал биться головой о стену, а просто достал фотографии и разложил их на захламленном столе.

Холли резко придвинула стул, взглянула на фотографии и нахмурилась.

— Фотографии не из архива. Снимал, похоже, любитель. Копии. А оригиналы где? Тотила тут еще не расстался с шевелюрой — значит, фотографии старые. И дружки его мафиозные с ним. — Она откинулась на спинку кресла и умело изобразила полнейшее равнодушие. — Не иначе, они в кафе-мороженое направились. И что?

— Я показал парочку таких же фотографий окружному прокурору, а также сказал ему, что у меня их достаточно для повторного ареста мистера Тотила. Я пообещал оригиналы Деттмеру, если он согласится взамен выпустить Берни из своих когтей и попробовать найти настоящего убийцу. По крайней мере, не арестовывать ее до тех пор, пока не появятся серьезные доказательства ее вины.

— Это или отчаянная храбрость, или ужасная глупость. И?

— Он отказался, — подытожил Сен-Жюст.

— Но и не арестовал его! — встрял Носокс, но тут же засмущался и отступил. — Извините.

Холли помахала в воздухе фотографией:

— Говоришь, у тебя еще есть?

— Полно. Плюс все имена, подписи и даты. Думаю, если поднять архив и посмотреть, какие преступления совершались в указанное время в указанных местах, обнаружится что-нибудь важное.

— Верно подмечено. По крайней мере, мы узнаем много нового. Неужели Деттмер отказался?

— Не раздумывая. Не правда ли, странно?

— Да нет, просто глупо, — отозвалась Холли. — Глупо променять возможность арестовать Тотила, может, даже перевербовать его, предложив скостить срок в обмен на его дружков, на какую-то бабу, нашинковавшую своего муженька.

— Именно это и странно. Хотя мне кажется, что, немного поразмыслив, он передумал. Послал за мной какую-то мелкую сошку. Бедняжка, боюсь, ему влетело из-за того, что он меня упустил.

— Он отправил за вами хвост? — спросил Носокс. — Мне вы не сказали.

— Я очень редко рассказываю кому бы то ни было все, Носокс. Итак, Холли? Деттмер явно не хочет эти фотографии, а также все остальные, которые у меня есть, плюс сведения о месте и времени съемки. А ты?

— Смеешься? Да я бы тебе за них отдалась, Алекс. Черт, я бы и так тебе отдалась, не будь ты геем.

— Но он не...

— Носокс, ты, по-моему, говорил, что хочешь пить? Пойди поищи торговый автомат. Жди меня на улице через пять минут.

— О. Да. Хорошо, увидимся внизу. Извините.

— А теперь, — Сен-Жюст сгреб фотографии со стола, прежде чем Холли успела их схватить, — как скоро сможет такой блестящий, жесткий и этичный репортер, как ты, собрать полное досье на Чедвика Деттмера и Уилларда Джеймса и доставить их на квартиру к моей хорошей подруге Мэгги Келли? Часам к семи, я полагаю, успеешь? Вот и прекрасно.

Глава 15

— Где ты шлялся, черт побери? — поинтересовалась Мэгги, когда Алекс открыл дверь и вошел в гостиную. В руках у него был небольшой коричневый пакет с жирным пятном на дне.

— Так, бродил туда-сюда. Я принес мирные дары. — Он продемонстрировал пакет. — Сплошные сливки и никакого заварного крема.

— Дай сюда! — Мэгги выхватила пакет и зарылась в него. — Считай, что тебе повезло. Но все же, где ты был?

— Подписывал контракт с мистером Пьером, разумеется. Он завтра надолго улетает в Париж, не мог же я обмануть его ожидания. Синица в руках, Мэгги. Как по-твоему, хороший выбор? Синица в руках? Ну что, посылку уже доставили? Что-то никто не переминался с ноги на ногу в фойе у Пола или у моей двери. А ведь я питал некую надежду увидеть, как какой-нибудь беспризорник вбегает в здание с пакетом в одной руке и с пятеркой баксов — в другой.

— Ничего не пришло. Я вся извелась. Да, скоро придет Дж. П. и Стив тоже. Я не смогла их обмануть... помешать им прийти. Они скоро будут здесь. — Мэгги выудила из пакета пончик. — Страшно представить, что все это произошло за последние два дня. Знаешь, о чем я

думаю? Мне кажется, моя жизнь пошла кувырком как раз с тех пор, как ты в ней появился.
Как будто ты принес с собой неприятности.
До тебя моя жизнь была тихой, Алекс, спокойной...

— И скучной?

— Помолчи немного, дай мне высказаться.
Пару дней назад, в субботу утром, я собиралась
просто побездельничать в выходные. Ну, может, написать пару строк. Не так уж и много,
верно? А что вышло? Сначала позвонила Берни. Потом мы нашли труп. Потом съездили в
этот чертов Коннектикут. Потом кто-то разгро-
мил твою квартиру. Потом кто-то похитил
Стерлинга и Змея. Да, и самое страшное: мы с
тобой отправляемся к моим родителям на обед
в честь Дня благодарения. Даже и не думай отказаться, потому что это отчасти твоя вина.

— Моя вина? Правда? Это почему же?

Мэгги вгрызлась в пончик и сомлела от сладкого, тающего вкуса взбитых сливок. Она немного сдавила пончик и слизала выступившую
начинку. Алекс отвел глаза и принялся изучать
свои манжеты. Но он явно заметил. В конце
концов, она *смотрела* «Тома Джонса»*.

— Родители, Алекс. Подсознательная моти-
вация. Развитие, рост, перемены, хотим мы
этого или нет. Все, что угодно, и ты весь в этом.

_____

* «Т о м Д ж о н с» (1963) — британская романтическая
комедия режиссера Тони Ричардсона, экранизация романа «История Тома Джонса, найденыша» Генри Филдинга
(1707—1754).

— Очаровательно, — Алекс присел на диван напротив, — продолжай. Только вытри сливки с верхней губы и... эээ... ну конечно, салфетки существуют на свете не для этого.

— Слушай, что я говорю. — Мэгги демонстративно облизала и нижнюю губу тоже. Последние несколько часов она сидела за компьютером, играла в «Снуд»* и думала ни о чем и обо всем сразу.

Она уже сообразила, что подсознательно дала виконту Сен-Жюсту монокль и шпагу-трость как атрибуты, с которыми можно играть, вертеть их в руках, использовать в качестве опоры, поддержки и даже защиты (именно для этого в трости спрятана шпага). Точно так же курение занимает ее руки, не говоря уже о его приятном побочном эффекте — запах табака держит в некотором отдалении других людей. Но это ошеломляющее открытие могло и подождать.

— Я создала тебя.

— Не спорю. Что дальше? — Алекс достал монокль и принялся полировать его об рукав.

Она на секунду прикрыла глаза. Неужели он пытался защититься? Немного нервничает? Прекрасно. Это ей нравится.

— Но когда ты попал сюда, что-то произошло. Ты начал меняться. Ты по-прежнему Сен-Жюст, но ты еще и... Я не знаю.

— О да. Могу я процитировать Джейн Уэлш

---

* «С н у д» — компьютерная игра-головоломка.

Карлейль?* «Я уже не совсем тот человек, за кого мы с тобой меня принимали».

— Да, именно. Наверное, мы оба смущены тем, что ты становишься чем-то *большим*.

— Да, бессознательно.

— Верно, бессознательно. А теперь помолчи и послушай. Когда я села за письменный стол, передо мной лежал чистый лист бумаги и я решила создать идеального героя. Мне это удалось, — она посмотрела на его великолепное лицо и вздрогнула, — еще как удалось. Но потом мне пришлось добавить несколько недостатков, чтобы сделать тебя реальнее.

— Я совершенно равнодушен к брокколи и регулярно бросаю мокрые полотенца на пол ванной, что очень расстраивает Стерлинга. Признаю свою вину.

— Прекрати, я не шучу. Я сделала тебя самоуверенным и саркастичным. Женщинам это нравится, если делать это правильно. Кстати, если хочешь знать, мне в данный момент это не нравится. Но кроме того, я должна была сделать тебя человеком.

— Тебе это удалось, прими мои поздравления, дорогая. Может, пожмем друг другу руки?

— Прекрати, дай мне договорить. Я испортила твои отношения с отцом и убила твою

---

*Джейн Уэлш Карлейль (1801—1866) — писательница, жена выдающегося английского мыслителя Томаса Карлейля (1795—1881). История их любви в письмах опубликована в 1883 году.

мать, женщину, которую ты никогда не знал. Ну, неполная семья, тяжелое детство.

— Но ты никак не использовала это, даже не упоминала моих родителей в романах.

— Верно. Когда я создаю персонаж, описываю его, мне нужно знать о нем все. Что-то я рано или поздно использую, что-то — нет, но я должна знать все, знать, через что пришлось пройти моему герою. Тебе достались все черты, которыми я мечтала обладать. И кое-что из моих собственных проблем.

— Например?

Мэгги съежилась, вспомнив свой взрыв ярости перед журналистами.

— Ну, например, смелость. Хорошее дело. Я пытаюсь быть смелой, но у меня это не очень получается, разве что иногда я... ну, *взрываюсь*. А еще ты получил моих родителей — это если говорить о проблемах.

Алекс подался вперед:

— Что, прости?

— Все совпадает, Алекс. У тебя натянутые отношения с отцом. Примерно как у меня — с матерью. Твоя мать мертва, ты никогда ее не знал. Мой отец жив, но он — всего лишь... пустое место. Я совсем его не знаю. Все равно как если бы его и вовсе не было, понимаешь? — Она выдохнула. — Черт, а я еще клянусь журналистам, что в моих персонажах ничего нет от меня. Я многое узнала с тех пор, как ты здесь появился, Алекс, и я не уверена, что мне так уж необходимо было это узнать.

Алекс спокойно посмотрел на нее и спросил:

— А что за обед в честь Дня благодарения?

— Это ты виноват. Я сказала себе: я смелая, я развиваюсь — и позвонила домой. Но большая часть моей смелости досталась тебе — и уже минут через пять мама объясняла мне, какое я неблагодарное дитя. Так что, как я уже сказала, это твоя вина.

— И поэтому я приговорен к обеду в честь Дня благодарения? У тебя интересная манера мышления, моя дорогая, порой даже почти пугающая. — Алекс встал, обогнул кофейный столик и присел рядом с ней. — Но ты же знаешь, что я — не ты, а ты — не я.

— Лишь отчасти.

— Верно. А еще в нас есть по кусочку Стерлинга, если хочешь знать. Но мы разные люди. — Он обнял ее, обхватил за плечи и притянул к себе. — Но привлекает нас в друг друге то, чем мы отличаемся.

Мэгги попыталась сглотнуть, но в горле у нее внезапно пересохло.

— Знаешь, Алекс, все, чего я сейчас хочу, — это вцепиться в тебя и позволить тебе заняться со мной любовью, чтобы забыть о Берни, или Стерлинге, или Робе Боттомсе, или моей матери, или...

— Тише, сладкая моя, — он склонился к ее губам, — неприятности подождут. — Он запнулся. — Роб Боттомс? Ради бога, о ком или о чем ты говоришь?

— Я сказала «Роб Боттомс»? Я потом все объясню. Сейчас это неважно.

— Хорошо.

— Да, очень хорошо. — Мэгги закрыла глаза. И Алекс поцеловал ее.

И Мэгги растаяла.

И тут кто-то постучал в дверь.

Алекс вздохнул:

— Если тебя еще не бесят мои бесконечные цитаты, то я повторю вслед за Майклом Дрейтоном[*]: «Эти несчастные полупоцелуи меня просто убивают».

— Дело говорил этот твой Майкл. — Мэгги вырвалась из его объятий. — Это Дж. П. или Стив.

— В другой раз я бы с удовольствием послал к черту их обоих. — Алекс поцеловал ее еще раз и направился к двери.

— Ты это видел? — Дж. П. пронеслась мимо Алекса, швырнув ему портфель. — У вас есть что-нибудь пожрать? Я пропустила обед, чтобы приехать сюда, а мое великолепное тело требует топлива. — Она плюхнулась на диван. — Черт. Поговорим о *насущном*. Итак? Вы это видели?

Мэгги и Алекс недоуменно переглянулись.

— Нет, — произнесла Мэгги. Неужели Дж. П. говорит о Робе Боттомсе? — Мы что-то пропустили?

---

[*]Майкл Дрейтон (1563—1631) — английский поэт, земляк и приятель Шекспира.

— Бармен, — выплюнула Дж. П., стянула оранжевые ботинки и уселась на диване по-турецки. — Одна фотография. Спивак показала ему всего одну фотографию. Не много, не несколько — вот вам подборка фотографий, вы кого-нибудь узнаете? Нет, всего одну — фотографию Бадди. Какой из него, на хрен, после этого свидетель? Грош цена его показаниям. К тому же, клянусь всеми плюшками на свете, они ему заплатили. Его надежность как свидетеля равняется нулю. Абсолютному нулю. — Она подняла голову и принюхалась: — Кстати, о плюшках...

— Вот они, можешь ни в чем себе не отказывать. — Мэгги протянула ей пакет. — Что за бармен?

Пока Дж. П. объясняла, Алекс, как хозяин дома, принес всем попить.

— Это значит, что его показания не смогут использовать в суде? — спросила Мэгги, когда Дж. П. закончила.

— Они, несомненно, попробуют, но я его на кусочки порву, когда он будет давать показания. Вам заплатили за выступление по телевизору, мистер Бармен? Правда? И сколько? Зуб даю, эти показания нам не угроза.

— Но тем не менее его слова довольно интересны. — Алекс отхлебнул газировки. — Бернис видели с мужчиной, видели, как она уходит с мужчиной из пивной, пьяная в доску. А через некоторое время ее нашли окровавленную в постели с мужчиной.

— Вот что, Тонто*: по одной победе за раз.

— Дж. П., — Мэгги практически ощущала, как у нее в голове крутятся колесики, — а не может быть так, что Берни ушла из бара с настоящим убийцей?

— Что? Постой, ты что, думаешь, Берни сняла в баре серийного убийцу, привела его домой, где неожиданно обнаружила восставшего из мертвых Бадди, который выбрал именно этот момент, чтобы явиться и потребовать свою долю от трех миллионов по страховке? Слишком много совпадений. К тому же серийный убийца и ее зарезал бы.

— И то верно. — Мэгги взглянула на Алекса. — А у тебя есть какие-нибудь идеи?

— Даже несколько, моя дорогая, но я пока не собираюсь ими делиться. Дж. П.? Тебе удалось разузнать, как поживает наша Бернис?

— Удалось, да. Но пришла я в основном, чтобы позлорадствовать — Деттмер здорово расстроится из-за бармена. Ну вот, я заставила этого доктора Челфонта позвонить в клинику, и он узнал, что Берни ведет себя хорошо, не требует виски, ни на что не жалуется, прекрасно себя чувствует и интересуется, нельзя ли ей по такому случаю вернуться домой.

— Что, никакой жуткой ломки? — спросила Мэгги. — Но это же прекрасно! Или слишком мало времени прошло?

— Челфонт сказал, что, по мнению врачей, Берни просто была в запое. Кажется, ты гово-

---

*Т о н т о — индеец, верный друг Одинокого Рейнджера.

рила, что после убийства мужа — первого мужа — она стала больше пить?

Мэгги кивнула:

— Берни всегда выпивала. Но после смерти Кёрка начала пить по-черному. Так, значит, она не алкоголик?

— Черт ее знает, — пожала плечами Дж. П. — Допустим, она жить не может без виски — значит ли это, что она все-таки алкоголик, или же она в депрессии, а выпивку достать легче, чем прозак? Я знаю только, что ей намного лучше и она хочет домой.

— А может она вернуться домой?

— Она помещена в клинику добровольно. Это все, на что мы с Челфонтом смогли ее уговорить. По правилам клиники, она должна провести в ней не меньше трех дней, после чего может уехать в любой момент. Или даже раньше. Челфонт как-то замял этот вопрос.

— Так когда она сможет вернуться в город? В среду или в четверг? Я имею в виду, воскресенье, наверное, не в счет, потому что мы ее очень поздно привезли. Но ведь ее арестуют.

— Возможно. Не исключено. Если, конечно, она вернется сюда, а скорее всего, так и будет. У нее хватит ума не пуститься в бега, к тому же я отобрала у нее паспорт. В любом случае ты должна держаться настороже и обязательно сообщить мне, если она заявится. У меня завтра начнется судебное заседание, и я не могу сама с ней нянчиться.

— Алекс? — Мэгги посмотрела на него в поисках поддержки. — Что нам делать, если она вернется сюда?

— Для начала — выкинуть из квартиры все спиртное, хотя это может ее расстроить. И попросить тех немногих журналистов, которые еще дежурят под нашими окнами, исчезнуть. А еще?

— А еще, — сказала Дж. П., — мне пора. Да, крошка, чуть не забыла. Ты сегодня шикарно смотрелась. Боттомс это заслужил. Только не надо больше так делать, хорошо?

Мэгги принялась изучать содержимое своего стакана, а Алекс взял «дипломат» и проводил Дж. П. до дверей.

— Боттомс? Я уже слышал это имя, да, Мэгги? И что же ты сделала?

— Ничего. — Мэгги отхлебнула пепси. — Ну, почти ничего. Роб Боттомс — это журналист, я забыла, на какой станции он работает. Он сунул мне под нос микрофон, когда я возвращалась домой, и я сказала, что Берни невиновна или что-то вроде того. Дж. П., должно быть, видела в дневных новостях. — Мэгги пожала плечами. — Вот и все. Ничего серьезного.

— Это наверняка достаточно серьезно для тебя, раз ты включила его в свой список жалоб, — настаивал Алекс. Наверное, он ее ненавидел и хотел видеть, как она страдает.

— Ну ладно, ладно. Он сказал одну мерзкую вещь Носоксу, когда тот прикрывал меня от камер, и я... я немножко взбесилась.

Она помолчала, по-прежнему не глядя на него.

— Понимаю, — наконец произнес он, — один из тех приступов смелости, которые невозможно сдержать. Ты не можешь постоять за себя с достаточной регулярностью, но становишься настоящей тигрицей, когда обижают твоих друзей. Мои поздравления, Мэгги. Тебе понравилось?

Она посмотрела на него и ухмыльнулась:

— Ты имеешь в виду, пока я не осознала, что натворила, и меня не затрясло? Еще как понравилось.

— В таком случае, дорогая, перестань себя казнить, подними голову повыше и сообщи всему миру, что ты не просто это сделала, но готова сделать это снова и снова, глазом не моргнув. Для начала надо храбриться, чтобы поступать храбро, уж я-то знаю. Так, а это, похоже, наш добрый *лев*-тенант. Ты готова предстать перед ним? Выше голову, детка!

— Открой уже эту чертову дверь. — Мэгги гордо выпрямилась.

— Мэгги, Блейкли, — произнес Венделл, — это мне привратник для вас передал.

— О боже, бандиты! — Мэгги скатилась с дивана и бросилась к Венделлу, явно намереваясь выхватить у него посылку.

Но он быстро отреагировал и поднял коробку над головой.

— Так вы ее ждали? Но мне не позвонили? Забыли, что я...

— Оставь это, Венделл, мы прекрасно знаем, кто ты. — Алекс мягко забрал у Стива вожделенную посылку. — Я просто хотел сам ее изучить, прежде чем звать тебя. Мэгги тут ни при чем. Держи, дорогая, — и он бросил коробку Мэгги.

— Прощайте, отпечатки пальчиков на упаковке. — Венделл присел рядом с Мэгги. — Так уж и быть, детка, открой сама, но очень медленно, и прикасайся к ней как можно меньше. Или хочешь, чтобы я отвез ее в ФБР?

— У нас нет на это времени, Венделл, — перебил Алекс. — Могу я напомнить, что наша цель — как можно быстрее выручить Стерлинга. Снимешь отпечатки пальчиков непосредственно у похитителей, когда мы их арестуем.

— Кстати, о пальчиках... — запнулась Мэгги. — А что, если... если внутри коробки мизинец Стерлинга? Они иногда так делают, Алекс. В смысле, похитители. Ты просишь доказательств, и они посылают тебе пальцы, уши и... Открой ее наконец.

Венделл покачал головой:

— Вы друг друга стоите.

— А, ты наконец это понял. Как наблюдательно с твоей стороны, *лев*-тенант. — Алекс разрезал бечевку, кончиками ножниц аккуратно поддел коричневую бумажную обертку. — Кстати, это мы и обсуждали как раз перед твоим приездом. Ага, отлично. Похоже, это видеокассета.

— Подними ее за уголки, Мэгги.

Мэгги медленно убрала ладони от глаз и прижала их к щекам, затем посмотрела на то, что лежало у нее на коленях.

— Они записали кассету?

— Я должен отнести это в ФБР, Мэгги. Черт, не понимаю, как вам удалось уговорить меня зайти так далеко? Почему я вообще позволяю вам это делать?

— Потому что ты не уверен, что ФБР не напортачит и не позволит им убить Стерлинга и Змея. А еще потому, что ты ненавидишь Деттмера и не хочешь, чтобы он присвоил себе всю славу, — напомнила Мэгги. — Ты такой же гнусный тип, как и мы, за это мы тебя и любим. Ты только притворяешься, что выполняешь правила.

Алекс хмыкнул и вставил кассету в видеомагнитофон, взял в руки пульт.

— Ну, что тут у нас?.. А, Стерлинг, вот и ты, дружище.

Мэгги закусила губу, увидев лицо Стерлинга на экране.

— А где его очки? Алекс, останови кадр. Смотри, у него фонарь под глазом и очков нет.

Алекс поставил кассету на паузу и уставился на Стерлинга.

— Алекс?

Через несколько секунд он осознал, что Мэгги его зовет, вздрогнул и постарался принять невозмутимый вид, хотя на скулах его по-прежнему играли желваки.

— Да, конечно. Прошу прощения за паузу.

— Алекс, все хорошо. Это всего лишь синяк. Стерлинг в порядке.

— Пока, — отрезал Венделл. — Ну как, вы еще не передумали?

— Теперь мы точно не передумаем, спасибо за предложение, Стив, — тихо произнес Алекс и нажал на кнопку пульта.

— Хорошо. Давай досмотрим кассету.

Мэгги схватила с кофейного столика блокнот и ручку и приготовилась записывать.

Стерлинг, похоже, слушал кого-то, кого не было в кадре, и косился на него.

— Да, да. Вы мне уже объяснили, что делать. Прошу прощения, я немного туго соображаю, но со мной это часто бывает, спросите у Сен-Жюста. Вот так, да? — Он поднял перед собой газету, держа ее за края.

— Сегодняшняя газета, — констатировал Венделл. — Это значит, что еще сегодня утром они были живы. По крайней мере, Стерлинг.

— Шшш-ш-ш. — Мэгги наклонилась к экрану.

Стерлинг отложил газету, еще раз скосил глаза за кадр и пару раз кивнул в ответ на невнятное бормотание.

В кадре появилась рука, которая протянула Стерлингу листок бумаги.

— А теперь это? Не то чтобы я жалуюсь, отнюдь, но не кажется ли вам, что это слишком мелодраматично?

Низкий голос еще что-то пророкотал, и Стерлинг вздохнул.

— Это нехорошо с вашей стороны. Вы пугаете Змея, правда, Змей? Должен предупредить вас, что Сен-Жюсту это не понравится. Да, и не могли бы вы сдвинуться? Вы светите мне прямо в глаза.

Бормотание.

— Хорошо бы расслышать, что именно говорит этот ублюдок, — попросил Венделл, и Алекс прибавил громкости.

Камера отъехала назад, Стерлинг целиком появился в кадре. Руки свободны, ноги связаны в лодыжках.

Стерлинг прищурился.

— Делайте, что мы... катим? Нет, хотим, точно, хотим. Делайте, что мы хотим на даче... — Он посмотрел в сторону от камеры. — Наверное, вы имели в виду «иначе», а не «на даче»? И-на-че. Просто дружеское замечание. Мне ужасно долго придется разбирать то, что тут написано. Вы же разбили мои очки. Может, лучше сами прочтете?

Экран потемнел, затем на нем оказались Стерлинг и Змей. Лодыжки у Змея были связаны, он держал в руках листок бумаги и трясся.

— Делайте, что мы хотим, иначе... — Змей посмотрел в камеру, его симпатичное лицо побледнело. — Иначе что? — спросил он.

— Не думаю, что тебе следует рассуждать на эту тему, — произнес Стерлинг уголком рта. — Просто прочитай это, пожалуйста. Ты же помнишь, что, когда мы исполним это, те двое очаровательных джентльменов, которые находятся сейчас совсем недалеко, сводят нас в туалет.

Да, именно «исполним», мне нравится это слово. Так что вернемся к нашим баранам. Не хочу
показаться грубым, но та дверь позади нас, над
которой горит лампочка, призывает меня к себе, и она совсем недалеко. К тому же очень хочется есть, ибо в воздухе витают ароматы китайской кухни. Особенно я люблю суп-вонтон.
Ну, давай, Змей, заканчивай с этим.

Змей сглотнул.

— Принесите то, что мы хотим, к переправе
на Стэйтен-Айленд сегодня в полночь.... или...
они оба умрут, — Змей уставился в камеру и
моргнул. — Ох. Так вот что за «иначе». Просто
заши...

На этом запись оборвалась.

Алекс перемотал кассету и отложил пульт.

— Боже, храни Стерлинга. Кремень, а не человек. — Он покачал головой. — Я потрясен
его гениальностью.

— Зацепки, да?

— Они очевидны. Их держат где-то сбоку
или над китайским рестораном.

— Верно. — Мэгги закатила глаза, добрав-
шись до сигарет и зажигалки. — Их же на Манхэттене раз-два и обчелся. Элементарно. И чего
только я волновалась?

Алекс взглядом велел ей замолчать.

— Он также попросил их отодвинуть камеру,
чтобы мы смогли разглядеть большую часть комнаты. Как по-твоему, что это за помещение?

— Какая-то убогая конура, — пожала плечами Мэгги. — Два туалета, мужской и жен-

ский. То есть это какое-то общественное заведение, не дом и не квартира. Комната большая и довольно пустая, я определенно расслышала эхо. Я что-то упустила?

— Да. Что похитителей всего двое.

Мэгги просмотрела свои заметки.

— Да, верно. Стерлинг *действительно* молодец. Он тоже развивается, да? Я записала каждое его слово, мы можем поискать еще зацепки.

— Стерлинг всегда был очень смышленым. Просто в книгах свет его мудрости скрывался за стенками сосуда его второстепенной роли.

— Ладно. — Мэгги уже почти окончательно пришла к выводу, что придумала Стерлинга и Сен-Жюста в неосознанном порыве гениальности.

В комнату вернулся Стив. Мэгги подняла на него глаза:

— Что-нибудь узнал?

— Ничего. Этот болван утверждает, что пошел выбрасывать мусор, а когда вернулся, обнаружил посылку на имя Сен-Жюста и Мэгги Келли. Должно быть, Стерлинг сказал им, как вас зовут. Судя по запаху, он успел забить косячок, но я сделал вид, что ничего не заметил. В конце концов, я работаю в убойном отделе, наркотики — не мой профиль. — Он кивнул на телевизор: — Посмотрели еще раз?

— Пока нет. Да это и не нужно, — ответил Алекс. — Что там с переправой на Стэйтен-Айленд?

— Забудь об этом, — Венделл сел рядом с Мэгги и взял ее руку в свои. — Теперь это исключительно мое дело. Мэгги, ты все поняла? Я — профессионал. Стерлинг и Змей в беде, и им нужна профессиональная помощь.

— Я полностью с тобой согласен, — произнес Алекс. — Ты, наверное, хочешь забрать кассету?

Мэгги вытаращилась на Алекса. Что он замышляет? Фигурально выражаясь, она уже не могла назвать игроков без протокола.

Стив посмотрел на Мэгги:

— Да... хочу. Что за чертовщина творится у тебя в голове, Блейкли? Я...

— Тогда держи. — Алекс протянул ему кассету, обертку и даже бечевку. — Мы на тебя рассчитываем. Сделай все, что сможешь. Да, я уверен, что ты или один из твоих коллег собирается одеться как я, чтобы совершить обмен? Постарайтесь, чтобы у него были нормальные ботинки. Мне, знаешь ли, необходимо поддерживать репутацию джентльмена с хорошим вкусом.

— Ты... ты не хочешь поучаствовать?

— Мечтаю. Но Мэгги убедила меня, что сейчас не время настаивать на контроле с моей стороны. Так что не смею тебя задерживать. Держи нас в курсе, хорошо?

— Боже, я, наверное, сошел с ума. Прекрасно. Как тебе известно, мы до сих пор точно не знаем, чего они хотят. Мне придется подсунуть им фальшивку.

— Тебе? — Алекс вздохнул. — Как минимум, смени ботинки. Стрижка тоже не помешает.

— Всякий раз, как я начинаю испытывать к тебе симпатию... — Венделл не договорил, поцеловал Мэгги в щеку и ушел.

— Это что еще за *чертовщина*? Почему мы ничего не сказали Стиву о фотографиях?

Алекс уселся в ее рабочее кресло и взялся за мышку.

— Потому что они нам самим пригодятся. Я полностью уверен, что сумею спасти Стерлинга, причем задолго до полуночи. Но даже если я себя переоценил, не хотелось бы, чтобы полиция провалила дело и все потеряла. А теперь я хочу поработать над зацепками Стерлинга.

Мэгги склонилась над его плечом и увидела запрос в «Гугле»: «китайские рестораны Манхэттен».

— Ты когда-нибудь был в китайском квартале, Алекс?

— Нет, по-моему, не имел удовольствия.

— Ну, удовольствие то еще. Так ты Стерлинга не найдешь. Дай мне. Черт, у нас тут сегодня что, вавилонское столпотворение?

Мэгги открыла дверь и впустила Носокса, Киллера и Мари-Луизу. Киллер спросил, не нашелся ли Змей. Мэгги помотала головой и провела их к дивану.

— Мы знаем только то, что похитители хотят, чтобы мы принесли нужную им вещь к переправе на Стэйтен-Айленд сегодня в полночь.

Взамен мы, предположительно, получим Стерлинга и Змея, — объяснила она.

Носокс тоже склонился над плечом Алекса:

— Что вы ищете?

— Китайские рестораны.

— Ничем не могу помочь. Терпеть не могу такие места, в них премерзко воняет.

— Да, точно, запах. — Алекс повернулся к друзьям: — Спасибо, что пришли. Мы получили кассету от похитителей, на которой записаны Стерлинг и Змей, оба живые и здоровые.

— Отлично. — Киллер выставил большой палец. — Что дальше будем делать?

Мэгги посмотрела на Алекса. *Что делать? Хороший вопрос.*

— Пока, Джордж, боюсь, что ничего. *Лев*-тенант Венделл и лучшие силы полиции Нью-Йорка взяли это дело в свои руки. Хотя... я уверен, Стерлингу бы понравилось, если бы ты сходил к нам в квартиру и покормил Генри.

— Сей секунд. — Алекс бросил ему ключи, Киллер поймал их и растворился.

— Отличный ход, Вик. — Мари-Луиза грызла соленые крендельки из пакета, найденного на кухне. — «Я с ума схожу от беспокойства», «Змей в беде», «Змея убьют», «Змей умрет». Я уже почти собралась купить ему памперсы.

Мэгги закашлялась в ладошку.

— Так вы правда ищете китайские рестораны?

— Да, Носокс. — Стерлинг подсказал нам, как его найти, упомянув кое о чем на кассете. К тому же он убил одним выстрелом двух зайцев — показал нам, что головорезы тупы как пробки. Это приятная новость. Но Мэгги считает, что искать нужный китайский ресторан на Манхэттене — дохлый номер.

— Да уж, наверное. А причем тут китайский ресторан? Его там держат?

— Возможно. — Алекс достал из кармана сигару. — Но это лишь одна из зацепок, которые оставил нам Стерлинг, воспользовавшись непроходимой тупостью похитителей. Весьма странно, что два таких законченных кретина вообще смогли одержать над нами верх.

— Теперь вы понимаете, что я почувствовал, когда Пола назначили главным привратником в обход меня, — сочувственно кивнул Носокс. — А что за другие зацепки? В смысле, все ведь уже в сборе, верно?

— Отлично. Мэгги?

Мэгги открыла блокнот:

— Два бандита. Змей и Стерлинг сидят на старых деревянных стульях с прямой спинкой. Такие используют в учреждениях. Лодыжки связаны, у Стерлинга веревкой, у Змея чем-то вроде очень толстого шнура от занавеса, из двух кусков малиновой ткани, перевитых вместе.

Алекс поднял руку:

— Это явно был экспромт, планирование отвратительное. — Он повеселел. — Их украли незадолго до сумерек, но еще при свете дня. Возможно, в автомобиле были закрашены окна, или им завязали глаза, и увезли куда-то, вряд ли далеко, поскольку они наверняка хотят следить за нами и дальше. Но главное — Стерлинг два раза сказал *совсем недалеко*.

— То есть где-то между нашим домом и переправой на Стэйтен-Айленд, ты это хочешь сказать? — спросила Мэгги. — Это сужает круг поиска, но даже в этом промежутке китайских ресторанов очень много. Если запах, который слышал Стерлинг, вообще имеет отношение к китайскому ресторану.

Алекс закрыл глаза:

— Пессимизм нам сейчас не поможет. Мы добились определенных успехов. Читай дальше. Каждое слово может быть ключом к разгадке.

Мэгги покачала головой. Бедный Алекс. Он ничего не может с собой поделать, он должен вести себя, как положено герою, и не может понять, что все зацепки в их книгах она рассыпала сама. Боже, она уже считает свои романы *их* книгами. Печально.

Или же он знал это, но все равно шел вперед? Как и положено настоящему герою? Да... возможно.

Она очнулась.

— Хорошо. Для начала заметки. Комната довольно большая и пустая. Эхо. Деревянные полы. Темно. Единственный свет, кроме света от камеры, — те лампочки над туалетами, о которых говорил Стерлинг. Они красные и время от времени мигают, наверное, с ними что-то не так. Все.

Мари-Луиза вскочила, по-прежнему сжимая в руках пакет крендельков.

— Это все бесполезно. Пойду помогу Киллеру покормить мышку.

Алекс опять повернулся к компьютеру:

— Мэгги? Есть ли способ ограничить поиск территорией между нашим домом и переправой?

— Не знаю. — Мэгги отложила заметки, и Носокс немедленно в них зарылся. — Думаю, можно попробовать.

Итак, Алекс и Мэгги копались в Интернете, а Носокс читал дословную запись выступления Стерлинга.

— Э... Алекс?

— Да, Носокс? Хочешь помочь нам искать?

— Нет... может, это звучит глупо, но... но, по-моему, я знаю, где они.

После этих слов все пошло кувырком...

Глава 16

«Как говорит Мэгги, дуракам везет», — так думал Сен-Жюст, стоя в кругу своих верных помощников на обочине в добром квартале от китайского ресторанчика «Мэйзи» в ожидании Венделла.

— Знаешь, — промямлила Мэгги, с трудом справляясь с большим куском жевательной резинки во рту, — я понимаю, что это не аттракцион, не приключение. Я беспокоюсь о Стерлинге, правда. Но, знаешь, все это очень возбуждает. Поэтому... Мари? Это моя сумочка!

— Ну да. Ты сказала, что я могу оставить ее себе.

— Вздор! Это же «Коуч»*. Ничего подобного я не говорила. Когда я это сказала?

— Оставь ее, Мэгги. — Сен-Жюст взял ее под локоть и увел с обочины. — Ты уверена, что хочешь это сделать?

Она выдула из жевательной резинки пузырь.

— Издеваешься? Ты в деле, Киллер и Мари тоже, даже Носокс, а я что, должна в ложе сидеть? Нет уж.

---

* «К о у ч» — ведущий американский производитель аксессуаров из кожи и замши, позиционируемых как «доступная роскошь».

— Венделл будет не в восторге.

— Да. Кстати, не думай, что я не слышала, как вы двое планировали впредь держать меня подальше от всяких неприятностей. Ты что, не понимаешь, как это оскорбительно? Я ничуть не хуже тебя.

— Да, ты довольно важна для нашего плана, — согласился Сен-Жюст, — особенно если... как это называется — поднимешь? Подтянешь?

— Задеру повыше юбку? Еще выше? Издеваешься? Да она уже на два дюйма выше колен. Если я подверну пояс еще чуть-чуть, у меня не останется талии.

— Я только предложил.

— Я могу расстегнуть еще одну пуговицу на блузке.

Сен-Жюст вздохнул.

— Что ж, можно и так.

— Что не так с моими... со мной?

— Нет-нет, все в порядке, дорогая, ты — само совершенство.

— Но мои ноги тебе нравятся больше.

— Милая, не забывай, что я жил в эпоху Регентства. Женщины в то время постоянно выставляли свои груди напоказ. Конечно, это весьма нравилось джентльменам, но голову они теряли от малейшего мелькания лодыжки в складках длинного платья. И как только я до сих пор не лишился рассудка и не впал в кому от вида твоих прелестных ног?

— Заткнись. — Она посмотрела по сторонам. — Стив скоро должен быть здесь. А что, у меня правда настолько красивые ноги?

— Женщине не следует напрашиваться на комплименты. Но если хочешь знать, да, они просто потрясающие. — Сен-Жюст поправил манжеты. — Итак, вы с Мари-Луизой остаетесь на месте и не выходите на передний план, пока не наступит нужный момент.

— Да, я помню, мы — отвлекающий маневр. О, а вот и Стив. Сейчас тут будет жарко.

Стив выбрался с переднего сиденья полицейской машины (Сен-Жюст уже знал, что в Нью-Йорке их называют «черно-белыми»), вслед за ним из машины вылез водитель в форме.

Стив оглядел компанию и направился к Мэгги, потирая шею.

— Что они тут делают? Где-то рядом маскарад? — Он внимательнее присмотрелся к Мэгги и нахмурился. — И ты тоже? О, нет. Только не это. Не имею ни малейшего желания выяснять, что это вы тут затеяли. Все равно этому не бывать, так что мне совершенно не о чем беспокоиться.

— Тише, тише, *лев*-тенант, — протянул Сен-Жюст и прикурил сигару. — Ты не забыл, что мы пригласили тебя в гости?

— Чтобы поискать иголку в стоге сена, насколько я понимаю. И чья это была идея?

— Если честно, все подсказки Стерлинга сложил воедино Носокс. Носокс? Будь добр, подойди сюда на минуточку.

Носокс направился к ним, потирая руки.

— Ну что, отправляемся? Поднимем занавес, зажжем огни?

— Мама моя, — Венделл уставился на Носокса, — ты что, накрасился?

Носокс на мгновение прикрыл глаза.

— Всего лишь капелька теней и чуть-чуть румян. А что?

— Да нет, ничего. — Венделл закатил глаза. — Но я повторяю, вы понимаете, что это — поиски иголки в стоге сена? Да в этом городе наверняка сотни две репетиционных залов!

— С моргающими лампочками над туалетами, аккурат напротив сцены? Думаете, легко сконцентрироваться на том, что ты — дерево, противостоящее шторму, когда тебе прямо в глаза моргают красные лампочки? А китайская еда? У меня тогда были проблемы с желудком, поэтому я уходил домой сразу после урока, принимал таблетки, и мне только и оставалось *нюхать*. С полгода уже прошло, я слышал, что эту точку прикрыли. Но я на все двести процентов уверен, что это именно то самое место.

— Хорошо, хорошо, убедил, — согласился Венделл. Сен-Жюст скромно отошел в сторонку, пропуская Стива вперед.

— Мы с Джейком уже осмотрели здание. Там есть черный ход, Джейк возьмет его на себя. Я больше никого не смог позвать, а то начальство устроило бы мне втык за... ну ладно, повторю: за эти чертовы поиски иголки в стоге сена. Но я с вами, потому что вы в любом случае туда отправитесь, со мной или без меня. Носокс, ты там бывал. Что мы увидим, если войдем через главную дверь?

Носокс задрал подбородок повыше и улыбнулся — теперь уже *он* был центром внимания:

— Дайте подумать. Значит, мы входим через главную дверь. Небольшой холл, лестничный пролет. Крутые ступеньки ведут в приемную. Оттуда направо офис, налево гардероб, прямо репетиционный зал. В зале справа сцена, слева туалеты. Два окна, замазанные черной краской. Да, и короткий коридор где-то сзади, он ведет к двери, за ней лесенка и выход на улицу. Он сбоку от окон, но я не помню, справа или слева.

— Вероятно, тот самый ход, о котором ты говорил. — Сен-Жюст отвесил Стиву поклон.

Венделл задумчиво почесал за ухом.

— Хорошо. Если ты прав, а все мы знаем, что это не так, то они, возможно, держат Стерлинга и Змея в репетиционном зале. Или в офисе, а в зал их привели только для того, чтобы записать кассету. Бабушка надвое сказала. Блейкли, ты дольше думал. Какой у тебя план? Надеюсь, согласно ему, Мэгги и Мари-Луиза стоят на улице и ждут, пока ты всех спасешь?

— Я же просила тебя его не звать, — прошептала Мэгги.

— Мэгги? Ты что, жуешь резинку? — Венделл недовольно уставился на нее.

— Наш план, Венделл, — начал Сен-Жюст, — состоит в том, что мы проникнем в здание под видом подающей надежды драматической труппы и ее руководителя.

— Сейчас попробую угадать. Руководитель труппы — ты?

— Я, *лев*-тенант, не очень подхожу на амплуа инженю. — Сен-Жюст покрутил в руках монокль. — Если внизу никого нет, мы можем как бы случайно пройти в зал. Стив в это время осмотрит офис. Если Стерлинг и Змей там, он спасет их, пока мы будем в зале. Если Стерлинга и Вернона в офисе нет, он последует за нами, чтобы арестовать бандитов, ошеломленных и сбитых с толку нашим, леди и джентльмены, визитом. Полагаю, ты вооружен, Венделл?

— Я не должен был приносить сюда оружие. Почему меня до сих пор не упрятали в сумасшедший дом? Ладно, ты говоришь, их двое? Я даже спрашивать не хочу, откуда у тебя такие сведения. Значит, вот как мы поступим. Джейк проникнет в дом по черной лестнице, готовый ко всему. Я поддерживаю связь с ним по радио — не спрашивай, как, Алекс, поверь, я это умею. Мы входим в переднюю дверь, я иду в репетиционный зал, а ты забираешь Стерлинга и Змея из офиса. Если ты их там не найдешь, подходи в зал, к этому времени я уложу похитителей на пол и позову Джейка. Остальные? — Венделл уставился на Мэгги. — Все остальные, черт побери, останутся здесь. Или я вызываю подмогу, чтобы не подвергать опасности гражданских лиц.

— Алекс идет с тобой, — подытожила Мэгги и выдула пузырь жвачки. Она явно, как в подобных случаях говаривал Носокс, вошла в роль.

Венделл посмотрел на Сен-Жюста.

— В этой штуке по-прежнему спрятана шпага?

— Мог бы и не спрашивать.

— Ну да. Имей в виду: я слинял с подготовки к обмену на переправе под предлогом того, что мне надо проверить одну версию, поэтому они скоро начнут меня искать. Так что поехали.

Венделл похлопал по небольшой выпуклости в кармане мешковатой куртки и вместе с офицером в униформе зашагал по улице. Носокс, Киллер и Мари-Луиза поспешили за ним.

— Он — всего лишь один коп, — обратилась Мэгги к Алексу, когда они немного отстали от основной группы, идя нога за ногу, не спеша и не топая (топал Венделл). — Один человек. А этому его Джейку на вид лет двенадцать, не больше. Мне начинает нравиться твоя идея. Если в зал вломится толпа народу, круша все на своем пути, то головорезы будут обескуражены и не успеют достать оружие, что повышает наши шансы. Кроме того, я в принципе хочу это сделать.

Сен-Жюст усмехнулся.

— Да, я уже почувствовал. Не правда ли, весело? Опасность, безрассудство, яркое событие, остроумный план спасения пленников. Ничего другого Стерлинг от меня и не ждет. Ты много раз писала это обо мне, Мэгги. Теперь твоя очередь блистать.

— Ты это делаешь ради меня? Потому что... потому что я не считаю себя храброй?

— Отчасти. Тебя это расстраивает?

— Если ты считаешь, что так мы подвергнем Стерлинга и Змея большей опасности, то да. Но... по-твоему, я справлюсь?

— Я знаю, что справишься, моя дорогая. В конце концов, я — герой, а ты — моя создательница. Значит...

— Ты путаешь выдумку с реальной жизнью. — Они присоединились к остальным у дверей зала. — В книгах я всегда могу вернуться назад и переписать сцену, если все пошло кувырком.

— Да, да, конечно, — Сен-Жюст подошел поближе к Венделлу. — Не прогуляться ли тебе с офицером к черному ходу? Просто проверить, что он не заперт? Я имею в виду, — он понизил голос, — что, по-моему, у него еще молоко на губах не обсохло. Не хотел бы я, чтобы он попал в беду. Мы подождем, пока ты вернешься.

Сен-Жюст выразительно посмотрел на копа, который судорожно сжимал в руках полицейскую дубинку. Костяшки его пальцев побелели, щеки, покрытые юношеским пушком, заливал румянец.

— Как он еще юн, — вздохнул Сен-Жюст. — Ты уверен, что он случайно не подстрелит сам себя в пятку?

— Как ты меня дос... Джейк, пошли. — Венделл ткнул Сен-Жюсту пальцем в грудь: — Жди меня.

Сен-Жюст разгладил невидимые морщинки на своей рубашке и помахал Венделлу вслед.

— Да, это было несложно. Как все-таки отвратительно просто сбить с толку честного человека. — Он открыл входную дверь и кивком пригласил дам в холл.

Где китайской едой пахло еще сильнее, чем на улице.

— А лейтенант? — спросил Носокс, мягко прикрывая за собой дверь. — Может, подождем его?

— Он нас догонит. Вы готовы, леди и джентльмены?

Лицо Киллера сравнялось по цвету с его белой рубашкой. Он поднял руку:

— Ммм... можно выйти?

— О боже, — Мари-Луиза закатила глаза, — ты разве не сходил заранее? Я же *сказала* тебе сходить.

— Прости, Мари, — Киллер виновато повесил голову, — я забыл.

— Ничего страшного, Джордж. Зов природы превыше всего. Можешь идти.

— Отлично, спасибо. Наверняка в ресторане по соседству есть туалет. Я мигом. — Он захлопнул за собой входную дверь.

— Идиот. Клинический, непроходимый *идиот*. — Мари-Луиза положила руку на перила. — Мы будем его ждать?

— Вряд ли, — Сен-Жюст взял шпагу-трость подмышку и в последний раз осмотрел свои войска.

Мари-Луиза была, как обычно, ужасно одета, но сейчас это играло им на руку. На конкурс «Лицо с обложки» Сен-Жюст сам подбирал ей наряд, и в результате красивая от природы девушка выиграла контракт с «Парфюмерией

Пьера». Но сегодня она оделась сама. Ковбойские сапоги. Ультракороткие шорты. Маленькие груди спрятаны во что-то наподобие большого носового платка. Зато она хотя бы не выкрасила волосы в розовый цвет и сняла все украшения с лица, оставив лишь штук пять сережек — слава богу, в ушах.

Сен-Жюст понимал, что с Мари-Луизой еще работать и работать.

Носокс, благослови его бог, остроумно выбрал роль того, кем он, собственно, и являлся: привратником, подающим надежды актером, а в последнее время — фотомоделью, который до сих пор живет вместе с любимой мамочкой, прекрасно пародирует Барбру Стрейзанд, считает трансвестита одним из лучших друзей, а в свободное время дефилирует в одной из шести пар облегающих черных штанов из кожзаменителя и дюжины черных футболок в обтяжку. Тощий, вечно голодный и трогательно уязвимый.

В общем, похоже было, что он пришел в репетиционный зал, чтобы... порепетировать.

И, наконец, Мэгги. Прекрасное тело, обычно спрятанное под чересчур просторными одеяниями и не слишком вдохновляющими пижамами, сейчас весьма выгодно смотрелось в очень короткой юбке, шпильках на ремешках и ажурной блузке. Она взъерошила умело выкрашенные волосы, надела всю имеющуюся в доме бижутерию и засунула очередную пластинку розовой жевательной резинки в ярко-алый ротик.

Если она не отвлечет внимание головорезов наверху, значит, они скопцы или слепцы. Или Носоксы. Хмм... нет, это вряд ли.

Сен-Жюст начал осторожно подниматься по лестнице, стараясь не касаться довольно липких с виду перил, его труппа шла за ним. Наверху на проводе болталась одинокая лампочка, освещая приемную и дверь в офис.

Знаком попросив всех вести себя как можно тише, Сен-Жюст вытащил шпагу. Носокс открыл дверь, все еще прижимаясь к стене, и Сен-Жюст вошел в офис. Тусклый свет лампочки. Два стула. Обрывки веревок и атласных лент на полу. Больше ничего.

Сен-Жюст вышел из комнаты, убрал шпагу и покачал головой:

— Их здесь нет, но, надеюсь, они все еще в здании. Сцена в той стороне, Носокс?

Носокс кивнул, его глаза расширились.

— Так я был прав? Это то самое место? Круто.

— В полный голос, ребята, — приказал Сен-Жюст, услышав скрип входной двери и тяжелые шаги на лестнице. Венделл явно шагал наверх с грацией разъяренного гиппопотама. — *Пора*.

Сен-Жюст рывком распахнул двойные двери. С широко распростертыми руками он оглядел зал и его обитателей, затем повернулся к своим друзьям и патетически воскликнул:

— Ну, вот мы и прибыли, мои юные актеры,

в сей храм муз и приют комедианта! Быстрее, быстрее, пора начинать. Как говорил Абеляр[*], «Что за король, что за двор, что за чудный дворец!»

Он по-прежнему стоял спиной в зал, физически ощущая злобные взгляды, целящие ему примерно между лопаток, но продолжал пятиться, жестами приглашая всех двигаться за собой. При этом он глаз не спускал с Мэгги. Именно с Мэгги.

— Проходите, проходите!

Мэгги посмотрела налево, посмотрела направо и не смогла удержать улыбку.

Да, он уже понял. Головорезы слева, Стерлинг и Змей справа. Где-то, скорее всего в туалете, громко урчит сдыхающий вентилятор. Что ж, это на руку.

В диалог вступила Мари-Луиза, как и было оговорено заранее. Она вызвалась на эту роль добровольно и единственная заучила слова. Остальным Носокс посоветовал импровизировать.

— Ого, настоящая сцена! Я со школы не играла на настоящей сцене. Я была Элизой. Во втором составе, правда. Эй... а это что за парни?

Занавес поднят.

Сен-Жюст развернулся, но не раньше, чем увидел Венделла в дверном проеме и жестом приказал ему отойти назад. С одной стороны, тот вполне мог сойти за актера, с другой — все

---

[*]Пьер Абеляр (1079—1142) — французский философ, богослов и поэт.

в нем просто кричало о том, что он коп. Ему явно следовало оставаться в тени до тех пор, пока
Стерлинг и Вернон не окажутся в безопасности.

— Эй, вытам! Да за кого вытам себя прини-
маете? Пошливсевон!

Сен-Жюст развернулся:

— Следите за своим произношением, дорогой, что за манеры? Надо говорить «вы», «там»
здесь совершенно ни при чем. А «пошли все
вон» — не одно слово, а три совершенно разных. Говорите четко, диафрагмой, так, чтобы
вас на галерке было слышно. — Он нахмурился. — Вы что, собираетесь присоединиться к
нашей труппе?

Бандит уставился на него, недоуменно мор-
гая. Сен-Жюст смог наконец спокойно рассмотреть лицо врага. Одного из врагов. Жалкое зре-
лище. Лишний вес, тело крупное, но рыхлое.
С рубашки свисает яичная лапша.

Мэгги и Мари-Луиза, как договаривались,
проскользнули из-за спины Сен-Жюста к коридору, ведущему к черному ходу.

(Венделлу было бы приятно узнать: Носокс
и Сен-Жюст осмотрели эту дверь часом раньше
и убедились, что она не заперта и Мэгги и Мари-Луиза легко могут спастись, если дело при-
мет слишком крутой оборот.)

Зал представлял собой квадрат со стороной
не менее сорока футов. Сен-Жюст стоял перед
сценой, Носокс у одной стены, леди — далеко
от него, у стены напротив. Слишком большой

разброс, чтобы один, даже двое людей могли проследить за всеми.

Прекрасный фланговый маневр, сказал бы Сен-Жюст, даже учитывая отсутствие Джорджа и его нервного мочевого пузыря.

Бандит пришел в себя и принялся наступать на Сен-Жюста, размахивая руками и весьма напоминая гориллу.

— Я сказал, пошливсевон. Вам нельзя тутабыть. Это частное владение.

Сен-Жюст нахмурился:

— Прошу прощения? Мы что, слишком рано пришли? Но, по-моему, мне обещали аренду этого зала с пяти до семи.

— Нет уж, ты, кисельная барышня, — бандит сжал здоровенные кулаки. — А теперь пошливсевон.

— Но он не может уйти, Бруно, — подал голос Стерлинг откуда-то сзади. — Понимаешь, это как раз то, о чем я говорил. Он...

— Еще один студент? Отлично. Так тебя зовут Бруно? Прекрасное имя, — быстро произнес Сен-Жюст, выступая на площадку перед сценой, где на краешке сидели Стерлинг и Змей в окружении распотрошенных белых контейнеров из-под китайской еды.

Змей, никогда не блиставший интеллектом, замер с пластиковой вилкой на полпути ко рту, с лапши капало ему на брюки.

— Уфф... гы, привет, Ал...

— Да-да, студенты! — перебил его Сен-Жюст. — Заходите, заходите все. Сегодня мы начинаем ставить «Макбета». «От всех врагов Макбет храним судьбой, пока Бирнамский лес не выйдет в бой на Дунсинанский холм»[*]. Ну-ка, что это значит, дети мои?

— Я знаю, я знаю! — поднял руку Стерлинг. — Бирнамский лес рос недалеко от замка Макбета. Атакующая замок армия срезала ветки, надела их на себя и двинулась на Дунсинан. Макбет думал, что это невозможно, но он ошибся. Потому что солдаты притворились деревьями и... ох!

Отлично. Стерлинг все понял. Он, Сен-Жюст, и его скромная свита — это Бирнамский лес, они замаскировались, чтобы пойти войной на Дунсинан.

Сен-Жюст, стоя спиной к сцене, сделал вид, что пересчитывает присутствующих, указывая на каждого кончиком трости; на деле же он оценивал диспозицию. Мэгги и Мари-Луиза справа — прекрасный отвлекающий маневр. Они должны прихорашиваться, принимать эффектные позы. И не путаться под ногами, что довольно сложно, учитывая их присутствие на поле боя.

Но Мари-Луиза явно решила принять более активное участие в действиях.

— Луиза? — Она погладила Мэгги по руке. — Может, еще немного порепетируем тот лесбийский поцелуй, пока ждем?

— Конечно, *Тельма*, — в тон ей ответила

---

[*]Уильям Шекспир, «Макбет», IV акт, сцена 1. Пер. М. Лозинского.

Мэгги. — Но поменьше работай языком. Не надо корчить из себя Мадонну.

— Да и ты не Бритни. Ну, давай, открой ротик.

Бруно явно заинтересовался происходящим, и Сен-Жюст отошел к туалетам.

— Продолжай в том же духе, понял? — шепнул он Носоксу, тот кивнул и пошел через зал.

— Сен-Жюст, а Сен-Жюст? — прошептал Стерлинг, свесившись со сцены. — Я знал, что ты придешь. Я сказал им, что ты придешь. Я сказал им, что ты герой, и...

— Да, да. Помолчи немного. Стерлинг, Вернон, слезайте отсюда и двигайтесь к двери, пока Носокс отвлекает охранника. Я вас прикрою.

— Пойду пописаю, — громко произнес Носокс и, покачивая бедрами, направился к туалетам.

Бруно, внимание и мечты которого, похоже, были сосредоточены где-то в иных сферах, запоздало очнулся.

— Эй тытам, куда это тытам собрался? Я же сказал: пошливсевон, — зарычал он.

— Боже, котик, я ведь уже *сказал*, куда. — Носокс хлопнул себя ладошкой по лбу. — А! Я скоро вернусь, дружок. — Он помедлил, погладил себя по заду и осмотрел Бруно с ног до головы. — Или хочешь присоединиться, сладенький мой?

— Пошелты знашькуда?

— Какой ты скучный. — Носокс продолжил свой путь, напевая «Идет дождь из мужчин»[*].

Бруно секунду смотрел на Носокса, потом перевел взгляд на Мэгги и Мари-Луизу, потом опять на Носокса. Бедняга. Как легко его запутать.

Но Бруно был не *настолько* глуп.

— Помому, вы, придурки, не могли снять этот зал. Мы его сами сняли. Пошливсевон. — Бруно обнял руками свое выдающееся пузо, подтянул штаны и двинулся в сторону Сен-Жюста. — А то камута не поздоровицца.

— Ой, я знаю, откуда это. Из «Парни и куколки»[**], да? — радостно спросила Мэгги. — Спорим, это оттуда?

Сен-Жюст обернулся и увидел, что Мэгги направляется прямо к бандиту, полностью игнорируя все указания и явно нарываясь на неприятности.

— Мэг... Луиза, вернись на место, пожалуйста.

Но чертовка закусила удила и остановить ее не было никакой возможности.

— Ты просто классный, — Мэгги ткнула пальцем в Бруно, — это не тебя я на днях видела в рекламе «Свиффера»?[***] Да, точно, тебя.

---

[*] «Идет дождь из мужчин» (1982) — песня американской группы «Девушки из прогноза погоды».

[**] «Парни и куколки» (1950) — классический бродвейский мюзикл Фрэнка Лёссера и Эйба Берроуза, в 1955 году экранизирован Джозефом Манкевичем.

[***] «Свиффер» — марка швабр производства «Проктер энд Гэмбл».

Кстати, меня зовут Луиза. Напомни, как тебя зовут? — Она выдула пузырь из жевательной резинки.

— Стерлинг, Змей, — прошипел Сен-Жюст, — я ее, конечно, придушу, но потом, а пока воспользуйтесь случаем и *шевелитесь*, черт побери.

— Сей момент, Сен-Жюст, — отозвался Стерлинг, — так вот, я знал, что ты придешь. Я тут рассказывал Бруно, как ты предотвратил покушение на Принни*... Ой. Сен-Жюст, похоже, шутки кончены. Бруно достал пистолет.

— Алекс, берегись! — одновременно с ним заорала Мэгги.

Сен-Жюст заранее просчитал все расстояния и возможности и предвидел действия Бруно. Он грациозно взмахнул тростью и ударил ею бандита по руке, выбив у него оружие. Пистолет покатился по полу, Мари-Луиза схватила его обеими руками и наставила на Бруно.

— Вик, я его поймала! Это круто или не очень?

— Носокс! — крикнул Сен-Жюст. — Дверь! Закрой дверь!

Носокс прихлопнул отворившуюся дверь в мужской туалет, руку второго бандита защемило. Пистолет упал на пол, Носокс поднял его и улыбнулся Сен-Жюсту.

Все это заняло от силы две вдохновенные минуты.

---

*П р и н н и — прозвище английского короля Георга IV (1762—1830).

— Невероятно. — Венделл шагнул в комнату с оружием наготове, а Джейк распахнул заднюю дверь. — Не-блин-вероятно. Да я держал его на прицеле все то время, пока вы, клоуны, тут валяли дурака, ясно вам? — Он посмотрел на Бруно, который катался по полу и стонал:

— Моя рука, моя рука! Ты, матьвою, сломал мою руку!

— Я ни секунды в этом не сомневался, *лев*-тенант. Не могли бы вы теперь помочь Носоксу? Мне кажется, ему довольно сложно удерживать второго головореза.

Венделл кивнул в сторону туалетов:

— Джейк, разберись.

— Моя рука! Моя рука!

Венделл наклонился:

— Ну ты, хмырь, у тебя есть право молчать, так воспользуйся им. — Он улыбнулся Мэгги. — Всегда мечтал это произнести, совсем как в кино. Не все же вам одним развлекаться.

— Отлично сказано, *лев*-тенант. Бруно, тебе понравилось?

— Да пошелты. — Бруно посмотрел на Венделла. — Ты чо, коп? Вы там чо, все копы? Черт, он меня пришьет. Я покойник.

— Кто тебя пришьет? — Венделл наклонился ближе.

Сен-Жюст подобрал маленький белый контейнер, понюхал и положил обратно.

— Я полагаю, этот джентльмен имеет в виду некоего Энрико Тотила, не так ли?

Бруно застонал.

Джейк и Носокс полуподвели-полуподтащили под локотки второго бандита, почти копию первого. Руки его были в наручниках, ноги запутались в спущенных штанах.

— Заткнись, Бруно, — предупредил его напарник. — Ничо мы не скажем.

— Он сломал мне руку, Ник. Онблин сломал мою руку.

— Вызови машину, Джейк, — приказал Венделл и усадил Ника рядом с Бруно. — Плевать я на это хотел, парни. Все равно Тотила у нас в кармане. Но тот из вас, кто первым решит нам помочь... Я ничего не обещаю. Просто подумайте об этом.

— Какая жалость, что они оба не в форме, — вздохнул Сен-Жюст. — Мне бы так хотелось их отколошматить. Я очень на это рассчитывал, правда.

— И я, — поддержал Стерлинг, — ты же знаешь, Сен-Жюст, Генри, и все остальное.

— Что ж, остается только утешаться тем, что мы блестяще воплотили в жизнь свой план. А теперь нам пора откланяться. — Сен-Жюст достал носовой платок, промокнул им чересчур красные губы Мэгги и вместе со всеми покинул зал.

Мэгги возбужденно подпрыгивала на ходу:

— Все было супер, правда? Просто зашибись! Стерлинг? Как твой глаз?

— Могло быть и хуже. Кто-нибудь догадался прихватить мои запасные очки?

Мари-Луиза открыла сумочку:

— Вот они, Стерлинг. — Она улыбнулась Змею. — Иди ко мне, ты, тупица, — и она распахнула объятия.

— Мэгги, погоди. — Венделл догнал их у лестницы. — Мне нужно взять показания у Стерлинга и Змея.

— Если можно, займемся этим потом, Венделл, — произнес Сен-Жюст, и Стерлинг, для которого Сен-Жюст был непререкаемым авторитетом, помахал лейтенанту ручкой и начал спускаться по ступенькам.

— Потом так потом. Пойду, отзову засаду с переправы. Да, вы все вели себя по-идиотски, и если еще когда-нибудь что-нибудь подобное повторится, я...

— Победителей не судят, Венделл, — перебил его Сен-Жюст. — Но спасибо за помощь. Если честно, ты замечательно прибрал за нами в этом деле.

— Что ты...

— Стив, милый, я ужасно хочу добраться до дома и умыться. И снять эти проклятые туфли. Есть еще что-нибудь срочное, или оно может подождать до завтра? — взмолилась Мэгги.

— Да, есть. Насчет Берни. — Венделл подождал, пока Носокс поймет намек и уйдет, затем продолжил: — Пока я сегодня был в участке, я воспользовался кое-какими связями и узнал последние новости из лаборатории.

— И?.. — подтолкнула его Мэгги.

— Пусть Дж. П. узнает об этом по официальным каналам, хорошо? Я и так уже по уши вляпался с Берни, а теперь еще придется объяснять, что произошло здесь. Как бы мне не закончить карьеру дежурным на переправе на Стэйтен-Айленд. Вы не обидитесь, если я немного искажу события? Иначе начальство решит, что я полный идиот.

— Никаких проблем. Мы будем молчать как рыбы, — пообещал Сен-Жюст. — Я так понимаю, новости из лаборатории хороши для нас и плохи для Деттмера?

— По-моему, да, но кто знает? Готовы результаты анализа крови. Алкоголь, конечно, есть. Но главное — в ее крови нашли рогипнол.

Мэгги пошатнулась, но Сен-Жюст вовремя поддержал ее.

— Ее все-таки изнасиловали?

— Нет, только рогипнол.

— Прошу прощения, — вклинился Сен-Жюст, — мне очень неприятно это признавать, но я немного растерян.

— Господи, прости, Алекс, — сказала Мэгги. — Рогипнол — это наркотик, его используют насильники, чтобы жертва не сопротивлялась. Так ведь, Стив?

— Верно. Под рогипнолом люди выглядят в стельку пьяными. Парень подсыпает его девушке в алкоголь и уводит ее из бара. Она делает все, что он скажет, и на следующее утро ничего не помнит. Дерьмо. Причем его следы довольно быстро испаряются. Так что Берни, должно быть, получила лошадиную дозу.

— Так, значит, она невиновна, — произнесла Мэгги. Сен-Жюст сжал ее руку. — Я имею в виду, мы и раньше знали, что она невиновна, и, конечно, ужасно, что кто-то подбросил ей эту гадость в выпивку, но она же физически не могла под рогипнолом вспороть Бадди горло, верно?

— Скорее всего, не могла. На момент его смерти она была накачана наркотиком по самые уши. Но это вопрос для экспертов. Думаю, будет довольно много споров. Что я думаю? Нет. Нет, не могла.

Глава 17

Мэгги ввалилась в квартиру, плюхнулась на диван и зарылась носом в подушки.

— Я смертельно устала, — пробормотала она.

— Да, ты это уже говорила. В такси и в лифте. — Алекс прислонил трость к стене у двери. — Могу я предположить, что твой новоприобретенный опыт жизни в шкуре героини — не из тех, какие захочется повторить?

— По крайней мере, не скоро. — Мэгги перевернулась на спину. — Но мы были супер, правда?

— Я знаю, что был поистине великолепен, но ничего другого от меня и не ожидалось. — Он ухмыльнулся, подошел к компьютеру и подключился к ее ящику в «Америка Онлайн».

— Я слишком устала, чтобы остроумно парировать эту твою реплику. Скажи это еще раз завтра, когда я хорошенько высплюсь, и я найду, чем тебя подколоть. Что ты делаешь?

— Уничтожаю твой спам, разумеется.

Мэгги закрыла глаза. Она просто не в силах встать, доползти до рабочего стола и посмотреть Алексу через плечо.

— *Что?*

— Я считаю, тебе незачем читать даже заголовки того мусора, что сыплется в твой ящик. А, вот еще одно. Ну что ж, прощай, «Размер имеет значение».

Мэгги хихикнула:

— Ты уничтожаешь это ради меня или ради себя? Что *такое*, Алекс? Они тебя смущают?

Он проигнорировал ее слова, яростно кликая мышью.

— Ну, вот и все, — наконец произнес он. — От журналистов, умоляющих об интервью, только шесть писем. В городе такого размера это означает только одно: Берни быстро становится вчерашней новостью.

— Уверена, что об этом она и мечтает, но сомневаюсь, что ты прав. — Мэгги заложила руки за голову. — Где Стерлинг?

— В полной безопасности в нашей квартире — теперь, когда мы наголову разбили негодяев. Ты знаешь, что Венделл мог положить конец нашему маленькому приключению в любой момент? Но все же этого не сделал.

— Я знаю. А потом он высказался насчет права молчать. По-моему, он был в полном восторге. То есть он нарушил практически каждое слово в инструкции по эксплуатации полицейских, или как эта их штука называется, и ему *понравилось*.

— А теперь мы его должны вознаградить. Это довольно непросто.

Мэгги приподнялась на диванных подушках и принялась развязывать ремешки туфель.

— Почему? Мы отдаем ему фотографии, он — настоящий герой и все такое, мэр вешает ему на грудь медаль, Энрико Тотила схвачен и посажен в темницу. В чем проблема-то?

Алекс наполнил два бокала вином, один протянул ей и сел на диван напротив.

— В том, что я, кажется, обещал эти фотографии Холли Спивак.

Усталость Мэгги как рукой сняло.

— Ты *что?* Да как ты мог?

Он пожал плечами:

— Возможно, это был легкий приступ безумия? Но, надеюсь, он вскоре принесет свои плоды. К тому же вспомни: Венделл не знает, что мы *это* нашли. Он считает, что мы имели дело с неизвестным, необнаруженным *этим*. К счастью, мы нашли не одно *это*, а два. Как по-твоему, удовлетворится Венделл тем ключом, который был за пейзажем?

Мэгги выдохнула и покачала головой:

— Вряд ли, если эти фотографии прогремят в новостях. А если дать ключ Спивак... нет, дурацкая идея. Ключ от сейфа ей ни к чему, это дело полицейских. Кроме того, знаешь ли, мы вообще не имеем права отдавать что бы то ни было кому бы то ни было. Все это принадлежит миссис Голдблюм.

— Которой нет дома. Которая моментально собралась и уехала, возможно, навсегда. Я не очень хорошо разбираюсь в ваших американских законах, но не значит ли это, что теперь владельцем фотографий и ключа является тот, кто отвечает за квартиру?

— То есть ты?

— Думаю, что я. На данный момент копы знают, что Стерлинг и Змей были похищены, за них требовали некий выкуп, а потом их спасли. Надеюсь, Бруно сотоварищи будет стучать — так это называется? — на своего работодателя, чьим указаниям они слепо следовали.

Мэгги отхлебнула из бокала.

— Может... нет, погоди. Бандиты-то знают, зачем их послали, разве нет? Они все расскажут копам в надежде спасти свои шкуры. Может, они ничего и не знали и Тотила не объяснил им, что искать, а квартиру разгромили в качестве предупреждения или вроде того — все равно, когда фотографии покажут в новостях, нам придется рассказать Стиву, откуда они взялись. Ничего не поделать, Алекс. Нам придется отдать их Стиву завтра утром или даже раньше, если он захочет.

— Мисс Спивак расстроится.

— Она будет в ярости, — согласилась Мэгги. — Боже, Алекс, на этот раз ты просто превзошел себя. Мне очень стыдно, но отчасти это истерически смешно.

— Я готов на все, чтобы развеселить вас, о прекрасная леди, — он отвесил ей безукоризненный поклон, сопроводив его замысловатым жестом. Мэгги пришла в восторг, несмотря на то что Алекс был одет в костюм двадцать первого века. Да, в чувстве стиля ему не откажешь.

— Спасибо, конечно, но это не смешно. Мы должны отдать альбом Стиву, без вопросов. Посмотри, как Спивак напортачила с интервью бармена. А если она и это испортит? Я не хочу, чтобы еще кто-нибудь преследовал Стерлинга.

— Я тоже. — От его слов у Мэгги по спине холодок пробежал. Из его голоса начисто пропал обычный добрый юмор и даже сарказм — этот голос звучал ровно и определенно опасно.

— Алекс? Ты в порядке?

— В полном, — улыбнулся он. — Значит, договорились. — Алекс встал с дивана. — Альбом завтра отправится к копам. В крайнем случае, в среду. Раз уж они не знают, что он у нас есть, им совершенно незачем знать, когда именно мы его нашли.

— Полиция, Алекс. Хватит уже называть их копами. Ты не в старом кино.

— Рад, что ты со мной согласна. Альбом отправится в *полицию*. А теперь, если ты меня простишь, я хотел бы проверить, как там Стерлинг. Надеюсь, он уже завершил свое, несомненно, весьма эмоциональное воссоединение с Генри. Могу я попросить тебя умыться?

— Попросить-то можешь. — Мэгги поднялась с дивана и босиком отправилась вслед за ним. — Я хочу еще раз его обнять.

Когда Алекс открыл дверь в холл, они услышали звуки фортепиано.

— Стерлинг не умеет играть на фортепиано. — Мэгги приложила ухо к двери. — Интересно, кто там играет?

— Знаешь, моя дорогая, у нас есть целых два способа это выяснить, — произнес Алекс. — Мы можем остаться здесь и обсудить, кто бы это мог быть, или же открыть дверь и посмотреть своими глазами.

— Ты действуешь мне на нервы. — Мэгги повернула дверную ручку и вошла в квартиру. — Странно, она должна была быть закрыта. Почему дверь не заперта?

— Возможно, чтобы ты не чувствовала себя обязанной сорвать ее с петель? — предположил Алекс. Они одновременно обернулись и увидели Венеру, сидящую за кабинетным роялем.

— Вера? — Мэгги недоуменно заморгала.

Прибежал радостный Стерлинг.

— Правда ведь, она прелесть? Она была здесь, когда я вернулся домой. Сейчас она играет Моцарта. Тихо, не мешайте ей.

— Что она... — Мэгги запнулась, потому что Стерлинг нахмурился, и понизила голос до яростного шепота: — Что она здесь делает?

Музыка внезапно оборвалась, и Венера встала: руки вытянуты, наманикюренные пальчики нажимают невидимые клавиши.

— Привет, Мэгги, Алекс. Я же говорила, что немного умею играть.

— Рада за тебя, — Мэгги плюхнулась на диван. — Кто тебя сюда пустил?

Венера снова села за рояль и принялась лениво наигрывать гаммы.

— Очень симпатичный молодой человек. По-моему, его зовут Пол. Когда я сказала, что меня ждут, он проводил меня наверх и впустил в эту премиленькую квартирку, которую я так хотела снова увидеть. — Она нахмурилась. — По-моему, что-то изменилось. Раньше здесь было как-то больше мебели. В любом случае я не могла ждать в твоей квартире, Мэгги. У него не нашлось ключа, который бы к ней подошел.

— Надеюсь, теперь ты понимаешь, почему? — Венера начала играть «Осенние листья». — Да, да, мы все в восторге от того, что ты умеешь играть. А теперь прекрати.

— У Мэгги сегодня был очень тяжелый день, — пояснил Алекс, положив руку на крышку рояля, чтобы опустить ее на место, как только Венера уберет пальцы — что она и сделала весьма проворно. — Мы все ужасно рады видеть тебя, Венера, но какова цель твоего визита?

Венера пожала плечами и повернулась к остальным.

— Я пришла, чтобы повидаться с Берни, разумеется. Но ее тут нет. У меня для нее подарок, — она улыбнулась Мэгги. — И для тебя, конечно, тоже, — добавила она, сморщив носик, будто разговаривая с капризным ребенком. — *Тебя* я никогда, никогда не забуду.

Мэгги уставилась на нее — а что еще ей оставалось делать?

— Тебе здорово повезло, Вера, что я устала.

— Ну конечно, ты устала. У тебя такой необычный вид. Я ничего не хочу сказать, но ты выглядишь... нет, «отвратительно» слишком неприятное слово.

— Стерлинг, — Мэгги по-прежнему глядела на Веру, — сделай, пожалуйста, для меня пометку в ежедневнике: «Убить Веру». Скажем, в четверг.

Стерлинг похлопал себя по карманам.

— Но... но у меня нет... можно, я просто запомню? Погоди, ты же не всерьез, верно?

Венера дробно и чуть-чуть визгливо рассмеялась.

— Итак? Где Берни? Вы же ее где-то спрятали, не так ли? В смысле, вы же сказали в прошлый раз, что ее здесь нет, а на самом деле она была в спальне или что-то вроде того. Это вполне в вашем духе, правда, Мэгги?

Мэгги встала и обняла Стерлинга.

— Я иду домой, а вы, мальчики, можете остаться тут. Споете что-нибудь под аккомпанемент.

— Погоди, — Венера принялась рыться в своем бауле, — не забудь подарки.

— Мэгги? — тихо произнес Алекс, и Мэгги поникла. — Она хорошая девочка.

Мэгги обернулась и протянула Вере руку:

— Хорошо, давай их сюда.

Венера вручила ей два пакета, перетянутые широкими розовыми лентами:

— По-моему, это преизящные вещицы. Я сегодня была с Джеральдом, это мой брокер, и они меня просто поразили. Великолепные подарки. Держи.

— В среду, — пробормотала Мэгги, — боюсь, до четверга я не дотяну.

Но улыбнулась и поблагодарила Веру, зная, что Алекс так или иначе заставит ее это сделать:

— Берни будет в восторге, — она решила, что это почти то же самое, что «спасибо».

— Ты злишься? Благодарности от тебя не дождешься. Я помню, как ты выиграла свою единственную «Гарриет». Кажется, на конференции в Детройте. Да, точно. «Детройт романтический». Одно название краше другого. Так вот, ты промычала что-то себе под нос и слезла со сцены. То ли дело я — я заранее готовила речи для *всех* моих «Гарриет». Конечно, теперь, когда я по-настоящему известна и популярна, я больше не имею права участвовать в этом конкурсе.

Мэгги нетерпеливо притопывала ногой.

— Высказалась? — широко улыбнулась она. — Отлично. Вера, Стерлинг и Алекс — джентльмены, поэтому они не выставят тебя отсюда, но последние дни выдались очень сложными, так что... — она выразительно посмотрела на дверь.

Венера подобрала свою сумку и светлый пиджак:

— Ты ведь расскажешь Берни, что я приходила? И что она не выходит у меня из головы? Завтра утром я уезжаю в промо-тур с новой книгой, но я думаю о Берни.

— Мы ей скажем, — Мэгги открыла дверь и закрыла ее за Венерой, едва не прищемив той пятки. — Берни не выходит у нее из головы?

Что ж, по крайней мере, ей там не тесно. — Она сосчитала до трех, обернулась и посмотрела на Алекса. — Что? — она всплеснула руками. — Что я опять сделала не так? Я же сказала ей спасибо.

— Не позволяй ей без конца тебя благодарить, Мэгги. Это нехорошо. Могу я выдвинуть гипотезу? По-моему, пока ты не начнешь снова щебетать с ней, как закадычная подружка, таскать ее по магазинам и выпрашивать у нее платье для следующей конференции ГиТЛЭР, она так и будет без конца стучаться в твою дверь. Или в нашу.

Мэгги задумалась.

— По-твоему, она будет приходить и дарить мне подарки до тех пор, пока снова не начнет мне *нравиться*?

— Именно. — Алекс покрутил головой, он тоже очень устал. — Тогда и только тогда она сможет, как раньше, тобой пренебрегать. По-моему, это совершенно очевидно.

— Есть в этом что-то нездоровое, извращенное, — Мэгги закусила губу. — Да, *очень* похоже на Веру. — Она посмотрела на пакеты. — Интересно, что она принесла на этот раз?

— Мне тоже интересно, — Стерлинг шагнул поближе, — открой, Мэгги. Я так люблю рассматривать подарки!

Мэгги еще раз посмотрела на пакеты:

— Давайте лучше завтра? Если это какая-нибудь глупость, то я разозлюсь, а мне надо выспаться. Сколько времени, кстати?

Алекс достал из кармана часы.

— Еще семи нет.

— *Семи?* А по ощущениям — полночь. Почему я так устала? Я не могу лечь спать прямо сейчас. Стив приедет, чтобы снять показания у Стерлинга и Змея — которого, кстати, нет, — и к тому же я еще не ужинала. Всего семь часов?

— Да. И Холли Спивак тоже скоро будет здесь, если успела собрать все то, о чем я просил. Пора сделать выбор, Мэгги. Нам нужна информация или нет?

— Ну, вопрос, конечно, сложный. — Мэгги вышла в холл и огляделась — хотела убедиться, что Венера действительно ушла, а не затаилась за каким-нибудь фикусом, чтобы выскочить в самый неподходящий момент. — Какого рода информация?

Алекс открыл дверь в квартиру Мэгги и пропустил ее вперед.

— Я бы не хотел напрасно тебя обнадеживать, — сказал он и снова взял свой бокал, — но я думаю, что эта информация прольет свет на убийство Бадди Джеймса.

Мэгги, которая как раз допивала остатки вина, поперхнулась и закашлялась вином:

— Что... *что?* Что это? Что за тайны от меня, Алекс? Мы же *партнеры.*

— Конечно, партнеры. Но я бы сначала хотел немного утвердиться в своих догадках, и лишь затем поделиться ими с тобой.

— В твоей теории полно прорех, верно?

— И преизрядных. — Алекс наполнил их бокалы вином. — Дашь ли ты немного посвоевольничать джентльмену, пока он не почувствует себя увереннее?

— Думаю, да, — она подняла руку, — но в определенных границах. Чего именно ты хочешь?

— Пока не говорить Венделлу, что мы нашли *это*.

— Сказка про белого бычка. Начинаем все сначала. Я уже устала изображать из себя адвоката дьявола, но хочу особо указать тебе на то, что он устроит тут обыск.

— Да ну? В конце концов, он знает, что Бруно и... Ник, вроде бы, ничего тут не нашли. С чего бы ему думать, что у него это получится лучше?

Мэгги потерла лоб.

— Наверное, я слишком устала, раз твои слова кажутся мне логичными. Но я устала не настолько, чтобы забыть о суровом наказании, которое полагается за сокрытие улик.

— Чего мы вовсе не собираемся делать. — Мэгги видела, что он размышляет на ходу. — Мы всего лишь ничего не скажем Венделлу, когда увидим его в следующий раз, так? Он уйдет от нас несколько разочарованный — ничего страшного, ему не привыкать, — а потом приедет Холли Спивак, мы покажем ей альбом и пообещаем, что она получит фотокопии всех страниц в самое ближайшее время.

— А когда Спивак передаст нам то, чего ты

от нее добиваешься, мы отдадим альбом Стиву и скажем, что нашли его... Где мы его нашли?

— Предположим, за холодильником. — Алекс потер поясницу.

— Так почему бы нам не снять фотокопии с этого чертова альбома прямо сейчас, не отдать его Венделлу сегодня вечером и не покончить уже с этим?

— Во-первых, время поджимает. Холли Спивак будет с минуты на минуту. А во-вторых, я хочу немного поработать с альбомом, прежде чем Венделл наложит на него лапу.

— В каком смысле поработать?

— Ничего такого, о чем тебе стоит волноваться. Кстати, не хочешь ли принять душ перед приездом нашего доброго *лев*-тенанта? А перекусить, моя дорогая? Я могу позвонить в пиццерию, чтобы нам доставили парочку пицц. Думаю, Стерлинг это одобрит.

— Да уж. После китайской еды уже через час опять хочется есть. — Мэгги поставила бокал на стол, встала и почувствовала легкость в голове и слабость в коленках. — Надо же. Всего полтора бокала, а какой эффект! Мне надо поесть. Хорошо, я пойду в душ, а ты закажи пиццу. Я вернусь через полчаса.

— Договорились.

Зазвонил телефон.

— Хочешь, я...

— Я возьму, — одновременно с ним произнесла Мэгги и взяла трубку радиотелефона. —

Привет, — она прикрыла микрофон рукой, — это Стив.

Алекс взял трубку параллельного телефона.

С т и в: Я не приеду к тебе вечером, солнышко, у нас тут настоящий ад творится.

М э г г и: Что случилось? Они узнали, что мы там были?

С т и в: Нет. Джейк молодец. Но наши парни замолчали, а затем появился выразитель их интересов.

А л е к с: Объясни, пожалуйста.

С т и в: Черт, Блейкли, ты тоже там? В каждой бочке затычка.

А л е к с: А также колючка в твоей заднице, Венделл. Так что за выразитель?

М э г г и: Он имеет в виду адвоката, Алекс. Бруно и Ник уже обзавелись адвокатом. Готова поспорить, что это адвокат Тотила.

С т и в: В яблочко. И их вот-вот выпустят под залог вместо того, чтобы предъявить обвинение. Утром они уже будут на свободе, это решено. Незаконный арест, вот как они это называют, незаконный арест, а не гнусное похищение людей. Так что их отпустят под залог. Ты представляешь? Теперь я верю, что мафия скупила наши суды на корню. Блейкли? Спрячь Стерлинга и Змея в надежном месте. Или я арестую их, чтобы защитить.

А л е к с: Так и сделаю, спасибо. Что, мы не увидим тебя сегодня вечером? Ты же вроде посадил бандитов за решетку и можешь гулять спокойно.

*С т и в: Смеешься? Да я до полуночи буду ра-
порты писать. А ведь я никогда не занимался
на курсах начинающих писателей. В общем,
они будут гулять на свободе, а я сидеть здесь.
Как говорится, нет на свете справедливости.*

М э г г и: Ох... Стив...

*А л е к с: Я уже узнал все, что хотел, так
что вешаю трубку. Воркуйте сколько угодно.*

М э г г и: Черт возьми, Алекс, не...

Она снова прикрыла микрофон рукой:

— Не *делай* этого. Иди домой. *К себе* домой.
И позвони в пиццерию. Боже... — Она отверну-
лась и направилась в спальню, обеими руками
прижимая к себе телефон.

Глава 18

Сен-Жюст подождал, пока Мэгги закроет за собой дверь спальни, взял альбом с фотографиями, трость и направился в холл.

— Стерлинг? Все получили указания?

Стерлинг кивнул:

— Мари и Змей будут ждать тебя у Марио сразу после визита мисс Спивак. Да, чуть не забыл, Мари велела передать тебе это, сказала, что ты просил. — Он протянул Сен-Жюсту сотовый телефон. — Так все-таки что ты собираешься делать?

— Не забивай себе голову, друг мой. Ты прикладывал лед? — спросил он, глядя на фиолетовый синяк у Стерлинга под глазом.

— О, я пытался. Но в очках я не могу положить туда пакет со льдом, а без очков не вижу дальше кончика своего носа. Настоящая головоломка.

— Ее несложно решить, — ответил Сен-Жюст и подвел Стерлинга к дивану, подушки которого были перевернуты, чтобы прикрывать прорехи в ткани. — Ложись, а я схожу за льдом.

— Ты очень добр, спасибо, — Стерлинг скинул тенниски. — Да, я говорил, что звонила миссис Голдблюм? Такая милая старая леди.

У меня не хватило смелости рассказать ей, что случилось с ее квартирой.

Сен-Жюст замер и медленно обернулся:

— Она звонила? Когда?

— Дай подумать. Столько было дел... Ах да, вспомнил. Как раз перед тем, как мисс Симмонс играла Моцарта. Я хотел сходить за тобой, но обязанности хозяина отвлекли меня, а ты сам пришел всего через несколько минут, и... Надеюсь, все в порядке?

Сен-Жюст взял пакет со льдом и вернулся в гостиную.

— Все хорошо, Стерлинг. Все хорошо. — Он присел напротив. — Ну как, довольна миссис Голдблюм своим отпуском?

Стерлинг пристроил лед на место и поморщился.

Он не видел, как Сен-Жюст сжал кулаки так, что костяшки пальцев побелели.

— Вообще-то она не сказала. Она просто хотела узнать, все ли в порядке, и я сказал ей, что, конечно, да, лучше не бывает, она ведь очень старенькая, Сен-Жюст, и я совсем не хотел ее пугать.

— У тебя доброе сердце, Стерлинг.

Стерлинг откинулся на подушки:

— И совершенно пустая голова. Она вернется завтра вечером. Да, точно. Вторник — это уже завтра.

— Что, прости? Она возвращается в город?

— Она что-то забыла. Какой-то пропуск, что ли. Я плохо расслышал, там в трубке очень шумно было. Музыка, кто-то бубнил, да еще колокольчики звенели. Она хочет с тобой поговорить, Сен-Жюст.

— А я — с ней, — процедил Сен-Жюст. — Я тут собираюсь заказать пару пицц на адрес Мэгги, через час или около того. Почему бы тебе не отдохнуть до тех пор?

Стерлинг вздохнул и улыбнулся:

— Звучит неплохо. Зайдешь за мной?

— Я или кто-нибудь другой, если я буду занят, — пообещал Сен-Жюст и вернулся к Мэгги, чтобы воспользоваться ее телефоном. Он прислушался к гудку. Это было излишне: было слышно, как Мэгги плещется в душе. Сен-Жюст набрал номер и заказал пиццу и сырные палочки, которые Стерлинг обожал. Бедняга, он так растерялся, что даже забыл попросить об этом Сен-Жюста, но Алекс знал: без сырных палочек Стерлингу все будет не в радость.

Затем он опять вышел из квартиры, прихватив фотоальбом и трость, и спустился вниз, в фойе, чтобы встретить Холли Спивак.

Она уже опаздывала. Только в половине восьмого она вошла в здание с большим бежевым пакетом в руках.

— И снова здравствуй. — Она продемонстрировала ему пакет. — Ну, где мы этим займемся?

Сен-Жюст подвел Холли к единственному дивану, обтянутому искусственной кожей. Холли села и похлопала по сиденью.

— На этот раз ты первая. Покажи мне, что ты принесла.

Следующие пятнадцать минут Холли скалилась и шумно ахала, несколько раз даже опустилась до таких выражений, что джентльмен притворился бы, что не слышал их из уст леди.

Алекс и сам увлекся чтением. Он тоже пару раз выругался, однако мысленно, и мужественно воздержался от радостного «ура!», когда нашел в бумагах то, что надеялся найти, то туманное нечто, о существовании которого подозревал, но уверился, лишь обнаружив.

Зияющие прорехи в его обнадеживающей гипотезе стремительно затягивались сами собой, подобно петле аркана.

Наконец Холли закрыла альбом и прижала его к груди:

— Я поимею весь свой канал, Алекс. Где ты его нашел?

Сен-Жюст аккуратно вытащил альбом из ее цепких ручек и спрятал его под пакет.

— А этого, моя дорогая, тебе знать не нужно. Скажу лишь, что копии всех страниц альбома ты получишь в полное свое распоряжение, скажем... в среду. Возможно, даже завтра, но в крайнем случае — в среду.

Она вцепилась в альбом:

— Нет. Нет! Я хочу сейчас. Ты должен отдать его мне прямо *сейчас*.

— Дорогая моя Холли, — он помог ей встать с дивана, — ты только что рассматривала улики, не так ли?

— И еще какие. Тотила надолго загремит за решетку. И еще чертова прорва козлов вместе с ним. Стефано Тиберио, например. Вонючий сукин сын.

— Козлов? — Сен-Жюст недоуменно помотал головой. — Ладно, не объясняй, как-нибудь сам разберусь. Но возвращаясь к альбому: в таком виде он, несомненно, является уликой. Полиция моментально конфискует его, да еще задаст тебе парочку весьма неприятных вопросов.

— И что с того? Я — репортер. Я не обязана раскрывать свои источники. Даже если меня посадят за решетку, я не назову им твоего имени.

— Весьма тебе признателен. Однако если полиция завладеет оригиналом, то несомненно заявит о его содержании, но ничего не опубликует...

Он сделал паузу, чтобы Холли смогла уловить его мысль. И она прекрасно с этим справилась, поскольку была далеко не глупой женщиной.

— И вот тогда-то я и покажу свои копии. Скажу, что получила их по почте, сама не знаю от кого, но намекну, что, скорее всего, от кого-то из копов — и вуаля, никаких проблем, никаких решеток.

Вот оно. Надо остановиться — или идти вперед, зная, что пути назад нет. Но на самом деле выбора тоже нет, никто не будет в безопасности, пока Энрико Тотила и его банду не уберут со сцены.

— Ты доставишь мне намного больше удовольствия, если намекнешь, что получила эти фотографии от самого Энрико Тотила.

— Серьезно? Ха, он будет труп после этого — стучит на своих, договорился с копами. Тотила будет соловьем заливаться, когда я покажу всему свету фотокопии. Ему придется это сделать, чтобы остаться в живых. Не исключено, что он попытается мне отомстить, — впрочем, я его ничуть не боюсь. Боже, Алекс, ты, блин, настоящий *гений*.

— Отбросив ложную скромность, скажу, что ты, по всей вероятности, совершенно права. Итак? Ты довольна?

— Абсолютно. Напомни, когда я получу фотокопии?

— Не позже среды. Мы должны удостовериться, что оригинал в руках у полиции, до того, как ты дашь их в эфир, намекнув, что заполучила их благодаря любезности Энрико Тотила. Надо правильно рассчитать время, согласись.

Холли кивнула и достала из сумочки визитку:

— Вот. Это мой домашний адрес. Пошли их туда. Я не хочу, чтобы на станции узнали о них до того, как я их заполучу. Я перед тобой в долгу, Алекс. То, что я принесла тебе взамен, — сплошной мусор, дрянь.

— Возможно. Ты сохранила копию для себя?

— Умеют ли рыбы плавать? Если ты что-то разузнаешь из этих бумаг, я выясню, что это, и использую. Супер, я буду самой светлой головой на станции. Все, люблю, целую, — она чмокнула его в щеку и выбежала из фойе, цокая высокими каблучками.

Сен-Жюст взял альбом и трость. Далее по плану — Марио.

Мари-Луиза и Змей сидели в глубине зала и ели один большой холодный сэндвич с говядиной на двоих. На столике перед каждым стояло по бутылке содовой.

— При-ивет, Вик, — протянула Мари-Луиза и помахала. — Марио запишет это на твой счет, хорошо?

— Разумеется.

— Ты получил телефон?

— Да. Его нельзя отследить?

— Поговори и потеряй, — ухмыльнулась Мари-Луиза.

— Отлично придумано.

— Да нет, это довольно просто.

— Скромность тебе к лицу. Хорошо. Номера у тебя есть?

Прежде чем ответить, Мари-Луиза прожевала и проглотила кусок сэндвича.

— Змей, отдай ему номера.

Змей полез в карман и достал два мятых обрывка бумаги.

— Дочь Изабеллы, тети Киллера, Аннуциата, которая живет там, где тетя Изабелла жила, пока не окочурилась, взяла его у Кончетты, кузины Тотила, которая живет там, где раньше жила ее бабушка, потому что Аннуциата сказала ей, что босс ее племянника, Маурицио, его наколол, и Маурицио хочет попросить Тотила о любезности. Мол, надо стукнуть пару человек по башке, вроде того.

— Ты меня окончательно запутал, — пожаловался Сен-Жюст, убирая листочки в карман. — Как вы раздобыли второй номер? Я смог достать только адрес.

Мари-Луиза ухмыльнулась, не вынимая сэндвич изо рта:

— Моя работа. Я знакома с одним копом, сечешь? Побазарила с ним за то, что большие шишки живут красиво да вкусно, а копы, которые по-настоящему вкалывают и защищают мирных граждан, получают лишь пули в грудь. Между делом намекнула, что наш парень наверняка живет в хоромах. Ну, он и сказал мне адрес. Осталось только порыться в перекрестном справочнике. До неприличия просто.

— Надеюсь, ты так же просто бросишь это теперь, когда ты заключила контракт и повысила свой социальный статус.

— Я же сказала, что отошла от дел, Вик. Ты сам попросил меня тряхнуть стариной. Как тебе не стыдно?

— Ты права. Я разрушаю то, что хрупко. Мне действительно стыдно. Ладно, ребята, спасибо и до встречи. А — Мари-Луиза?

— Что еще? — Она закатила глаза. — Что опять стряслось, Вик?

Он вытащил из кармана несколько чеков.

— Прогуляйся по магазинам, пожалуйста. Через пару недель наши первые съемки.

— Точно, Мари, прогуляйся по магазинам, — засмеялся Змей. — Может, парни перестанут наконец тебя спрашивать, почем берешь.

— По крайней мере, я не разгуливаю со скрещенными коленками, ты...

Сен-Жюст, улыбаясь, покинул заведение Марио. Но улыбался он недолго.

Слишком мало времени. Как хорошо, что он часто смотрел образовательный канал и фильмы про полицейских.

Выйдя из закусочной, он достал из кармана телефон.

— *Резиденция Деттмера. Представьтесь, пожалуйста.*

— *Алекс Блейкли желает поговорить с окружным прокурором Деттмером. Это касается нашей с ним встречи сегодня утром.*

— *Я не думаю...*

— *Какая прелесть. И вам за это платят? Чтобы вы не думали? Будьте добры, назовите вышеуказанному джентльмену мое имя. Я подожду.*

Сен-Жюст бродил перед домом, вежливо кивая прохожим — большинство его игнорировало. Как все-таки прекрасен Нью-Йорк!

— *Блейкли? Это Деттмер. Ты вытащил меня из-за обеденного стола. Как ты умудрился раздобыть этот номер?*

— И вам доброго вечера, друг мой. Не буду вас задерживать. Я лишь хотел поинтересоваться, не изменилось ли ваше отношение и не заинтересованы ли вы теперь в моем предложении.

— Фотографии Тотила.

— Именно. Они сейчас у меня, и я с удовольствием встретился бы с вами, чтобы подарить их вам в обмен на, как бы это сказать, более цивилизованное обращение с миссис Толанд-Джеймс.

— Никаких сделок. Она виновна и понесет наказание по закону. Можно подумать, мы не знаем, где она сейчас. Черта с два мы не знаем. Боксер останется без лицензии. Я непременно поставлю этот вопрос перед советом.

— Вы сказали «Боксер»? Впервые слышу это имя.

— Вздор. И хватит дурить мне голову этими твоими фотографиями. Подделка. Всего лишь дрянная подделка.

— Да ну? Вы так из кожи вон лезете, чтобы арестовать миссис Толанд-Джеймс, что даже не пытаетесь воспользоваться шансом? У меня автоматически возникает вопрос, Деттмер: почему вы так страстно желаете посадить ее под замок и запереть на ключ?

Деттмер бросил трубку.

— Вот теперь я уверен, — сказал сам себе Сен-Жюст и криво улыбнулся.

Он набрал второй номер.

Этот разговор занял больше времени. Когда он закончился и встреча была назначена, Сен-Жюст дошел до угла, перешел улицу, прошел добрых три квартала на юг и еще три на запад, прежде чем остановился.

Он шваркнул телефон об землю, раздавил каблуком и бросил останки в здоровенный мусорный бак. Лишь затем он поймал такси, доехал до ближайшего копировального центра и вернулся к дому Мэгги как раз в тот момент, когда фургон пиццерии съезжал с обочины.

Все-таки главное — правильно все распланировать.

А Сен-Жюст всегда все делал вовремя.

— Сен-Жюст, а вот и ты. — Стерлинг как раз поднес ко рту кусок пиццы.

— Стерлинг, Мэгги, мне принести салфетки с кухни, или вы воображаете, что сидите за обеденным столом?

— Ну нет, Алекс, — Мэгги искусно подобрала языком нитку сыра. — Так просто ты меня не собьешь. Где ты был?

— Встречался с волшебником? — предположил он, вспомнив предыдущие посиделки за пиццей и просмотром «Волшебника из страны Оз»: Мэгги рассказывала сюжет, а Носокс подпевал Джуди Гарланд.

— Тогда уж скорее с ведьмой. Ты же с Холли Спивак встречался?

— Да, с ней.

— Ты взял с собой альбом.

— Верно подмечено. А ты заметила, что я

принес его обратно? Я думал, он мне еще понадобится сегодня вечером, но, похоже, вечеринка не задалась. Да, если тебе интересно, я снял копии со всех фотографий для Холли Спивак, и ты можешь позвонить нашему доброму *лев*-тенанту и сообщить ему, что, хвала всем богам, мы нашли это за холодильником миссис Голдблюм. Он может отнести альбом своим начальникам, чтобы они погладили его по тому предмету, который они, несомненно, считают его светлой головой.

— Не пытайся посадить Стива в калошу. Садись и ешь. Так что сказала Спивак? Ей понравился твой план? Уверена, что понравился.

— Да, она увидела в нем рациональное зерно. — Сен-Жюст выбрал кусок пиццы и немного подержал его над коробкой, дожидаясь, пока стечет масло. — Стерлинг уже сообщил тебе о своем разговоре с миссис Голдблюм?

Подождав, пока Мэгги закончит давиться, Сен-Жюст рассказал ей о звонке, надеясь, что она знает, о каком «пропуске» шла речь.

— Да, да, конечно, я нашла его в платяном шкафу. — Мэгги направилась к рабочему столу. — Где же он? — Она принялась рыться в перманентном бардаке, который составлял ее уголок писательского мира. — Ага, нашла. Ее паспорт, Алекс. Она вернется за своим паспортом. Она не может без него уехать из страны.

Алекс взял паспорт и пролистал его, мужественно не вздрогнув при виде фотографии, за которую, по правде говоря, миссис Голдблюм следовало бы вызвать фотографа на дуэль.

— Кроме того, она хочет со мной поговорить. — Он вернул паспорт Мэгги. Та вытерла руку о шорты и сунула паспорт в карман.

— Может, она хочет продать тебе свою квартиру? Мы же теперь знаем, что она принадлежит ей. Но ты не можешь себе этого позволить. Я тоже не могу, так что даже и не спрашивай.

— Даже в качестве выгодного вложения капитала? — спросил Сен-Жюст, чтобы полюбоваться, как глаза Мэгги позеленели от злости.

— Забудь об этом. Хотя... — Она закусила губу. — Это всяко лучше, чем альтернативный вариант.

— А я знаю, что за альтернативный вариант! Это чтобы мы перебрались обратно к тебе, да? — спросил Стерлинг, но тут же поник. — Прости, Сен-Жюст. Я на секунду забылся.

Мэгги хихикнула.

— Все в порядке, Стерлинг. Но давайте все-таки вернемся к миссис Голдблюм. Если верить Стерлингу, она свалится нам на голову завтра вечером.

— Знаешь, чего я не понимаю? — спросила Мэгги, размахивая куском пиццы. — Если миссис Г. шантажирует Тотила, то зачем ей для этого ездить за границу? Если, конечно, эти поездки как-то связаны с шантажом. К чему все эти открытки? И какого черта она возвращается сейчас, когда Тотила узнал, что это она его шантажировала? Она же понимает, что опасность еще не миновала.

— Может, и не понимает, но, повторюсь, мы все прекрасно осведомлены, как опасно делать беспочвенные выводы.

— Не думаю, что у нас есть выбор, — сказала Мэгги. — По крайней мере, до ее приезда. У меня полно вопросов к этой женщине. Пожалуй, надо составить список.

— Полностью с тобой согласен. Больше всего меня интересует, где она ошиблась, как Тотила раскрыл ее. Конечно, в этом деле еще далеко не все ясно, но пора заняться и другими.

— Другие дела — это Берни?

— Именно.

— Ты по-прежнему не хочешь рассказать мне, что задумал?

Сен-Жюст встал, вытащил из бежевого конверта пачку бумаг, в том числе фотоальбом и фотокопии, и бросил их на диван.

— Почитай это перед сном, моя дорогая. Завтра мы вернемся к этому разговору. А я немного прогуляюсь, подышу свежим ночным воздухом, так мне лучше думается. Стерлинг, тебе тоже пора баиньки.

— Но ведь всего половина девятого, Сен-Жюст. Не рано ли ложиться спать?

Сен-Жюст посмотрел на Мэгги, которая отчаянно зевала, прикрывая рот ладошкой и не отрывая взгляд от конверта.

— Ну, как хотите. Я скоро вернусь, Стерлинг, но у меня есть ключ, так что не жди меня.

Он взял свою трость, похлопал по карману, проверяя, не забыл ли чего, открыл дверь и остановился, глядя на Стерлинга и Мэгги. С ними обоими все будет в порядке. Они в безопасности. Отныне и навсегда.

Он, Александр Блейк, виконт Сен-Жюст, об этом позаботится.

Глава 19

Мэгги открыла глаза и перевернулась на бок, чтобы посмотреть на часы.

— Всего семь утра? А должно быть никак не меньше десяти.

Она сбросила одеяло и поплелась в ванную. Состроила рожу своему отражению в зеркале, разделась и пять минут стояла под душем, прежде чем нашла в себе силы толком помыться.

Почистить зубы. Причесаться (неудачно). Чистое белье, джинсы, футболка.

Можно идти.

Бекон и яйца. Неплохо. К тому же Стерлинг заслужил хороший завтрак. А Алекс? Ладно, пусть тоже поест.

Она поджарила бекон и омлет, выложила их на одну тарелку и накрыла сверху другой, чтобы не остыли, засунула два куска белого хлеба в тостер и босиком зашлепала через гостиную в холл.

— Алекс? — Он стоял к ней спиной и засовывал ключ в замок.

— Доброе утро, Мэгги. — Он медленно повернулся к ней — подмышкой утренняя газета и неизменная трость. Вопросительно выгнул бровь. — Ты сегодня причесывалась граблями?

Мэгги запустила пальцы в еще влажную шевелюру.

— Ну, укуси меня, — она подошла ближе и недоверчиво оглядела Алекса. — Ты небрит. По-моему, на тебе вчерашняя одежда.

— Увы, да. Я уснул ночью на диване и решил, не приводя себя в порядок, спуститься к Марио, выпить чаю. Мне очень стыдно.

На ее взгляд, ему очень шла утренняя щетина, но она ни за что ему об этом не скажет.

— Я поджарила бекон и яйца и как раз собиралась позвать тебя и Стерлинга. Главным образом, Стерлинга, — добавила она, потому что Алекс выглядел до неприличия привлекательно даже в таком помятом виде. Она легко представила себе, как просыпается рядом с ним, видит его голову на соседней подушке, его медленную, сонную улыбку. — Ты будешь есть или нет?

— Разве я могу отказаться от столь любезного предложения? Пойду посмотрю, не проснулся ли Стерлинг.

Мэгги прошла вслед за ним в его квартиру и выхватила у него газету.

— А до того как ты отправился к Марио, он еще не проснулся?

— Боже, как много вопросов. Но всего один ответ: я не знаю. Эта квартира просто огромная, знаешь ли, гораздо больше, чем твоя, — может, он уже встал, а я не услышал.

— Не надо так нервничать, — съязвила Мэгги, — а я-то думала, что это я не выспалась.

— Ты действительно не выспалась, — ухмыльнулся Алекс. — А сейчас прошу меня простить, я должен удалиться на пару минут, чтобы умыться ледяной водой и почистить зубы. Доброе утро, Стерлинг.

— Привет, Сен-Жюст. — Стерлинг вошел в гостиную. Левая сторона его лица и особенно область вокруг глаза живописно переливалась всеми оттенками фиолетового, красного и желтого. — Доброе утро, Мэгги.

— Стерлинг, — Мэгги склонила голову набок, — синяк еще болит? Выглядит просто ужасно. Я приготовила тебе завтрак, солнышко.

— Спасибо, Мэгги. — Они подождали Алекса и все вместе отправились к Мэгги.

Стерлинг и Сен-Жюст сидели за столом, а Мэгги накрывала им завтрак, чувствуя себя необычайно хозяйственной. Впрочем, к моменту мытья посуды это чувство, наверное, испарится.

— Ты прочитала информацию, которую нам предоставила мисс Спивак, Мэгги? — спросил Алекс. Он промокнул губы полотняной салфеткой (бумажных он категорически не признавал), затем аккуратно сложил ее и оставил на столе.

— Частично. Я прочитала биографии Деттмера и Бадди. Ну и что? Какая между ними связь?

— Ты будешь есть этот последний тост, Сен-Жюст?

— Нет, Стерлинг, съешь его сам, благословляю тебя. Прочитай целиком, Мэгги. Думаю, ты поймешь.

— Давай, Мэгги, я сам все приберу, — предложил Стерлинг, и Мэгги не заставила себя упрашивать.

— Я оставила бумаги в спальне, — сказала она Алексу, — сиди, я сейчас принесу.

Когда она вернулась в гостиную, Алекс с комфортом расположился перед ее компьютером, по-видимому, опять удаляя спам. Почему-то ее умиляло, что он старается защитить ее от информации, не подходящей, по его мнению, для глаз благородной леди.

— Прекрати это, — приказала она, потому что он этого ждал, села на диван, нацепила очки для чтения и вытащила все из конверта. — И что я тут ищу?

— Ты правда хочешь, чтобы я подсказал? Но это же неспортивно.

— У меня неспортивное настроение.

— Ладно, — Алекс сел на диван напротив, — как ты знаешь, я вчера утром нанес визит окружному прокурору Деттмеру. Хотя погоди, ты, кажется, не знаешь.

— Теперь знаю, — сказала Мэгги. — Зачем ты к нему ходил?

— Как проситель. Я надеялся воззвать к его лучшим чувствам, чтобы он стал менее... агрессивен в своем преследовании Бернис.

— Очень мило. Тебе здорово повезло, что он тебя не арестовал.

Алекс принялся усердно разглядывать свои ногти.

— Да, мне уже говорили. Во всяком случае, когда я был у него в кабинете...

— Ты пробился к нему в кабинет? Ух ты! Ладно, извини, что перебила. Продолжай.

— Спасибо. Так вот, когда я был у него в кабинете — кстати, этот грубиян даже не предложил мне кофе, — я заметил у него на полке семейную фотографию. У него есть жена и двое детей. Мальчик и девочка, подростки.

Мэгги сузила глаза и потрясла головой.

— И что?

— Они сняты в весьма... я бы сказал, непритязательной обстановке. Очень похожей на дом Бернис в Коннектикуте.

— Ранний американский стиль, — понимающе кивнула Мэгги.

— Определенно не современный, — согласился Алекс, и Мэгги еле удержалась от улыбки. — Кроме того, за спиной у них большое окно, в которое виден пляж и океан.

— То есть они были в отпуске. Все равно не понимаю.

— Деттмеру не слишком понравилось, что я стал разглядывать фотографию, — возможно, ему вообще мало что нравится. Но он согласился, что пляж — это часть фотографии.

— Давай уже колись, или я полезу за сигаретами и это будет целиком твоя вина.

— Пляж, Мэгги. Мы совсем недавно видели такой же, ты и я. Как по-твоему, я верю в совпадения?

— Между нами и Коннектикутом настоящая прорва пляжей, Алекс.

— Верно. Именно поэтому я и попросил Холли Спивак собрать информацию по нашему другу Деттмеру.

— И Бадди.

— И Бадди, — согласился Алекс. — Ну что, будешь читать бумаги, или мне просто сказать, что я нашел в них?

— А можно я попробую угадать? Пляж за спиной у Деттмера и его семьи находится в Коннектикуте?

— Верно. Деттмер давно не живет со своей женой, но до сих пор не развелся — может, из-за политической карьеры, может, из-за природной лени. Это во-первых. Во-вторых, до того как Деттмер переехал на Манхэттен и занялся политикой, он работал прокурором у себя дома. В Коннектикуте. Его жена и дети до сих пор живут там.

Мэгги машинально полезла за сигаретами.

— Где именно в Коннектикуте? В том же городке, что и Берни с Бадди? Но Берни об этом никогда не говорила.

— Бернис никогда не утруждала себя встречами с соседями.

— Верно, — нахмурилась она. — Деттмер — прокурор округа последние лет десять, так?

— Он уехал из Коннектикута пятнадцать лет назад, задолго до исчезновения Бадди. Я должен признать, что его политическая звезда взошла весьма быстро. Если ты читала отчет Холли, то, наверное, заметила, что его очень хорошо финансировали на выборах.

— Я должна это записать, — Мэгги схватила ручку и нацарапала что-то на конверте. — Отлично. Итак, Деттмер и Бадди жили в одном городке в Коннектикуте. Деттмер уехал оттуда пятнадцать лет назад. Бадди исчез семь лет назад. — Она посмотрела на свои заметки. — Ерунда какая-то. Все равно не понимаю. Ну жили они когда-то в одном городе. Ну и что с того?

Алекс скрестил длинные ноги.

— Они не просто жили в одном городе. Они оба увлекались яхтами — собственно говоря, они ходили в один и тот же парусный клуб. На последней странице, Мэгги, написано, что они часто ходили в море вместе, как одна команда, вместе выигрывали соревнования. Они были настоящими друзьями, друзьями на всю жизнь.

Мэгги пролистала бумаги.

— Так почему он этого не сказал, когда распинался перед Холли Спивак? Он легко мог обратить это в свою пользу. Что он скрывает?

— Дорогая, ты все поняла намного быстрее, чем я ожидал. В этом-то и состоит проблема. Он что-то скрывает, но я не знаю, что именно. Честно говоря, я обещал отдать ему фотографии, если он перестанет чернить репутацию Бернис в СМИ, но он отказался.

Мэгги выпрямилась:

— Ты обещал *ему* альбом? Боже, Алекс, а кому ты его *не* обещал? Мы могли бы выставить его на торги и сорвать изрядный куш!

— Ты свяжешься с Венделлом сегодня утром?

— Да. Знаешь, я жду не дождусь, когда он станет счастливым обладателем этой штуки. Как только альбом окажется у полиции, Тотила и его банда перестанут нам докучать. Они, конечно, разозлятся, но уже не вернутся в наш дом. Так ведь?

Алекс подошел к столу и взял пакеты, перевязанные розовыми лентами.

— По-моему, ты так и не открыла подарки Венеры.

— Что? Ах да. А что, надо? Я бы лучше подумала про Деттмера и Бадди.

— Как хочешь. Тогда, если позволишь, я пойду умоюсь и переоденусь.

— Да-да, конечно, — рассеянно произнесла Мэгги, проглядывая страницу за страницей.

Час спустя она занималась все тем же, когда позвонил Носокс и сказал, что Дж. П. ждет внизу.

— Замечательно денек начинается, — вздохнула Мэгги, велела пропустить ее наверх и вышла в холл.

— Есть какие-то новости от Берни? — спросила Мэгги, едва открылся лифт. За широкой спиной Дж. П. она заметила Стива. — О, привет.

— И тебе привет. — Стив поцеловал ее в губы. — Мм-м, как вкусно.

— Это все бекон, — улыбнулась Мэгги. Какой он все-таки хороший, добрый и милый. Так *не похож* на Алекса. Как просто все было бы, если бы Стив привлекал ее хотя бы вполовину так сильно, как опасный — да, именно опасный — уже не воображаемый герой ее грез.

— Начну с главного, — сообщила Дж. П. — Берни в порядке. На самом деле она настолько в порядке, что ей даже разрешили сделать личный телефонный звонок. Но только один, поэтому я здесь — я выпросила отсрочку в суде по тому делу, которое сейчас веду. Так вот, вы поговорите с ней, я поговорю с ней, все, кто захочет, поговорят с ней, и она снова будет отрезана от мира — еще на неделю. Годится?

Мэгги смахнула непрошеную слезу.

— Это так мило с вашей стороны, Дж. П., что вы подумали о нас. Когда она позвонит?

Дж. П. бросила взгляд на свои мужские часы:

— Уже вот-вот. Что это за бумаги? Это насчет Берни?

Мэгги посмотрела на ворох бумаг на диване.

— Ну... может быть. Мы не уверены.

— Мы — это твой дружок-англичанин? Кстати, а где он?

— Он живет в квартире напротив и скоро придет.

Стив принялся просматривать бумаги, а Мэгги разрывалась между радостью от того, что он ими заинтересовался, и желанием их у него отнять. Глупость какая. Он же на их стороне.

Дело в том, что она хотела сама раскрыть преступление, распутать клубок противоречий, оправдать Берни. Вместе с Алексом, конечно. Он ведь уже обнаружил связь между Деттмером и Бадди.

В надежде отвлечь Стива, она произнесла:

— О боже, совсем забыла. Стив, мы нашли то, за чем охотился Тотила!

Что ж, это сработало. Он отложил бумаги.

— Что это? Где оно?

Мэгги сходила за фотоальбомом и бросила его на колени Стиву.

— Об отпечатках пальцев можешь не беспокоиться. Думаю, на нем есть пальчики половины Манхэттена.

— Что?

— Нет, ничего. — Она смотрела, как он листает альбом. — Алекс нашел его за холодильником миссис Голдблюм. — Она решила притвориться дурочкой, это показалось ей безопаснее всего. — Как по-твоему, это важные фотографии?

— Важные? Это... это... я должен отнести это в ФБР. Мэгги, Дж. П., я хотел сообщить Алексу, что должен прислать сюда людей для обыска, но это... мне пора. — Он крепко сжал альбом. — Круто. То есть *круто*. Спасибо. — Он схватил Мэгги и крепко поцеловал в губы. — Мне надо идти.

— Он мне всегда нравился, — заявила Дж. П., как только Стив захлопнул за собой дверь. — Совсем не строит из себя крутого. Это стоит ему продвижения по карьерной лестнице, зато он один из лучших. Кстати, что это было, детка?

— Ничего особенного. — Мэгги взяла свою коробку. — Думаю, самое время это открыть.

— Думаю, самое время мне перестать лезть

в чужие дела. — Дж. П. хлопнула себя по коленям.

— Ой, простите... — Мэгги села на место. — Это просто... ну, у меня... у меня есть знакомая. Да, знакомая, и она постоянно дарит мне дорогие подарки, даже когда я прошу ее этого не делать.

— Мне бы твои проблемы. Открывай.

Мэгги вздохнула, сняла розовую ленту и содрала обертку. В пакете оказались два листка бумаги, один — маленький и надушенный, другой — плотный, формата А4.

Она начала с большого листка:

— Невероятно. Кажется, она подарила мне акции. Зачем она подарила мне акции?

Дж. П. выхватила у нее листок и присвистнула сквозь зубы.

— Пятьсот акций «Джонсон и Джонсон»? Интересные у тебя друзья, Солнышко.

— Дорого они стоят?

— Достаточно. Что в записке говорится?

Мэгги поборола безрассудное желание поправить Дж. П.: в записке ничего не *говорилось*, Вера в ней что-то написала. Но ей удалось подавить своего внутреннего писателя и не произнести это вслух.

— Еще чуть-чуть завитушек, и никто не сможет это прочитать. — Она сощурилась на затейливый почерк Венеры и нацепила очки. — По крайней мере, она не понаставила сердечек вместо черточек над й. Я должна быть благодарна за этот маленький знак внимания.

— Она знает, что ты ее терпеть не можешь? — спросила Дж. П. — Если она ищет новую подругу, то...

Но Мэгги ее не слушала. Она читала и злилась.

— Поверить не могу. Я просто *поверить* не могу. «Дорогая Мэгги, это на тот случай, если твоя писанина закончится ничем, чтобы тебе не пришлось искать вторую работу. Ха-ха. С любовью, Венера». Боже, как я *ненавижу* эту женщину. Она не может сделать ничего хорошего, не подлив в него добрую ложку дегтя. Вторую работу, моя сладкая...

Она закрыла рот и моргнула. Вторую работу? Что-то знакомое. Но почему знакомое?

— Что-то не так, Солнышко? — спросила Дж. П., протягивая руку к вазочке с драже «M&M», перманентно обосновавшейся на рабочем столе у Мэгги.

— Не знаю, — Мэгги перечитала записку. — Вторая работа. Вторая работа... не трогайте синие, я их оставляю напоследок.

— А я-то еще беспокоилась насчет своей любви к оранжевым ботинкам, — съязвила Дж. П. — Так что? Что там со второй работой?

Мэгги скомкала записку Венеры, встала и принялась ходить туда-сюда.

— Вторая работа, вторая работа. Если ты мало зарабатываешь, надо найти вторую работу. Левый заработок. Нет, не левый, просто вторую работу. Если тебе нужны деньги. Если ты не можешь заработать их у себя на работе, ты должен найти вторую работу...

— Блестящая работа мысли. — Дж. П. отправила в рот очередную порцию конфет. — Ты уже вступила в «Менсу»?[*] Они чудаков любят.

— Тсс! — отмахнулась Мэгги. — Вторая работа, вторая работа. Есть! Я поняла! Сейчас вернусь.

Алекс был в спальне, все еще обнаженный до пояса. Мускулистые, сильные плечи и руки, идеальный пресс. Так бы и съела или хотя бы изнасиловала, и она уже почти совсем твердо решила включить этот пункт в свои планы на ближайшее время.

— До меня дошло, Алекс, до меня дошло!

— Мои поздравления. — Он вынул из шкафа темно-синий шелковый пуловер, натянул его и еще раз пригладил волосы. — Хочешь поделиться?

— Бадди. У него была вторая работа. — Мэгги опять принялась мерить шагами комнату. — Я помню, Берни говорила, что не хочет смешивать — так это называется, да? — не хочет смешивать их доходы. Он продавал страховки. Бадди продавал страховки. Но ему нужна была вторая работа. Например, чтобы содержать лодку. Особенно потому, что Берни не интересовалась лодками и ему не помогала.

Алекс потер лоб:

---

[*] «М е н с а» — международная организация, объединяющая людей с высоким уровнем интеллекта. Членом «Менсы» можно стать, имея коэффициент интеллекта свыше 140.

— Прости, но я не знаю, что из этого следует.

— Вот и хорошо. Потому что я знаю. Готова поспорить, что Бадди работал на Деттмера в свободное время.

— Помогал ему вести адвокатскую практику?

— Может, занимался бумажной работой, рылся в архивах. Не знаю. Смотри: Бадди работал на Деттмера и что-то нашел... нет, я по-прежнему думаю про шантаж. Почему я все время все свожу к шантажу?

— Может, потому, что предыдущий владелец этой квартиры зарабатывал им на жизнь?

— Да, точно, — Мэгги присела на краешек его кровати, — это звучит так *правильно*. Берни... о боже, Берни позвонит с минуты на минуту, пойдем.

Дж. П. разговаривала по телефону и махнула им рукой, призывая к тишине.

— Конечно, Рыжая. Да, я тебе скажу, если узнаю. Оставайся на месте, пока можешь. Я легко могу выпросить для тебя еще неделю-полторы. А вот и твои друзья.

Мэгги схватила телефонную трубку:

— Берни? Как ты?

— Очень хочется пить, — ответила Берни, и Мэгги ухмыльнулась.

— Но все в порядке?

— Все просто отлично. Я не могу рассказать тебе, кто еще тут лечится, но думаю, что в «Рэндом-Хаусе» будут рвать и метать, когда у одного из авторов закончится срок контракта. Дж. П. говорит, что я могу остаться.

— Я знаю. Мы с Алексом и Стивом рыщем в поисках настоящего убийцы, так что можешь оставаться там... сколько тебе потребуется.

— Вы прямо как три мушкетера. Мне не о чем волноваться. Слушай, Мэгги, это общественный телефон, веришь или нет — я вот не могу поверить, учитывая, сколько мне стоит пребывание здесь, — но все пользуются одним и тем же телефоном. Тут очередь, так что мне пора.

— Хорошо, — Мэгги обеими руками вцепилась в телефонную трубку. — Я скучаю по тебе. Стой, погоди, не вешай трубку. Бадди, Берни. Ты говорила, что ему пришлось найти себе вторую работу, помнишь? Какую?

— А что?

— Неважно. Мы просто... просто собираем информацию. Ты помнишь, что за работу он себе нашел? Может, он работал на Деттмера?

— На кого? Эй, синеглазый, я ничего не слышу. Спасибо. Ох, Мэгги, подчас я чувствую себя здесь как в тюрьме. Но я справлюсь.

— Я знаю, что ты справишься, солнышко. Ты настоящий кремень. Послушай. Деттмер. Окружной прокурор. Он жил в Коннектикуте. Ты там с ним не встречалась?

— Нет. *Там* я старалась ни с кем не встречаться. Толпа уже проявляет нетерпение, Мэгги, я должна освободить телефон.

— Работа, Берни. Какую работу нашел Бадди?

— Налоговый инспектор. Ты представляешь? Ну все, пока.

Мэгги выключила телефон и бросила его на диван.

— Ну? — спросил ее Алекс.

— Он работал налоговым инспектором. — Она посмотрела на Алекса. — Что такого может натворить налоговый инспектор, что заставит его сымитировать смерть? Из-за чего его могут убить?

Дж. П. фыркнула:

— Что угодно, Солнышко, перечислить? Например, три года закрывать глаза на неуплату налогов за энную сумму наличными. Прикарманивать часть собранных денег, подделывать счета. Ну и, конечно, традиционно популярный шантаж.

Мэгги резко подняла голову:

— Шантаж?

— Конечно. Садись, и я тебе кое-что расскажу.

Мэгги села, Алекс устроился рядом. Она схватила его за руку и ничего не сказала, даже когда Дж. П. цапнула из вазочки синее драже «M&M».

— В общем, представь, что ты — налоговый инспектор в маленьком городишке. Долгие годы это ничего не значит. Частичная занятость, скромная зарплата, работаешь всего раз или два в год, крупными делами не ворочаешь. Никто тебя даже не ненавидит за то, что ты налоговый инспектор. Но потом федеральное правительство начинает сокращать налоги.

— Но федеральное правительство не устанавливает местные сборы, налог на собственность и все такое прочее, — озадаченно произнесла Мэгги.

— Помолчи, детка. Конечно, не устанавливает. Федеральное правительство сокращает налоги. Это единственный надежный способ выиграть выборы. Но — в нашем случае это очень важное «но» — низкие федеральные налоги означают, что непосредственно штатам перепадает меньше федеральных денег. Взамен они получают ничем не обеспеченные распоряжения.

— Я понимаю, о чем ты, — перебила Мэгги. — Федеральное правительство рисуется, разглагольствует о доступной медицине, образовании, экологии и прочих благах, подписывает все эти указы, но не дает штатам денег на их выполнение. В общем, много хороших и благородных слов, но баксов — шиш. Зато президент и конгресс могут приколоть себе еще по одной медальке.

— И уйма штрафов, если штаты откажутся следовать этим предписаниям. Итак, что дальше? У штатов все меньше денег, верно? Это значит, что города, городки и городишки получают все меньше поддержки от государства.

— И местные сборы начинают расти, — медленно произнесла Мэгги. Ей казалось, что она вот-вот поймет что-то очень важное.

— Как и налоги штата, верно. Но штаты не задирают налоги чересчур высоко, это чревато потерей рабочего места в день выборов. Поэтому они в основном рассылают полезные советы насчет того, как городкам заработать денег и покрыть дефицит бюджета. Новые сборы, повышение сборов, новые виды налогов. Целая куча новых налогов и сборов. И в чем вся прелесть? Когда налогоплательщик осознает, что он разорен, концов уже не найти, федеральное правительство и правительство штата тут вроде как ни при чем. На выходе мы получаем кучу раздосадованных, но неорганизованных налогоплательщиков без малейшего политического влияния. У них полно проблем из-за всех этих новых налогов и сборов, но они уже ничего не могут поделать, и никак не могут повлиять на результат выборов. Это все равно как если бы тебя до смерти защипали утки, и с каждым годом все тяжелее. Так что при словах «сокращение налогов» покрепче держи бумажник. При этом обещанные программы занятости молодежи, пенсии для пожилых, помощь неимущим, образование, чистые вода и воздух и так далее лучше не становятся, только хуже.

Алекс крепко сжал руку Мэгги, затем отпустил и встал.

— Поправь меня, если я ошибаюсь, но, по-моему, это ее конек.

— Ладно, ладно, порой меня заносит. Видимо, душа болит.

— Я был бы очень рад, если бы ты согласилась поделиться секретами своего красноречия с одним небольшим предприятием, за которым я сейчас приглядываю.

— Боже мой! — Мэгги закатила глаза. — Давайте все-таки вернемся к нашим баранам.

Дж. П. подняла руки:

— Так вот, на местном уровне полно таких вот «утиных» налогов, а также новых постановлений. И во многих городках налоговый инспектор имеет право расследовать деятельность любой фирмы. Причем ни повод, ни формальное согласие налогоплательщика или владельца фирмы не требуется. Он может ходить где угодно, рассматривать что угодно — инструменты, оборудование, все бухгалтерские книги.

— Без повода? — Алекс снова сел.

— Совершенно без повода. И это очень часто происходит. Я с этим столкнулась, когда практиковала за пределами штата. Выдержала, кстати, всего год и вернулась обратно в Нью-Йорк. Тут, по крайней мере, можно враждовать в открытую. Так вот, городок ввел новый налог, но никто о нем на самом деле не знал. Мой клиент переехал в этот городок, открыл магазин, уплатил все налоги, которые, по его мнению, должен был уплатить, и только через десять лет обнаружил, что забыл уплатить этот самый новый налог. Налог хоть и «утиный», но если собрать кучу уток, вместе они сумеют отщипнуть преизрядный кусок.

— Незнание закона не освобождает от его выполнения, — произнесла Мэгги. — Всегда считала, что это очень глупо. То есть одно дело, если вы *хотели* сделать что-то противозаконное — это одно, но если вы просто не знали? В конце концов, закон в таких случаях мог бы и делать поблажки.

— Давай потом к этому вернемся, хорошо? Ограничимся пока одним поводом для возмущения. В общем, он честно платил все остальные налоги. Налоговый инспектор знал, что он не платит «утиный налог», но молчал, молчал долгих десять лет. А потом на него набросился.

— Как это?

— Потребовал отчетность за последние десять лет. Это была настоящая охота. Я читала постановление. Мой клиент даже не мог ходатайствовать о его отмене. Налоговый инспектор имел право делать все, что угодно, без ограничений. А потом он предъявил моему клиенту счет. Налоги за десять лет, штраф за неуплату, плюс ежемесячные проценты, ежемесячные взыскания — не забудьте помножить их на десять лет, — плюс реальная угроза провести изрядное время за решеткой. Мой клиент до смерти перепугался. Город нанял частного аудитора, который мог, как по приказу налогового инспектора, так и по собственной инициативе — хорошенько запомните это, а уж потом беспокойтесь о нашем правительстве, — проверить отчетность моего клиента хоть до сотворения мира. Налоговое управление — просто сосунки по сравнению с тем, на что способны эти парни.

— Прошу прощения, — произнесла Мэгги, — речь по-прежнему идет об Америке?

— Сама наивность. Это все законно, вот что плохо. Но хуже всего, когда аудитор и сборщик налогов договариваются и принимаются пугать проверкой всех вокруг. Единственный способ от них спастись — дать им на лапу. Закон на их стороне, а жадность довершает остальное.

— Шантаж, — произнесла Мэгги. — Я так и знала. Я с самого начала это знала. Бадди наверняка шантажировал половину города, и кто-то из них напугал его так, что он притворился мертвым. Потом он вернулся, его увидели, и кто-то из них его убил. Боже, я *гениальна*.

— Конечно, моя дорогая. Эта теория весьма привлекательна, и я уверен, что она весьма похожа на мотив интересующего нас преступления. И мы даже знаем, кто убил Бадди, не так ли? Осталось только узнать, *как*. Может, нам следует объединить усилия?

Дж. П. подмигнула Сен-Жюсту:

— Знаешь, красавчик, это лучшее предложение, что я получала за последний месяц.

Глава 20

Пресс-конференцию назначили на три часа на крыльце здания, где располагался офис окружного прокурора.

Сен-Жюст провел Мэгги через небольшую толпу журналистов и простых зевак прямо к Холли, которая вместе с оператором выверяла ракурсы съемки.

— Добрый день, моя дорогая, как это мило с твоей стороны встретить нас здесь, — произнес он. — Прекрасная погода, не правда ли? На небе ни одной тучки. Твой цвет лица прекрасно смотрится в солнечном свете.

— Алекс! — Холли обернулась и крепко обняла его. — Надеюсь, ты их послал? — прошептала она.

Доставить фотокопии привратнику Холли должен был актер, друг Носокса, — здоровенный, похожий на итальянца парень, который зарабатывал на жизнь, целыми днями нарезая филе из камбалы в рыбном магазине, — на тот случай, если кто-то поинтересуется внешностью посыльного.

— Да, все идет по плану. Однако, увы, я должен попросить тебя еще об одной любезности.

— Все, что скажешь, красавчик. Я же говорила, что за мной должок. Может, даже не один, но не тяни. Ты же знаешь, у меня намечается очень серьезное дело. Сегодня обо мне узнает весь Нью-Йорк, завтра — вся нация, послезавтра — весь мир. — Она еще раз сжала его в объятиях. — Я так тебя люблю!

— Прошу прощения, — обратилась Мэгги к оператору, — у вас случайно нет гигиенического пакета? Меня вот-вот стошнит.

— Мэгги, веди себя прилично, — попросил Сен-Жюст. К ним присоединился Венделл. — *Лев*-тенант, мое почтение. Спасибо, что сообщил нам о звездном часе Деттмера. Хотя я почему-то думал, что ты должен стоять на трибуне рядом с нашим глубокоуважаемым окружным прокурором, дабы разделить с ним всю славу.

Венделл поскреб щеку:

— Очень сомневаюсь, что ты так думал. Большой Босс решил присвоить все заслуги. Только не рассказывай мне, как по-дурацки я распорядился альбомом.

— Политика, — сочувственно кивнула Холли Спивак. — Она повсюду. А что ты сделал, кстати? Я правильно понимаю, что ты участвовал в этом деле?

Сен-Жюст взял Холли за локоть и отвел в сторонку:

— Я думаю, наш добрый *лев*-тенант предпочел бы умолчать о своем участии в этом деле, равно как и я.

— Но...

— Кстати, что до обещанной любезности, дорогая. — Он вытащил из кармана лист бумаги и вложил его в руку Холли. — Когда Деттмер разрешит задавать ему вопросы, задай ему этот. А потом сразу же второй и наверняка третий. Обычно я собираю всех подозреваемых в одном месте, чтобы сообщить имя убийцы, но на этот раз сойдет и так.

— Э-ээ? — Холли попыталась развернуть листок, но Сен-Жюст сжал ей руку.

— Только когда наступит нужный момент.

— Если бы это был не ты...

— Но это же я, не так ли? Спасибо, моя дорогая.

Их внимание привлек визг микрофона. Краснолицый Деттмер вышел на широкую мраморную лестницу в окружении четырех офицеров в парадной форме. Холли убежала на место.

— Добрый день, — произнес Деттмер, практически касаясь губами микрофона, отчего тот опять захрипел и засипел, пока прокурор не отступил, улыбаясь аудитории.

Он достал из нагрудного кармана костюма шпаргалку, эффектно встряхнул ее, разворачивая, и принялся читать:

— Я здесь, чтобы объявить о большом прорыве в напряженной борьбе моей администрации с организованной преступностью этого города. Благодаря месяцам тяжелой работы моих людей, а также моему личному участию в каждой стадии расследования, мы обнаружили материальные фотографические доказательства, которые неопровержимо уличают глав двух мафиозных кланов в причастности к ряду убийств, вымогательств и иных преступлений, деталей которых я вам на данный момент раскрыть не могу. Достаточно сказать, что были подписаны ордеры на арест тридцати семи воротил преступного мира, в том числе таких известных, как Стефано Тиберио и Энрико Тотила. Полицейская облава на них и их прислужников происходит как раз сейчас, пока я с вами разговариваю, силами моей личной оперативной группы. — Он ухмыльнулся, позируя перед камерами. — Мое выступление закончено, господа, копии текста будут предоставлены прессе. А сейчас вы можете задать мне несколько вопросов, но лишь несколько — долг зовет, господа!

— Зря ты не придумал хороший повод слинять, сукин сын, — прошептала Холли и схватила микрофон. — Окружной прокурор Деттмер! — прокричала она, опередив коллег. — Холли Спивак, «Фокс Ньюс». У меня вопрос по другому делу, если вы не возражаете. Верно ли то, что вы были лично знакомы с неким Уиллардом Джеймсом, чье тело недавно нашли? Если да, то у меня есть еще несколько вопросов.

Деттмер нахмурился:

— Я не вижу, как это... эта пресс-конференция была созвана, дабы объявить о серьезной победе в нашей войне с организованной преступностью, и я...

— Да, сэр, — перебила его Холли. — Мои поздравления, сэр, прекрасная работа, сэр! Верно ли в таком случае, что вы и Уиллард Джеймс не просто были знакомы, но близко дружили? Что вы вместе ходили в море в те годы, когда оба жили в Коннектикуте? Что вы провозгласили вдову Уилларда хладнокровной убийцей по личным мотивам?

Сен-Жюст улыбнулся Мэгги. Толпа замолчала, казалось, слышно было, как трава растет.

— Сэр? — выкрикнула Холли, сверившись с запиской Сен-Жюста. — Есть еще одна вещь, которую мне удалось узнать из анонимного источника, если вы простите мне этот театральный жест.

Окружной прокурор склонился к микрофону:

— Я не доверяю анонимным источникам, мисс Спивак.

Сен-Жюст шагнул ближе к Холли, изящно помахал Деттмеру и снова растворился в толпе. В конце концов, человек имеет право знать, кто его обвиняет.

Деттмер побелел под слоем румян.

— Я уже почти закончила, сэр. И все-таки анонимный источник. Верно ли, что в доме Уилларда Джеймса в Коннектикуте будут найдены дополнительные улики, которые позволят целиком снять подозрения с миссис Толанд-Джеймс?

— Теперь он знает, что мы знаем, — прошептала Мэгги. — Или что мы хотим, чтобы он думал, будто мы знаем.

Деттмер повернулся к одному из офицеров:

— Ваша очередь. — Он снова повернулся к микрофону и улыбнулся: — Бадди Джеймс и я были друзьями, это правда. Он был хороший парень, хороший моряк и хороший друг. Но это не имеет никакого отношения к моим поискам преступника, виновного в столь ужасном, омерзительном и жестоком насилии, как то, что было совершено над Бадди Джеймсом. Я буду рад любым доказательствам, которые помогут осудить его убийцу. А сейчас мое место у микрофона займет капитан О'Хара, поскольку мне надо ловить преступников.

Он еще раз улыбнулся камерам и ушел.

Холли опустила микрофон, в то время как остальные журналисты выкрикивали вопросы.

— О боже. Хорошо, что у меня есть фотокопии, а то бы мне надрали задницу на станции. Я выглядела полной идиоткой.

— Ты была великолепна, — Сен-Жюст поднес ее руку к губам. — Спасибо тебе, моя драгоценная.

— За что спасибо? — спросил Венделл. — Что произошло?

Мэгги взяла его за руку:

— Пойдем, Стив, покажешь, где Деттмер паркует машину.

— Что? А зачем вам?

Сен-Жюст вздохнул.

— Потому что наш добрый окружной прокурор, вне всяких сомнений, вот-вот рванет в Коннектикут. Я думал, это не требует объяснений.

— Еще как требует. Что это вы двое затеяли?

— Заткнись и веди нас, куда тебя просят. — Холли подозвала оператора. — Тут явно что-то происходит, и я не хочу это пропустить.

— У него есть водитель, — сообщил Венделл, ведя их в заднюю часть здания, где располагался пятиэтажный открытый гараж.

— Очень сомневаюсь, что он воспользуется его услугами. — Сен-Жюст посторонился, пропуская вперед Мэгги, которая легко взбежала по бетонной лестнице в своих поношенных теннисках.

— Эй, погоди! — крикнула ему Холли Спивак, которая отстала из-за своих высоких каблуков. — Черт, лестница слишком высокая. Не жди меня, иди за ними, я догоню, — велела она оператору.

Она догнала их на третьем этаже. Босиком. Поистине, эта женщина была преданна своему делу.

Венделл остановился на четвертом этаже, жестом приказав всем не двигаться с места. Он отправился на разведку и вернулся через минуту.

— Его «линкольн» стоит в дальнем левом углу, у внешней стены. А теперь, может, кто-нибудь объяснит мне, что мы делаем? Я только что еле выпутался из одной передряги и не горю желанием попасть во вторую. Прости, Мэгги.

— Мы ждем. — Сен-Жюст оперся на трость. — Хотя лучше бы подобраться ближе, спрятав мисс Спивак и ее товарища так, чтобы они смогли все записать.

— Записать *что*? — спросил Стив таким тоном, что на этот раз ему ответили.

— Ну ладно, раз у нас все равно есть время. — Сен-Жюст остановился у большого бетонного столба и улыбнулся Мэгги. — Не хочешь ли начать рассказ?

Она скорчила гримаску:

— Ну, разумеется, хочу, и ты прекрасно об этом знаешь. Так вот, Стив. Мы не уверены на все сто процентов, а если честно, мы даже на пятьдесят процентов не уверены...

— Надо было мне самому начать, — вздохнул Сен-Жюст.

— Заткнись, я просто пытаюсь быть честной. По правде, мы не очень-то много знаем. Но — но — мы знаем, что Бадди Джеймс работал налоговым инспектором до того, как разыграл свою смерть потому, что воспользовался служебным положением и то ли брал взятки, то ли шантажировал людей. Возможно, и то и другое. Одна из его жертв принялась ему угрожать, и он решил уйти со сцены.

— Деттмер, — произнес Стив. — Он знал Джеймса, жил там, водил с ним дружбу. Думаешь, у Джеймса было что-то на Деттмера? Погоди-ка. Джеймс исчез семь лет назад. Деттмер тогда был помощником окружного прокурора, возможно, уже готовился сам занять эту должность. Если в прошлом у него были какие-то темные делишки, он, конечно, не хотел бы, чтобы о них стало известно.

— Или же устал платить, — предположила Мэгги. — Но его избирательная кампания очень хорошо финансировалась. Готова поспорить, что он не был жертвой, а помогал шантажисту. Так что мы решили рассмотреть другую возможность.

— Вы не могли бы говорить погромче? Джо вас еле-еле слышит.

— Холли, — Сен-Жюст укоризненно покачал головой, — разве я тебе разрешил снимать наш разговор?

Мэгги прислонилась к столбу.

— Иногда мне кажется, что я живу в каком-то старом эпизоде «Сайнфилдов». Может быть, как раз в том, где они потерялись в гараже. Вот только пакета с золотыми рыбками не хватает.

— Чур, я — Джерри, а Алекс — Крамер, — улыбнулся Стив. — Он как раз живет в квартире напротив.

Сен-Жюст проигнорировал этот обмен репликами, поскольку не понял, о чем речь, но почему-то был совершенно уверен, что все равно не оценил бы юмора. Тут открылась большая металлическая дверь, и Деттмер побежал через гараж к машине. Нельзя было терять ни минуты: все, кроме Плана, подождет.

— Привет, Деттмер! — радостно крикнул Сен-Жюст, заступая дорогу окружному прокурору. — Какая приятная случайная встреча! У меня к вам вопрос. Вашему сынишке нравится работать у Бреннермана?

Это был рискованный ход, потому что он не успел толком прочесть надпись на футболке у мальчика, но совершенно необходимый.

Деттмер отступил на три шага:

— Я не понимаю... пошел вон!

— Нет-нет, прошу вас, — Сен-Жюст протянул трость, окончательно отрезая Деттмера от его транспортного средства, если, конечно, тот не решится попрыгать и выставить себя полным идиотом, пытаясь обойти Сен-Жюста и его трость. — Вы помните, как мне понравилась фотография вашей прелестной семьи вчера, у вас в кабинете? Меня очаровал пляж на заднем плане — я просто обожаю пляжи, а вы? Но потом я вспомнил... о *других* вещах, если можно так сказать, и осознал, что еще я увидел на фотографии. Футболку вашего сына, Деттмер. Надпись на футболке. «Пицца Бреннермана».

— Ну и что?

Сен-Жюст улыбнулся. Все-таки он по-настоящему хороший сыщик.

— Да то, — Мэгги вышла из-за колонны, — что когда мы приехали в дом Берни в Коннектикуте, мы нашли там одежду Бадди Джеймса и целую кучу коробок и пакетов из «Пиццы Бреннермана».

— Теперь я представляю, как все это было. — Сен-Жюст затылком почувствовал, как Холли Спивак и ее оператор подобрались ближе. — Визит в Коннектикут — может, навестить детишек, может, сходить в море. Вы же любите ходить под парусом, не так ли, Деттмер? Вы разговариваете с сыном, спрашиваете, как дела, и он отвечает, что дела идут прекрасно, кстати, папа, знаешь, кто-то опять живет в доме Джеймса? Возможно, Джеймс давал хорошие чаевые, или, наоборот, ваш сын запомнил его, потому что он вообще не давал чаевых. Или его лицо показалось знакомым. Или сыну больше не о чем было с вами говорить. Но так или иначе, он вам сказал.

— Я не собираюсь стоять здесь и слушать всякую чушь.

— Можете уехать, ради бога. Мисс Спивак? Не могли бы вы попросить вашего помощника снять на пленку этот побег?

— Никуда он не поедет. — Мэгги ткнула в Деттмера пальцем. — Вы знали, что он вернулся. Вы знали, что Бадди вернулся.

Венделл, до сих пор молчавший, наконец внес свою лепту:

— Возвращение Бадди. А что, неплохо звучит.

Только сейчас Деттмер его заметил.

— Арестуйте этих людей, — приказал он своему лейтенанту. — Ее тоже, — он указал на Холли Спивак.

— На каких основаниях, сэр? — спросил Венделл.

— На... на... просто арестуйте их, черт побери!

— Но это общественное место, сэр. Они имеют полное право здесь находиться. И я слышал, как этот джентльмен сказал, что вы можете уехать отсюда в любое время, сэр.

Деттмер сжал зубы и уставился на Венделла:

— От тебя сплошные проблемы. Потому ты и не сделал карьеру. Ты слишком *хорош*, черт побери.

— Довольно мил, да, в этаком пасторальном стиле, — перебил Сен-Жюст, — но я бы не сказал, что он хорош собой.

— Он имеет в виду другое, Алекс, — Мэгги схватила его за руку и энергично встряхнула. — Мы теряем напор. Сделай что-нибудь.

— Деттмер? — произнес Сен-Жюст. — Давайте вернемся к нашему разговору. У нас есть гипотеза, если вы не против. Гипотеза, включающая в себя вашу дружбу с Уиллардом Джеймсом и план, который вы с ним задумали и осуществили несколько лет назад. План, как набить карманы с помощью налогового инспектора Джеймса.

Деттмер глянул на оператора, потом опять на Сен-Жюста, но ничего не сказал.

— Сначала я думал, что, возможно, Бадди — ничего, что я так фамильярно называю вашего доброго друга? Так вот, сначала я думал, что он решил шантажировать вас за какие-то ваши грешки в адвокатской практике. Но потом я вспомнил, что вы были верными друзьями и вместе ходили в море. Куда логичнее предположить, что вы двое, возможно, обсудив это во время плавания, решили, что вместе сможете облегчить карманы весьма значительного количества жителей вашего городка.

Мэгги подалась вперед.

— Он угрожал им ревизией, а потом приходили вы, адвокат, и помогали им уладить это дело. Прекрасная идея, просто прекрасная. Но что случилось потом? Когда вы решили занять государственную должность, Бадди начал угрожать вам? Угрожал разоблачить вас? Но даже если нет, могли ли вы позволить Бадди стать этаким скелетом в вашем шкафу?

Сен-Жюст изучал лицо Деттмера, пытаясь оценить, насколько близка его теория к истине.

В конце концов, на что еще годится воображение прирожденного сыщика и писательницы детективов, как не на сочинение теорий?

— Бадди разыграл свою смерть, потому что знал: вы собираетесь уничтожить его, чтобы чувствовать себя в безопасности, баллотируясь на публичную должность. Или вы испортили его лодку, но ему удалось спастись, а потом он понял, что считаться погибшим — выгодно. Что случилось на самом деле? Не так уж это и важно. Важно, что Бадди вернулся. Должно быть, вы ужасно испугались, бедняжка. Все ваши надежды, все ваши мечты, осуществление которых было так близко, уничтожил подлый, гнусный, назойливый Бадди Джеймс.

— Это ужасно похоже на сюжет одной моей книги, — сообщила Мэгги и покачала головой. — Неважно. Продолжай.

— И как он притащил Бадди в пентхаус к Берни? Вы же к этому клоните, да?

— Совершенно верно, *лев*-тенант. Именно к этому мы и клоним. Мы обсудили все это сегодня с присутствующей здесь мисс Келли и адвокатом Дж. П. Боксер и разработали некий возможный сценарий событий. Хотите его услышать?

Деттмер сделал два шага влево, пытаясь

обойти Сен-Жюста, но тот опять загородил ему путь тростью.

— Сын рассказал ему о человеке, живущем в доме у Берни, он пошел проверить, нашел там Бадди и притворился, что рад его видеть, — взахлеб говорила Мэгги. — Бадди сказал, что вернулся за тремя миллионами долларов, которые Берни получит по страховке, потому что прошло семь лет с тех пор, как его объявили мертвым. А еще он хотел получить часть денег, принадлежащих «Книгам Толанда», поскольку знал, что Берни унаследовала эту компанию. У него по всей квартире были раскиданы газетные вырезки. Он знал. Алекс?

— С удовольствием продолжу твой рассказ. Вы, Деттмер, убедили Бадди, что вы его друг, рады вновь увидеть его живым и поможете осуществить его план. Вы тайно привезли его в город, чтобы устроить встречу с Бернис.

— Погоди минутку, — остановил его Венделл. — Деттмер привез его в пентхаус? Это разумно. У нас есть специальные ключи-отмычки для лифтов. Это объясняет, как они пробрались внутрь, — может, на служебном лифте. А рогипнол он взял со склада вещественных доказательств. Да, все сходится. Черт побери, все сходится.

— Именно, — подтвердил Сен-Жюст, весьма довольный собой, хотя всю техническую сторону дела — отмычки и склад вещественных доказательств — продумали Дж. П. Боксер и Мэгги. — Итак, Деттмер завоевал доверие Бадди.

Он посылает его к «Бренде», чтобы подбросить проклятый рогипнол Берни в стакан и притащить ее потом обратно в пентхаус. То ли он тайком бросил наркотик ей в стакан и подождал, пока отрава сделает свое дело, то ли переоделся, чтобы она его не узнала. Нам стоит спросить об этом у бармена.

— Полный бред, — произнес Деттмер.

— Вовсе нет, если вы позволите мне продолжить. Ваш отдел расследовал убийство Кёрка Толанда, поэтому вы были хорошо осведомлены о привычках Бернис, в частности о ее склонности выпивать на вечеринках. Мне продолжать? Вы заставили Бадди накачать ее наркотиком и помогли ему притащить ее домой на одном из служебных лифтов. Потом вы как-то подавили Бадди Джеймса, правда, я пока не совсем понимаю как.

— Зато я понимаю, — произнес Венделл. — Я вам не говорил, но врач нашел здоровенную шишку у Бадди на затылке. Удар, нанесенный тяжелым тупым предметом, так он сказал. Деттмер его попросту вырубил.

Мэгги заговорила, хотя ей так и не передали слово:

— Вырубает его, раздевает, связывает по рукам и ногам, заклеивает рот. Раздевает Берни, переодевает в пижаму, укладывает их с Бадди бесчувственные тела в кровать. Вот только Бадди в этот момент очнулся. Поэтому его глаза открыты, Алекс. Он все видел. Бррр-р-р.

— Вы все сумасшедшие, — произнес Деттмер. Но он потел. Потел и дрожал.

Холли Спивак велела своему оператору снять его крупным планом.

Мэгги понесло:

— Вы убили Бадди, вложили нож в руку Берни, чтобы на нем нашли ее отпечатки. Потом вы приняли душ, чтобы смыть кровь, и ушли. Да, на обратном пути вы выкинули в помойку веревки, которыми связывали Джеймса, и скотч, которым заклеивали ему рот. Мусор увезли рано утром в субботу, поэтому их никто не нашел. — Она повернулась к Венделлу и улыбнулась. — Это лишь наша гипотеза. Мы позвонили в дом Берни и спросили, когда они вывозят мусор. Мы обращаем внимание на детали. А вот Деттмер — нет.

— Как это вы назвали несколько минут назад, Деттмер? — спросил Сен-Жюст. — Ах да. «Ужасное, омерзительное и жестокое насилие»?

— Он даже сложил вещи Джеймса, — прибавил Стив, — чтобы все подумали, будто Берни сама позвала его и отправила в душ перед тем, как забраться в койку. А я-то все голову ломал, почему вещи сложены.

— Верно подмечено, Стив, — одобрила Мэгги, — мы об этом не подумали. Итак, Берни просыпается наутро в луже крови. Рядом с ней в постели мертвый Бадди, и она ничего не помнит. — Она ткнула пальцем в Деттмера. — Но вы порезались, да? Убийство — грязное дело. Хоть вы и были в перчатках, но это вашу кровь нашли в стоке душа. Это очень легко проверить. ДНК Детт-ме-ра. Это не идеальное убийство, пижон, тебя поймали бы, рано или поздно. Мы просто ускорили события. — Она всплеснула руками и ухмыльнулась: — Та-да-да-дам! Эй, куда это он?

Сен-Жюст так наслаждался радостью Мэгги, что не успел остановить Деттмера, который уже бежал через гараж. Мэгги неслась за ним.

— Нет! — кричала она. — Не смей прыгать! Ты скажешь правду! Не...

Сен-Жюст вздрогнул, когда Мэгги буквально *бросилась* на бегущего мужчину и вцепилась ему в ногу.

Деттмер упал на парапет, наполовину вывалившись на улицу, и вцепился в него, пытаясь перекинуть себя наружу... Мэгги по-прежнему держала его за ногу... Сен-Жюст и Стив мчались на помощь... Холли Спивак и оператор бежали за ними.

Стив схватил Деттмера за плечи, Сен-Жюст с трудом отцепил Мэгги, после чего прокурора немедленно оттащили от парапета и надели на него наручники.

Сен-Жюст помог Мэгги встать. Она поморщилась от боли.

— О боже, мои коленки. Ты только посмотри на мои коленки. Они все в крови. Какого черта я надела юбку? Я должна была его остановить, Алекс. У Берни могли быть проблемы, если бы он прыгнул.

— Обязательно надо было строить из себя героиню? — сердито спросил Сен-Жюст, поднес ее руку к губам, перевернул и поцеловал ладонь. — Не делай так больше.

— Хорошо, — ее голос поник, а глаза широко раскрылись, когда она увидела, что камера направлена прямо на них. — О боже, мама меня *убьет*.

— Не раньше, чем вы проведете пару часов за дачей показаний, — пообещал Стив. — Все вы.

Глава 21

Пара часов превратилась в добрых четыре, и отпустили их, лишь когда Мэгги взмолилась о пощаде и попросила у Венделла разрешения уйти домой и принять душ.

Стерлинг встретил их у лифта — наверняка его предупредил Носокс:

— Я все видел. Я все видел по телевизору. Ты был великолепен, Сен-Жюст. И ты, Мэгги, тоже. Я так вами гордился. Берни просто с ума сойдет.

Сен-Жюст указал тростью на дверь их квартиры:

— Спасибо, Стерлинг. Надеюсь, миссис Голдблюм еще не приехала?

Стерлинг помотал головой:

— Я открыл дверь в холл, чтобы ее не пропустить. Пока не появлялась.

— Отлично. — Мэгги еле волокла ноги. — Я в душ. Если она приедет, не отпускайте ее, пока не вернусь. Можете ее связать, если понадобится.

Стерлинг смотрел ей вслед.

— Бедняжка. Быть героиней — ужасно тяжкий труд.

— Да, думаю, она это поняла. Возможно, как раз в тот момент, когда пронеслась через весь гараж, подобно пушечному выстрелу. Пойдем домой, Стерлинг. Кстати, у нас есть что-нибудь съедобное?

— Я взял у Марио несколько сэндвичей, — сообщил Стерлинг. — И приготовил кое-что выпить. Может, бокал вина?

— Да, спасибо, я... я принесу бокалы. Хватит уже считать меня главным. Считать, что ты чем-то хуже меня. Мы друзья, Стерлинг. Мы равны.

— Я знаю. — Стерлинг выпятил подбородок. — Но я делаю, что должно, и ты делаешь, что должно. Мне так больше нравится, Сен-Жюст.

— Я слишком мало тебя ценю, — произнес Сен-Жюст, ощутив, как к глазам подступают слезы, несмотря на весь сегодняшний успех. — Скажу лишь, что быть твоим другом — величайшая честь для меня.

Стерлинг покраснел до корней волос и протянул ему тарелку:

— Хочешь ливерной колбасы?

В дверь застучали, скорее даже загрохотали.

— Обязательно надо дать ей ключ, — констатировал Сен-Жюст.

Стерлинг впустил Мэгги, она села рядом с Сен-Жюстом и отломила у него полсэндвича.

— А картофельных чипсов у вас нету? Я их обычно крошу поверх ливерной колбасы. И нечего так кривиться. Ладно, забудьте, я умираю от голода, и съем все как есть.

— Ты принесла список вопросов? — поинтересовался Сен-Жюст пару минут спустя, когда Носокс предупредил их о приезде Айрин Голдблюм.

— Он здесь, вместе с паспортом, который она не получит, пока не ответит на все наши вопросы. — Мэгги похлопала себя по карману джинсов. — Запускай ее.

Стерлинг караулил у двери и успел открыть раньше, чем миссис Голдблюм постучала. Он проводил ее к креслу. Сен-Жюст всегда оставался джентльменом и приветствовал ее стоя легким поклоном.

— Ой, я так рада, что вы все живы, то есть я хотела сказать, что вы дома, — миссис Голдблюм улыбнулась Сен-Жюсту. — Я всего на пару минуточек. Я кое-что забыла, если вы понимаете, о чем я. По правде говоря, я бы даже свою голову забыла, не будь она так крепко прибита. Ой, и зачем я это сказала?

Сен-Жюст и Мэгги переглянулись.

— Как поживает ваша сестра, миссис Голдблюм? — спросила Мэгги, вытаскивая свои заметки из кармана.

— Моя сестра?

— Ну да, сестра. Та, которая сломала шейку бедра.

— Ах та, которая сломала шейку бедра! Прекрасно, просто прекрасно. — Она вздохнула. — Вы все знаете, да?

— Если вас интересует, знаем ли мы, что вы последние десять лет шантажировали Энрико Тотила, что вы покинули город, когда он стал вас преследовать и оставили Алекса и Стерлинга ему на растерзание вместо себя, то да, мы знаем. Я правильно вас поняла?

Миссис Голдблюм нахмурилась.

— Что? Энрико Тотила? Этот жуткий тип? Вы думаете, я его *шантажировала*? Я еще не совсем сошла с ума.

Мэгги повторила свою тираду.

— Стерлинга из-за вас чуть не убили, — добавила она.

Миссис Голдблюм прижала к своей выдающейся груди пальчики, унизанные кольцами.

— Я? Вообще-то я не думала, что случится несчастье, если я уеду. — Она посмотрела на Сен-Жюста. — Я даже не знала, чего он от меня хочет.

— Ну да, конечно, — хмыкнула Мэгги.

Сен-Жюст положил руку ей на бедро.

— Я верю ей, Мэгги. Похоже, она действительно не понимает, о чем мы говорим. — Он улыбнулся миссис Голдблюм: — Возможно, теперь, когда вы поняли, что у нас есть основания проявить некое любопытство, вы расскажете нам об этих последних десяти годах? Об открытках? О поездках якобы к сестре? О вашем поспешном бегстве субботним утром?

Миссис Голдблюм прижала ладонь к губам.

— Сначала Милдред, а теперь и вы. Что ж, думаю, мне больше незачем хранить эту тайну.

— Ты прав, Алекс, — прошептала Мэгги. — Или она прекрасная актриса, или мы все неправильно поняли.

Стерлинг предложил миссис Голдблюм чаю, который она с благодарностью приняла, и ретировался на кухню.

— С чего бы начать? — Она оглядела комнату. — О, да вы избавились от пейзажа. Спасибо. Знаете, Гарри купил его для меня и сказал, что когда-нибудь он будет стоить кучу денег, но я его всегда терпеть не могла.

— Все, — Мэгги покачала головой, — теперь я ей верю. Она действительно ничего не знает. Миссис Голдблюм, где вы были с субботы?

— Ммм?... — Миссис Голдблюм озиралась, несомненно, подсчитывая сколько ваз и ламп блистают своим отсутствием. — Ах да, в Атлантик-Сити. Мы всегда ездим в Атлантик-Сити. В «Тадж-Махал». Айзек обожает покер, а в «Тадж-Махале» чудесный покерный зал. Я-то больше люблю игровые автоматы. Ну, знаете, такие новенькие, пятицентовые.

Мэгги потерла лоб:

— Интересно, мне не поплохеет, если я приму еще одну таблетку аспирина?

— У тебя болит голова, милочка? Мне очень жаль. Но я же должна рассказать все-все-все, раз я причинила вам столько хлопот. Ну, то есть теперь, когда Милдред в курсе, можно больше ничего не скрывать.

— Разумеется, — подбодрил ее Сен-Жюст. — Пожалуйста, начните с самого начала и расскажите нам все.

Миссис Голдблюм залезла в свой ридикюль, достала упаковку бумажных салфеток и промокнула уголки рта, где чересчур красная помада уползла в морщины.

— Сначала? Ну, все началось года за два до того, как Гарри... умер. Я всегда была неравнодушна к его брату, Айзеку, и чем более скрытным и нелюдимым становился Гарри, тем больше мне нравился мой милый Айзек. — Она трубно высморкалась. — Милдред — это жена Айзека. Ужасная женщина. Но Айзек сказал, что проще хранить нашу... нашу любовь в секрете.

Сен-Жюст понимающе кивнул:

— Значит, он уезжал за границу, посылал вам оттуда открытку, и вы присоединялись к нему?

— Боже, конечно, нет. С чего вы взяли? Открытки — это был наш условный знак. Как только я получала открытку, я садилась в автобус и ехала в Атлантик-Сити. Он всегда выбирает такие милые открытки! Кстати, откуда вы про них знаете? Наверное, Носокс рассказал. А он упомянул, что на всех открытках был почтовый штемпель Чикаго? Айзек посылал мне открытки как знак, наш тайный знак, хотя я и без них помнила о времени нашего очередного рандеву. Айзек очень любит романтические глупости. Он просто душка. Обычно мы проводили вместе две недели, но на этот раз у нас было целых шесть, потому что Милдред собиралась навестить дочь. Ну, от первого брака. Поэтому я и решила предложить вам пожить здесь, присмотреть за квартирой. Я бы вернула вам потом бо́льшую часть арендной платы. Но мне пришлось вернуться.

— Вы всегда встречались с Айзеком в Атлантик-Сити?

— Да, Алекс, всегда. Поймите, я не люблю далеко уезжать от своих врачей. Мой кардиолог, мой терапевт, ревматолог... да, и ортопед, конечно. У меня совершенно ужасные мозоли, и...

— То есть вы никогда не шантажировали Энрико Тотила?

Миссис Голдблюм гордо выпрямилась:

— Нет, мисс Келли, я никогда не делала ничего подобного. Я неверная жена, это правда, потаскуха, как ни горько мне это признавать, но не шантажистка, нет. Никогда. К тому же он плохой человек.

— Так вы знакомы?

— Я впервые увидела его на прошлой неделе. Понятно, что на похороны Гарри его не позвали. Я встретила его на улице и поздоровалась, из вежливости. Он остановился, спросил, кто я такая и чего от него хочу. Я сказала, что мне ничего не нужно, спасибо, он достаточно сделал для меня, пока Гарри был жив. Тогда он спросил, как я его узнала, по фотографиям в газете? И я сказала, нет, не в газете, у Гарри был большой альбом с фотографиями, который я нашла уже после его весьма прискорбной смерти — не правда ли, я очень смелая, раз заговорила о смерти Гарри? — и что я узнала его по этим фотографиям.

— Прямо так и сказали? — вздрогнула Мэгги.

Миссис Голдблюм нахмурилась:

— По-моему, да. Я очень нервничала, я поняла, что не надо было с ним заговаривать, и безостановочно болтала и болтала. Рассказала ему, что Гарри подписал на обороте каждой фотографии все имена, и даты, и где их сняли, поэтому я и... О господи, так вот что они хотели? Но почему они просто не попросили, а принялись угрожать мне по телефону? Я бы отдала им альбом. Мне все эти старые фотографии совершенно не нужны. Я убрала их на склад.

Мэгги прочистила горло.

— Они могли ничего этого не делать. Могли не угрожать миссис Голдблюм, не выгонять ее из дома. Могли не громить квартиру и не похищать Стерлинга. Достаточно было просто попросить, и она бы отдала им альбом. И никто бы ничего не узнал. Все шито-крыто. Забавно. Забавно, черт подери.

— Просто поразительно, я согласен.

— Но с вами ведь все в порядке? — спросила миссис Голдблюм, принимая из рук у Стерлинга чашку и блюдце. — Спасибо. Ты просто душка. Да, Алекс, чуть не забыла...

— Да? — рассеянно откликнулся он, прокручивая услышанное в мозгу.

— Милдред все узнала. Мы с Айзеком собирались встретиться в Атлантик-Сити через две недели, как я уже сказала, но потом позвонил этот ужасный тип и сказал, что утром он за чем-то придет, и если я это не отдам ему, то... в общем, я в панике позвонила Айзеку, а Милдред подслушала наш разговор по параллельному телефону. Она ужасно подозрительная особа. Так что Милдред знает.

— У всех свои проблемы. — Мэгги покрутила в руках никотиновый ингалятор. — Никак поверить не могу, что вся эта комедия положений произошла с нами. Несмешная, правда, получилась комедия. Прошу прощения, миссис Голдблюм, так что Милдред? Да, вот ваш паспорт. — Она выудила его из кармана.

— Спасибо, моя дорогая. Айзек хочет отметить это дело, провести пару дней во Фрипорте. Хорошая идея, там прелестные казино. Но я уехала в такой спешке, понимаете, с одной стороны этот жуткий тип, с другой — Айзек, он так расстроился, что Милдред узнала про нас...

— Да, тяжело вам пришлось, миссис Голдблюм. — Сен-Жюст отчаянно хотел, чтобы она закончила уже болтать и ушла. Рано или поздно — скорее рано, чем поздно, — сюда заявится Венделл, и надо быть начеку.

— Да, Алекс, нелегко, еще как нелегко, — улыбнулась миссис Голдблюм. — Но теперь все в порядке, особенно если ты согласишься выкупить эту квартиру. Понимаешь, Милдред навсегда уехала в Палм-Спрингс, к дочери, и Айзек пригласил меня жить с ним. Жить в грехе. Мне семьдесят три года, и я собираюсь жить с мужчиной в грехе. Забавно, да?

Мэгги подалась вперед:

— Еще один вопрос, миссис Голдблюм, спасибо, что напомнили. Почему вы держали в секрете, что эта квартира принадлежит вам? Зачем все эти выдумки насчет арендной платы?

Миссис Голдблюм принялась теребить кулон на шее.

— Это все Гарри, моя дорогая. Он приобрел эту квартиру весьма... весьма необычным способом и приказал мне молчать. В конце концов, милочка, если люди считают, что ты бедна, у них не возникает соблазна тебя ограбить. Алекс, ты купишь эту квартиру? Можешь забрать даже всю эту замечательную мебель, потому что мне она уже не понадобится.

Сен-Жюст на секунду задумался обо «всей этой замечательной мебели», памятуя, что большая ее часть подлежит замене.

— Мэгги?

— Тебе придется вернуть долг.

— «Парфюмерия Пьера», — тихо напомнил он.

— Это веский довод, и к тому же я не хочу, чтобы ты снова бросал открытой мою зубную пасту. Ладно, договорились. Миссис Голдблюм? Как вы собираетесь оформить сделку?

— О, я просто позвоню вниз, на вахту, и попрошу Носокса прислать сюда Айзека. Он в этих делах отлично разбирается. Он, знаете ли, адвокат.

Мэгги закашлялась в ладошку:

— Корпоративный?

— Нет, уголовный, — невозмутимо улыбнулась миссис Голдблюм. — Совсем как его брат. Это очень прибыльное дело. Вот что, милочка.

Уже очень поздно. Я подожду Айзека у лифта, и мы с ним отправимся в гостиницу. Завтра вернемся и все сделаем.

Сен-Жюст быстро согласился, не давая Мэгги шанса спросить еще что-нибудь. Миссис Голдблюм и ее паспорт воссоединились с Айзеком — живой копией его покойного брата — и отправились восвояси. Стерлинг задержался, чтобы покормить Генри, а Сен-Жюст и Мэгги вернулись в ее квартиру.

— Мы были неправы. Мы все не так поняли, — Мэгги плюхнулась на диван, — и тем не менее в результате мы все в шоколаде. Алекс, ты самый везучий человек на свете.

— Да, я довольно удачлив, — согласился Сен-Жюст. В дверь постучали, он встал и впустил Венделла. — *Лев*-тенант, добрый вечер. Как поживает окружной прокурор Деттмер?

— Он больше не собирается баллотироваться на новый срок. — Стив направился было к гостиной, но остановился. — Я на минутку забежал, у меня перерыв на обед. Остаться не могу. Просто хотел сообщить, что вам больше не о чем беспокоиться. Все закончилось.

Сен-Жюст закрыл дверь и застыл, не оборачиваясь.

— Закончилось? О чем речь, Стив? — спросила Мэгги. — О Деттмере или нет?

— Или нет, Мэгги. Деттмер не признает себя виновным в связи с ограниченной дееспособностью — мол, он сошел с ума. Но с ним мы разберемся. Я говорю о Тотила.

— Вы его нашли?

— Можно сказать и так. Кроме того, мы арестовали Бруно. Ника пока не нашли, но найдем, или он сам прибежит сдаваться, если у него есть хоть капля мозгов. В облаву попала добрая дюжина людей Тотила и примерно столько же — Стефано Тиберио. Мы просто не успели. Никак не могу заставить себя пожалеть об этом.

Вот оно. Сен-Жюст уселся на диван, достал монокль и принялся лениво раскачивать его на шнурке.

— Чего не успели, Венделл?

— Не успели защитить Тотила от Тиберио. Слово — не воробей, Тиберио как-то узнал о фотоальбоме и обвинил в этом Тотила. Кто знает, может, Ник пришел к нему в надежде заключить сделку, когда понял, что лодка его босса идет ко дну. В общем, копы нашли Тотила час назад в переулке, под грудой мусора. Судя по всему, его убили прошлой ночью. Кто-то воткнул нож ему прямо в сердце.

— Тотила мертв? — Мэгги посмотрела на Сен-Жюста. — Ух ты.

— Да, — подтвердил Венделл. — Тиберио вопит, что не имеет к этому отношения, что не приказывал убить Тотила и вообще впервые увидел эти фотографии, лишь когда мы ему показали. Пустой треп, мы прекрасно знаем, что он это сделал. Убийства годами сходили ему с рук, но на этот раз он попался. Ладно, мне пора. Нам всю ночь придется допрашивать и писать отчеты, но я хотел, чтобы вы были в курсе. Вам больше не о чем волноваться. Все закончилось.

— Закончилось, — повторил Сен-Жюст. — Да, действительно.

Стив поцеловал Мэгги, она проводила его до дверей.

— Да, чуть не забыл. Тотила, должно быть, что-то затевал, когда его убили. Мы нашли ключ от сейфа у него в кармане. Наверняка в сейфе куча денег, потому что он собирался слинять из города, или какие-то улики на случай, если придется договариваться с нами. В любом случае, это еще один довод в пользу его виновности. Утром узнаем. Спокойной ночи.

— Спасибо, Венделл. — Сен-Жюст аккуратно убрал монокль в карман. Ему пришлось оставить ключ на теле. У Тотила должны были найти доказательство его преступлений. Если не фотоальбом, значит, ключ.

— Доброй ночи, Стив. — Мэгги медленно закрыла дверь и еще медленнее повернулась к Сен-Жюсту. — Алекс? — еле выговорила она.

— Есть вещи, которые необходимо делать. — Он встал с дивана и посмотрел ей в глаза. — Чтобы защитить тех, кто нам дорог.

Мэгги с трудом сглотнула, добрела до стола и рухнула в кресло.

— Ты... ты его *убил*? Прошлой ночью... тебя не было дома. Ты... ты возвращался домой, когда я с тобой столкнулась. Вот почему ты был небрит. Ты вернулся после того, как кого-то убил, и спокойно уселся завтракать? Так?

— Не *кого-то*, Мэгги. Энрико Тотила, человека, который заслуживал смерти. Я не мог доверить твое благополучие или благополучие Стерлинга кому-то, кроме себя самого, — тихо и твердо произнес он. — И это была честная схватка, хоть мне и пришлось ее спровоцировать. Он был вооружен. Но я тот, кто я есть, Мэгги, и я делаю то, что должен делать. Уверен, что ты это понимаешь.

Она ничего не говорила, только смотрела на него.

— Мэгги. Это не первый человек, которого я был вынужден убить.

Ее глаза расширились.

— Я... я пойду, можно? — Она заслонилась от него дрожащими руками. — Просто... мне надо время, чтобы... *я* за это в ответе. Я научила тебя убивать, Алекс. Я тебя *создала*.

— Я тоже создал себя, Мэгги, больше, чем ты, и на тебе нет никакой вины, — уверенно произнес Сен-Жюст, надеясь, что она эту уверенность почувствует. — В глубине своего сердца, моя драгоценная любовь, в закоулках своей души я — Александр Блейк, виконт Сен-Жюст. А виконт Сен-Жюст вполне способен сам позаботиться о себе.

— О боже. — Мэгги закрыла глаза. — Я должна подумать. Алекс, иди домой, ладно? Мне надо подумать...

Он взял трость, сделав вид, что не заметил, как вздрогнула Мэгги, и вышел в холл. Стерлинг захочет поговорить с ним, но он не готов к этому разговору, еще не готов.

Он вошел в лифт и прислонился к стене. Когда двери закрылись, он задумался, действительно ли в Алексе Блейкли больше от него, чем от Мэгги. Больше... или меньше?

Эпилог

Дорогой дневник,

я игнорировал свой долг перед тобой в последние несколько дней — правда, я разговаривал с тобой в своем воображении, но это, наверное, не считается. Тем не менее я очень рад, что ты был рядом в такое тяжелое время.

Неужели всего несколько дней прошло с тех пор, как я взял ручку и приготовился записывать события моей жизни? А кажется, что прошли годы. Прошли века.

Так много всего случилось. Нашей милой Берни пришлось очень тяжело, ее обвинили в убийстве покойного мужа, но теперь уже во всем разобрались благодаря Сен-Жюсту. Да, и Мэгги, конечно. Но, разумеется, не мне, я был занят совсем другими делами.

Сен-Жюст сказал мне, что я герой, и, думаю, он в некотором роде прав. Между прочим, быть героем совсем не так приятно, как некоторые считают, и я приложу все усилия, чтобы мне больше никогда не пришлось вести себя героически.

Да, Берни уехала, чтобы «завязать с выпивкой», как сообщил мне Носокс, и я думаю, что Мэгги очень скучает, потому что она такая расстроенная и даже почти не разговаривает с

Сен-Жюстом — правда, он сказал, чтобы я не забивал себе голову, но разве я могу? А ведь они так хорошо друг с другом ладили, что я даже начал питать касательно них Серьезные Надежды.

Я очень занят. Сен-Жюст решил приобрести квартиру миссис Голдблюм. Квартира эта сейчас уже не так мила, как раньше, но непременно будет, когда мы купим новую мебель. Я взял на себя эту сложную работу, убедив Сен-Жюста, что необходимо обставить квартиру в соответствии с принципами фэн-шуй, дабы обрести гармонию, безмятежность, здоровье и все такое прочее.

Сен-Жюст почти со всем согласен, поскольку он весьма добрый и великодушный джентльмен. Правда, он пообещал выбросить «музыку ветра» из окна своей спальни. Я прочитал в одной книге по фэн-шуй, что «музыка ветра» приносит удачу, только если никого не раздражает, поэтому я вернул ее в магазин и поменял на чудесного медного слона, которого поставил на кофейный столик. Хобот слона, разумеется, задран вверх.

Он принесет нам удачу, дорогой дневник, и я вынужден признать, что нам она совершенно необходима. Позволь, я расскажу тебе о том, что случилось за эти дни...

Литературно-художественное издание

Кейси Майклз
Мэгги без царя в голове

серия СамаЯ

Ответственный редактор Н. Холодова
Художественный редактор М. Юганова
Технический редактор О. Куликова
Компьютерная верстка Т. Комарова
Корректор Л. Никифорова

ЭКСМО

ООО «Издательство «Эксмо»
127299, Москва, ул. Клары Цеткин, д. 18, корп. 5. Тел.: 411-68-86, 956-39-21.
Home page: www.eksmo.ru E-mail: info@eksmo.ru

По вопросам размещения рекламы в книгах издательства «Эксмо»
обращаться в рекламный отдел. Тел. 411-68-74.

Оптовая торговля книгами «Эксмо» и товарами «Эксмо-канц»:
ООО «ТД «Эксмо». 142700, Московская обл., Ленинский р-н, г. Видное,
Белокаменное ш., д.1. Тел./факс: (095) 378-84-74, 378-82-61, 745-89-16,
многоканальный тел. 411-50-74.
E-mail: reception@eksmo-sale.ru

Мелкооптовая торговля книгами «Эксмо» и товарами «Эксмо-канц»:
117192, Москва, Мичуринский пр-т, д. 12/1. Тел./факс: (095) 411-50-76.
127254, Москва, ул. Добролюбова, д. 2. Тел.: (095) 745-89-15, 780-58-34.
www.eksmo-kanc.ru e-mail: kanc@eksmo-sale.ru

Полный ассортимент продукции издательства «Эксмо» в Москве
в сети магазинов «Новый книжный»:
Центральный магазин — Москва, Сухаревская пл., 12
(м. «Сухаревская»,ТЦ «Садовая галерея»). Тел. 937-85-81.
Москва, ул. Ярцевская, 25 (м. «Молодежная», ТЦ «Трамплин»). Тел. 710-72-32.
Москва, ул. Декабристов, 12 (м. «Отрадное», ТЦ «Золотой Вавилон»). Тел. 745-85-94.
Москва, ул. Профсоюзная, 61 (м. «Калужская», ТЦ «Калужский»). Тел. 727-43-16.
Информация о других магазинах «Новый книжный» по тел. 780-58-81.

В Санкт-Петербурге в сети магазинов «Буквоед»:
«Книжный супермаркет» на Загородном, д. 35. Тел. (812) 312-67-34
и «Магазин на Невском», д. 13. Тел. (812) 310-22-44.

Полный ассортимент книг издательства «Эксмо»:
В Санкт-Петербурге: ООО СЗКО, пр-т Обуховской Обороны, д. 84Е.
Тел. отдела реализации (812) 265-44-80/81/82/83.
В Нижнем Новгороде: ООО ТД «Эксмо НН», ул. Маршала Воронова, д. 3.
Тел. (8312) 72-36-70.
В Казани: ООО «НКП Казань», ул. Фрезерная, д. 5. Тел. (8432) 78-48-66.
В Киеве: ООО ДЦ «Эксмо-Украина», ул. Луговая, д. 9.
Тел. (044) 531-42-54, факс 419-97-49; e-mail: **sale@eksmo.com.ua**

Подписано в печать 29.01.2005.
Формат 84х108 $^1/_{32}$. Гарнитура «Школьная». Печать офсетная.
Бум. тип. Усл. печ. л. 21,84. Уч.-изд. л. 13,3.
Тираж 4000 экз. Заказ 1644.

Отпечатано с готовых диапозитивов издательства.
ОАО «Тверской полиграфический комбинат»
170024, г. Тверь, пр-т Ленина, 5. Телефон: (0822) 44-42-15
Интернет/Home page - www.tverpk.ru Электронная почта (E-mail) - sales@tverpk.ru